ARAMINTA HALL

Alles en niets

Vertaald uit het Engels door Anneke Panella-Drijver

mistral

ZIN OM TE LEZEN

Oorspronkelijke titel: *Everything and Nothing*
Oorspronkelijke uitgave: Originally published in the English language
by HarperCollins Publishers Ltd. under the title *Everything and Nothing*
Vertaling door: Anneke Panella-Drijver

Omslagontwerp: Wil Immink Design
Omslagbeeld: © Stephen Carroll / Arcangel Images
Typografie en zetwerk: ZetProducties, Haarlem

Copyright © 2011 Araminta Hall
Copyright © 2011 Nederlandstalige uitgave:
Uitgeverij Mistral/FMB uitgevers, Amsterdam

Mistral is een imprint van FMB uitgevers bv

ISBN 978 90 499 5190 0
NUR 302

www.uitgeverijmistral.nl
www.fmbuitgevers.nl
www.twitter.com/Mistral_boeken

Meer weten over onze boeken? Schrijf je in voor de nieuwsbrief op www.uitgeverijmistral.nl.

Voor mijn volmaakt onvolmaakte familie,
Jamie, Oscar, Violet & Edith

De grijsharige man lachte opnieuw. 'Eerst beweer je dat het huwelijk op liefde is gebaseerd, maar als ik mijn twijfels over de liefde uit, de fysieke kant daargelaten, probeer jij het bestaan ervan te bewijzen met het feit dat het huwelijk bestaat. Maar het huwelijk is tegenwoordig slechts bedriegerij.'

De Kreutzersonate, Leo Tolstoj

De ondergrondse bracht Agatha naar zo'n buurt waar de mensen de gewoonte hadden over hun postcode te liegen. Zelf had ze echter geen flauw idee waarom iemand zich zou schamen hier te wonen. De straten waren lang en breed en voor elk victoriaans huis stond een boom als een schildwacht. De huizen staken prachtig en sierlijk boven de grond uit alsof ze waren verrezen toen God de aarde in zeven dagen had geschapen, een van Agatha's favoriete verhalen uit haar jeugd. De huizen waren streng en indrukwekkend, met aan de voorzijde een pad van oranje bakstenen in de vorm van hoestsnoepjes, glas-in-lood in de deur dat het licht van de verplichte kroonluchter in de hal weerspiegelde, koperen deurornamenten en een ijzeren hekje dat er net zo perfect uitzag als een vlinderdasje. Ze hadden zelfs van die fantastische erkers, die Agatha op een rij trotse zwangere buiken vond lijken. Zoiets zag je nooit waar zij was opgegroeid.

Het adres op het briefje in haar hand leidde Agatha naar een deur met een opvallende bel. Het was een harde, ronde, metalen bal in een versierde omlijsting, die waarschijnlijk even oud was als het huis zelf. Agatha vond het een mooie bel, zowel vanwege de vrijpostigheid die hij uitstraalde als vanwege zijn onbevreesde vermogen om te overleven. Ze trok aan de bal en ergens binnen weerklonk een gepast rinkelend geluid.

Terwijl ze wachtte, probeerde Agatha in haar rol te komen. Ze oefende haar glimlach en zei tegen zichzelf dat ze haar gebaren klein en beheerst moest houden. Het was niet zo dat ze deze persoon niet kon zijn of dat zij een leugen was, ze moest zichzelf er gewoon aan herinneren wie deze persoon was.

De man die opendeed zag er verward uit, alsof hij een zware dag achter de rug had. Binnen hoorde ze een meisje huilen en op zijn arm had hij een jongetje, dat te groot leek voor het flesje in zijn mond. Het huis voelde vies warm aan en de keukenramen waren beslagen. Jassen, schoenen en zelfs een fiets lagen in de gang.

'Het spijt me,' zei Christian Donaldson; ze vermoedde dat hij het was. 'Het is hier een chaos, maar gelukkig nog niet reddeloos verloren.'

'Dat geeft niet.' Agatha had geleerd dat mensen zoals de Donaldsons het stiekem, of misschien niet eens stiekem, leuk vonden om chaotisch te lijken.

Hij stak zijn vrije hand uit. 'Hoe dan ook, Annie, neem ik aan...'

'Nou nee, Agatha.' Zijn vergissing bracht haar van haar stuk en ze probeerde te voorkomen dat ze meteen werd afgewezen. 'Aggie, eigenlijk.'

'Shit, sorry, mijn schuld. Ik dacht dat mijn vrouw dat had gezegd... Ze is nog niet thuis.' Zijn zenuwachtige antwoord stelde haar gerust. Ze waren gewoon zo'n gezin. Hij deed een stap naar achteren. 'Maar kom binnen. Sorry, ik laat je op de drempel staan.'

Het jammerende meisje zat aan de keukentafel en de keuken zag eruit alsof een muitend leger alle kastjes had aangevallen, want de inhoud ervan lag over elk beschikbaar oppervlak verspreid.

'Papa,' gilde het meisje aan de tafel, 'het is niet eerlijk. Waarom moet ik al mijn broccoli opeten en hoeft Hal helemaal niets te eten?'

Agatha wachtte samen met haar op een antwoord, maar dat kwam niet. Ze had er een hekel aan als volwassenen een stilte afdoende vonden. Ze keek naar de man van wie ze hoopte dat hij haar in dienst zou nemen. Er parelde een dun laagje zweet op zijn gezicht, waardoor ze de moed vatte om iets te zeggen. 'Wat is je lievelingskleur?'

Het meisje hield meteen op met huilen en keek haar aan. Die vraag was te interessant om te negeren. 'Roze.'

Voorspelbaar, dacht Agatha, haar dochters zouden dol zijn op blauw. 'Nou, dan heb je geluk want in mijn tas zit een doosje Smarties en de roze Smarties lust ik niet, dus als jij dat kleine stukje broccoli opeet, krijg jij mijn roze Smarties.'

Het meisje keek haar verbaasd aan. 'Echt?'

Agatha keek naar Christian Donaldson, die tot haar opluchting glimlachte. 'Ten minste, als je vader het goed vindt.'

Hij lachte. 'Wat zijn een paar Smarties onder vrienden?'

Christian kon de meisjes die in zijn huis kwamen wonen om op zijn kinderen te passen niet uitstaan. Hij vroeg zich af wat dit meisje van hem vond. Hij wilde haar uitleggen dat hij normaal gesproken rond deze tijd nooit thuis was, dat hij er alleen maar was omdat hij dit weekend ruzie met Ruth had gehad. Iets over kinderen en verantwoordelijkheid en het feit dat zij ontslagen zou worden als ze nog een dag vrij zou nemen, wat allemaal neerkwam op hoe fantastisch het was dat zij zich altijd opofferde en wat voor egoïstische zak hij was. Bovendien had hij na een hele dag met de kinderen het gevoel dat ze hem tegen de muur hadden gesmeten en hij was te moe om iets te bedenken om terug te zeggen. En waar bleef Ruth verdorie eigenlijk?

Het meisje wilde geen thee, maar ze ging wel met Betty mee naar het gedeelte van de huiskamer dat vol plastic speelgoed lag. Christian deed net alsof hij heel druk was door stapels rotzooi te verplaatsen die Ruth later op de juiste plek zou opbergen.

Als er andere mensen in huis waren, vond Christian het er altijd kleiner lijken. Het werd wat het was in de ogen van de gasten. Aan de voorkant twee kleine kamertjes naast elkaar en de keuken was op een fantasieloze manier tegen de zijkant gebouwd. Overvolle slaapkamers en nog een ruimte onder het dak geperst. Het voelde als een dikke man die tijdens de lunch te veel had gegeten en werd beheerst door jicht en andere ongemakken.

Toen hij Sarah nog neukte, hadden ze altijd in haar flat afgesproken, om voor de hand liggende redenen. Maar daar was het nog erger geweest. Wanneer hij op haar krakende tweepersoonsbed lag, voelde hij zich oud en idioot, omgeven door posters van bands die hij niet eens kende, op muren waarvan de kleur niet was uitgekozen door degene die er woonde. Dan verlangde hij juist sterk naar de subtiele tinten en zorgvuldig gecreeerde schoonheid van zijn eigen huis. En dat was eigenlijk een vreemd trucje van zijn hersens, want hij had Ruth gehaat als ze huilde omdat de aannemer achterliep of opgewondener was geworden van de kleur van een tegel dan van de aanraking van zijn hand.

Er stond een bankje in het park dat hem in die tijd aan zijn vrouw had doen denken. Erg voorspelbaar, want had een affaire niet altijd een bankje in het park nodig? Soms sprak hij daar met Sarah af en op de inscriptie stond: 'Voor Maude, die net zo veel van dit park hield als ik van haar.' Hij had zich voorgesteld dat een oude man de letters van die woorden had uitgesneden, met tranen op zijn verweerde gezicht en een leven vol goede herinneringen achter zich. Wat natuurlijk onzin was, omdat niemand alleen maar goede herinneringen heeft en het bankje ongetwijfeld door een machine van de gemeente was gemaakt.

Niet dat het genoeg zou zijn geweest om hem tegen te houden. Ruth was zo makkelijk voor de gek te houden, dat het zijn opwinding bijna teniet had gedaan, maar deze ergernis had hem juist aangespoord. Hij had altijd op rare tijden gewerkt en door zijn baan in de televisiewereld was hij vaak van huis weg, dus het was vrij normaal dat hij 's nachts niet thuiskwam. Maar hij had zich vooral gerechtvaardigd gevoeld. Hij zei altijd tegen zichzelf dat Ruth hem verstikte, dat ze zijn ware aard onderdrukte, dat zijn ware ik een zorgeloze, vrolijke vent was die zich nooit had willen binden. Daardoor klonk het uiteindelijk alsof Sarah veel beter bij hem paste.

Maar waarschijnlijk was dat toch niet zo. Hoewel hij zich nog steeds verward voelde, het nog steeds moeilijk vond om duidelijkheid te scheppen in een situatie die was veranderd in een puinhoop waar je maag van omdraaide, was het moeilijk om fatsoenlijke gevoelens te hebben. Twee vrouwen tegelijkertijd zwanger en maar één kind als bewijs. Een vreemd klein jongetje dat nog steeds, hoewel hij al bijna drie was niet at, bijna niet praatte en je bewegingen volgde als ogen op een schilderij. Christian was bang dat Hal het verdriet van zijn moeder in de baarmoeder had geabsorbeerd, zoals sommige baby's verslaafd aan heroïne worden geboren. In de voordeur werd een sleutel omgedraaid en hij besefte dat zijn handen in de gootsteen koud waren geworden.

Ruth zou hoe dan ook te laat zijn gekomen, maar toch voelde ze zich net een stout kind. Christian zou het niet begrijpen. Ze had zelfs niet de juiste woorden om uit te leggen dat ze al van tevoren had geweten dat ze niet om zes uur van kantoor weg zou kunnen, maar het sollicitatiegesprek toch om zeven uur had gepland. Natuurlijk had ze niet kunnen weten dat het zou regenen, waardoor de ondergrondse propvol zat en je het gevoel had dat je stikte, zelfs in de stationshal. Het bracht haar van haar stuk, de manier waarop de regen de stad tegenwoordig teisterde, de manier waarop de wolken zo vlug en heftig donker werden, zonder enige waarschuwing. Ze kon zich niet herinneren dat het in haar eigen jeugd ook zo was geweest en ze piekerde erover wat ze haar kinderen moest vertellen over de wereld waarin ze opgroeiden.

Ze wist dat het meisje er al zou zijn, zoals ze ook wist dat het huis er niet uitzag. Ruth was eraan gewend 's ochtends weg te gaan met haar ogen gesloten voor de lakens die van de bedden vielen, de was die uit de wasmand puilde, het opgedroogde eten op de borden in de gootsteen, de koelkastlades die nodig schoongemaakt moesten worden, de vieze vingerafdrukken op de ramen, de stofplukken die zich op de trap als konijnen vermenigvuldigden, de niet teruggebrachte dvd's rond de dvd-speler, de spullen die naast de vuilnisbak lagen en naar de recyclebakken aan de voorkant van het huis moesten worden gebracht en de labeltjes die niet in Betty's uniform waren genaaid. De last van deze taken trok aan haar als een bungeejumptouw terwijl ze naar kantoor ging. Maar vanavond kon alles zijn omgeslagen van troep naar problemen. Ze vroeg zich af of Christian het expres had gedaan om haar te straffen voor het feit dat ze hem had weggehouden bij zijn belachelijk belangrijke baan waar hij elke dag van de week kon doen alsof hij onmisbaar was. 'Licht huishoudelijk werk' had ze in de advertentie gezet, ze vroeg zich af wat ze zich daarbij moest voorstellen, ze nam aan de was, zodat het in ieder geval voor de buitenwereld zou lijken alsof ze alles onder controle hadden. En de boodschappen, ze moesten natuurlijk wel eten.

Vanuit de gang kon Ruth het meisje met Betty op de grond zien zitten. Ze leek zo jong, ze zouden bijna vriendinnetjes kunnen zijn. In de ondergrondse op weg naar huis was Ruth overvallen door paniek. Een dag werken nadat ze twee weken lang alleen maar voor de kinderen had gezorgd, had haar verward en vertwijfeld gemaakt. De confrontatie met hun laatste nanny lag nog vers in haar geheugen. Het meisje had huilend op de drempel gestaan met haar tassen, had haar besluit genomen, en gezegd dat ze geen nacht langer naar Betty's geschreeuw kon luisteren. Ik moet slapen, zei ze, maar voor het gemak vergat ze dat Ruth degene was die uur na uur voor het meisje opstond, elke nacht te lijf gaand als een bergbeklimmer.

Afgelopen week had ze Christians sms'jes gecheckt, iets wat ze al meer dan een jaar niet had gedaan. Erger dan het checken was echter het besef geweest dat het leek alsof ze iets wílde vinden. Dat zou in ieder geval spannender zijn dan weer een berg sokken wassen of een maaltijd in elkaar flansen met wat er in de koelkast lag. Ze was te oud om nog steeds assistent-uitgever te zijn, toch? Het was een verschrikkelijke fout geweest de baan van uitgever bij Harvey, die haar vorig jaar was aangeboden, af te wijzen.

'Ik snap het niet,' had Christian gezegd toen ze had zitten jammeren over haar beslissing. 'Waar maak je je zo druk om? Als je de baan wilt, dan neem je hem, dan regelen we gewoon meer hulp. Geen probleem.'

'Geen probleem?' had ze herhaald terwijl haar tranen tegen beter weten in weer omhoogkwamen. 'Vind je jouw kinderen geen probleem?'

'Hoe bedoel je? Wat hebben de kinderen er nu weer mee te maken?'

'Het mag toch duidelijk zijn dat ik de baan niet voor mezelf heb geweigerd.'

Hij had gezucht. 'Alsjeblieft, niet weer die slachtofferrol. Waarom heeft het weigeren van die baan iets met de kinderen te maken?'

Ruth voelde zich verteerd door een zo grote ergernis dat ze bang was dat ze haar man zou neersteken. 'Als ik die baan neem, zie ik ze in wezen nooit meer.'

'Alsof je nu zo veel *quality time* met hen doorbrengt.'

'Waar slaat dat nou weer op? Bedoel je dat ik een slechte moeder ben?' Ruth had het gevoel gehad dat ze de grip op de situatie kwijtraakte.

Christian had zichzelf nog een glas wijn ingeschonken. 'Ik zeg alleen maar dat we allebei een keuze hebben gemaakt, Ruth. We hebben alle twee besloten carrière te maken. Ik zeg niet dat dit goed of fout is, ik zeg alleen maar dat je niet alles kunt hebben.'

'Jou schijnt het anders wel te lukken.'

'Nou, dat is niet zo. Ik zou ze best graag vaker willen zien, maar we hebben een huis gekocht dat we ons niet kunnen veroorloven omdat jij dat wilde en we hebben een gigantische hypotheek.'

'Dat wilde ik niet alleen, ik heb je nooit gedwongen het te kopen.'

'Ik zou net zo blij zijn geweest met iets kleiners.'

Maar Ruth wist zeker dat Christian meer had dan zij. Hij joeg zijn carrière doelbewust na en daarom had hij het ook zo goed gedaan. Hij voelde zich er niet schuldig onder dat hij de hele dag van huis weg was en dus kon hij de tijd die hij met de kinderen doorbracht, koesteren. Om een of andere oerreden leek het niet zijn taak om te weten wanneer ze moesten worden ingeënt en vroeg hij zich ook niet af of ze hen überhaupt zouden laten inenten. Hij voelde zich niet verplicht om talloze opvoedkundige boeken te lezen of zich er druk om te maken dat zijn werkgedrag problemen bij de kinderen zou kunnen veroorzaken. Hij nam nooit een halve dag vrij om kerstuitvoeringen of sportdagen bij te wonen, maar als hij toch kwam kijken, viel het iedereen op en vonden ze hem zo'n fantastische vader.

Het waren al deze kleine onrechtvaardigheden die aan Ruth knaagden tot ze het gevoel had dat haar huwelijk niets anders was dan een rotsachtige oever waar de zee meedogenloos tegenaan beukte. Ze kon dit niet tegen Christian zeggen of hij tegen haar. Dus reden ze wild verder als blinde bumperklevers waardoor ze elkaar geen ernstig letsel toebrachten, maar voornamelijk schaafwonden en blauwe plekken.

'Je had haar naam verkeerd,' zei Christian zodra Ruth de huiskamer in kwam. 'Ze heet Aggie.'

Ruth ging zitten zonder haar jas uit te doen, omdat zowel Betty als Hal op haar probeerde te klimmen. 'O, het spijt me, ik heb het vast niet goed gehoord aan de telefoon.'

'Ik kon niet wegkomen.' Ruth besefte dat ze zich zowel tegen Christian als tegen Aggie verontschuldigde. 'Het was mijn eerste dag, dan weet je wel hoe het gaat.' Ze glimlachte naar Aggie en met haar lippen vormde ze de woorden 'het was een nachtmerrie', over Betty's hoofd heen. Wie probeerde ze te zijn?

'Waarom zet je geen dvd voor hen op?' zei ze tegen Christian en ze voelde de behoefte om tegen Aggie te zeggen: 'Normaal gesproken laten we hen na vijf uur geen tv meer kijken, maar we kunnen nog geen zin zeggen als we het niet doen.'

Het meisje knikte en keek toe hoe de kinderen vochten over welke dvd ze zouden gaan kijken. Uiteindelijk verloor Christian zijn geduld. 'Luister, ik zet *Toy Story* op, dat is de enige film die jullie allebei leuk vinden.'

Betty begon te jammeren, maar ze bleven allemaal glimlachen.

'Het is deze of niets,' riep Christian terwijl hij het apparaat een zet gaf.

'Dus.' Ruth wendde zich tot Aggie. 'Sorry hiervoor. Goed, laten we eens kijken. Ik neem aan dat Christian je al het een en ander over ons heeft verteld.'

Het meisje bloosde en probeerde te antwoorden, maar er kwam niets uit.

'Sorry, Betty had haar in beslag genomen,' zei Christian.

Ruth voelde zich verslagen voordat ze ook maar was begonnen. 'Dus je hebt haar nog niets over Hal verteld?'

'Nee, nog niet, ik wilde op jou wachten.' Het perfecte smoesje.

Ruth beheerste zichzelf. 'Sorry, Aggie, ik zal het even toelichten. Hal is bijna drie en heeft nog nooit iets gegeten. Nog nooit. Hij leeft van flesjes melk. Ik ben met hem bij verschillende artsen geweest, maar zij zeggen dat hij goed gezond is. Misschien is hij een beetje achter in zijn ontwikkeling, want hij praat nog bijna niet, maar blijkbaar is dat niet erg verontrustend. We weten niet meer wat we ermee aan moeten. Over een paar weken heb ik een afspraak bij een voedingsdeskundige, maar volgens mij is de belangrijkste vraag aan jou: hoe denk je over eten?'

Agatha keek naar de achterkant van Hals hoofdje. Ze vond het een prettig idee voor een zonderling te moeten zorgen. Bovendien had ze vaak genoeg bij vreemde vrouwen opgepast en als nanny gewerkt om te weten wat ze moest zeggen. Ze stelde zich hun koelkast voor, gezond, groen en biologisch aan de buitenkant, maar in het koude hart van de vriezer vast vol met de vette zoute werkelijkheid.

'Nou, ik denk dat wat je de kinderen te eten geeft in hun gedrag wordt weerspiegeld. Natuurlijk probeer ik hun vijf verschillende soorten fruit en groenten per dag te geven en ik koop alleen biologisch, maar ik ben niet heilig of zo. Af en toe een snoepje of een koekje mag best.'

Ruth knikte goedkeurend terwijl Christian afwezig uit het raam staarde. 'Dat is eigenlijk hoe wij er ook over denken, maar we hebben zulke enorme problemen met Hal gehad. De huisarts zei dat we hem maar even zijn gang moeten laten gaan. Ze zei zelfs dat ik moest proberen hem dingen als chocolade te geven, om hem te laten wennen aan de gedachte van eten, maar dat vind ik echt belachelijk. Wat denk jij?'

Agatha vond het heel redelijk klinken. Zij was zelf groot geworden op een dieet van bevroren hamburgers, ovenfriet en chocolade. Noedels uit een pakje als ze geluk had. En het had haar geen kwaad gedaan, maar natuurlijk schudde ze afkeurend haar hoofd.

'En discipline, hoe denk je daarover?'

'Ik geloof in regels.' Agatha bedacht hoe haar laatste werkgeefster tegen haar kinderen had geschreeuwd, hoewel ze in het sollicitatiegesprek had gezegd dat ze tegen het opzetten van een harde stem was. Die vrouwen waren echt kostelijk. 'Regels zoals gehoorzaam, beleefd en vriendelijk zijn en elkaar niet slaan of vastpakken, dat soort dingen. En ik houd er niet van met iets te dreigen wat ik niet bereid ben uit te voeren.' Agatha was er niet zeker van of ze dit tegen Ruth Donaldson kon zeggen, omdat zij waarschijnlijk ook zo'n rare vrouw was die niet verantwoordelijk voor haar kinderen kon zijn als ze ergens op een groot landgoed zou wonen, maar er toch mee weg kwam omdat ze in een huis van een half miljoen pond woonde en wat moeilijke woorden kende. Maar dit soort vrouwen was doorgaans verslaafd aan opvoedprogramma's en dus wist ze waarschijnlijk hoe ze zich moest gedragen, zelfs al kon ze het zelf niet.

'In de advertentie stond licht huishoudelijk werk, vind je dat een probleem? Ik bedoel een beetje wassen, opruimen en misschien wat boodschappen doen.'

'O, dat is geen probleem. Natuurlijk doe ik dat.' Dat was het gedeelte dat Agatha het leukst vond. Alles op de juiste plek zetten. Het huis opruimen zodat haar werkgevers zich verwonderden over haar efficiëntie. Ze had al heel vaak als schoonmaakster gewerkt en ze had zich altijd onmisbaar gemaakt. Veel van deze gezinnen woonden haast in achterbuurtachtige toestanden. Agatha was erachter gekomen dat het mensen waren bij wie je graag wilde horen. Je benijdde hun kleding, hun huis, hun koffiezetapparaat, hun stofzuiger van driehonderd pond en de felgekleurde koelkast, maar vaak konden ze het toilet niet eens doortrekken, de meesten althans niet. Ze begrepen niet dat de wereld netjes moest zijn en dat dingen opgeruimd houden heel eenvoudig was.

'Zoals je weet, werken Christian en ik lange dagen. Ik probeer om zeven uur thuis te zijn, maar Christian is er bijna nooit. Is dat een probleem? Je moet ze misschien af en toe in bed stoppen.'

'Nee, natuurlijk niet, dat ben ik gewend.' Tegen het einde van haar meeste banen had Agatha liever gehad dat de ouders verdwenen; ze vond het leuk zich voor te stellen dat ze verdampten door hun eigen neuroses. Het in de hand houden van kinderen was altijd zo veel makkelijker dan het in de hand houden van volwassenen.

'Dus, Aggie, vertel eens iets over jezelf.'

Agatha was gewend aan deze vraag, ze wist dat dit soort mensen graag deed alsof het ze iets kon schelen, maar toch wekte het afgrijzen in haar op. Haar andere antwoorden waren niet echt leugens geweest. Het was niet zo dat ze de kinderen rotzooi voor zou zetten terwijl ze hen sloeg en het vuil onder de bank schoof. Ze zou een goede nanny zijn, maar ze kon deze mensen niets over zichzelf vertellen. Ze had in het verleden met een paar verschillende antwoorden geëxperimenteerd en ze was erachter gekomen dat als je zei dat je ouders dood waren, ze medelijden met je hadden, en als je zei dat ze waren geëmigreerd, dan verwachtten ze dat ze zouden bellen. Dit was de eerste keer dat ze haar nieuwe antwoord uitprobeerde: 'Ik ben opgegroeid in Manchester en enig kind. Mijn ouders zijn heel ouderwets en toen ik filosofie wilde gaan studeren, werd mijn vader woedend. Hij is erg serieus en volgens hem is filosofie de bron van het kwaad, het werk van de duivel.' Ze had dit in een soap gezien en het had erg geloofwaardig geklonken of misschien bizar genoeg om iets te zijn wat je niet zou verzinnen.

Ruth en Christian Donaldson reageerden precies zoals ze had verwacht: ze schrokken op als twee enthousiaste spaniëls, de liberale gevoeligheid straalde van hun gezichten.

'Hij zei dat als ik zou gaan hij me zou onterven.'

'En ben je gegaan?'

Agatha keek omlaag en de pijn van deze kleinering kwam zo hard aan dat er echte tranen in haar ogen prikten. 'Nee, ik ben niet gegaan. Ik kan mezelf nu wel voor mijn kop slaan, maar ik heb de plek afgewezen.'

Ruth sloeg haar hand voor haar mond, maar Agatha betwijfelde of het spontaan was. 'O, wat afschuwelijk. Hoe kon hij je zo'n kans ontzeggen?' Ze wilde eigenlijk zeggen dat ze haar eigen kinderen zoiets verschrikkelijks nooit zou aandoen.

'Daarna ben ik een tijdje thuisgebleven, maar het was verschrikkelijk. Altijd ruzie.' Agatha zag een net rijtjeshuis in een voorstad voor zich en een magere man die vermanend zijn vinger opstak. Het rook er naar azijn, besefte ze, misschien was haar moeder een slechte kokkin geweest of een obsessieve schoonmaakster, ze wist het niet zeker. Ze verbaasde zich er samen met het vriendelijke stel tegenover haar over hoe hij zo gemeen had kunnen zijn. 'Ik ben vijf jaar geleden weggegaan en sindsdien heb ik hem niet meer gesproken.'

'Maar je moeder, heeft die dan geen contact met je gezocht?'

'Ze werd erg door mijn vader gedomineerd. Volgens mij zijn ze intussen verhuisd.'

'Wat vervelend,' zei Ruth, maar Agatha zag dat ze al doorhad dat ze een nanny kon krijgen die slim genoeg was om naar de universiteit te gaan, maar die niets extra's kostte.

Toen Agatha weer op haar lelijke kamer in King's Cross was, was ze moe en lusteloos. Ze vroeg zich nog steeds af waarom ze de Donaldsons had verteld dat ze Aggie werd genoemd, hoewel iedereen altijd Agatha had gezegd. Het klonk vriendelijker en ze moest het er nu maar mee doen. Het mobieltje van haar kamergenote ging over. Ze nam kortaf op met 'hallo' en begon toen verwoed naar Agatha te zwaaien. Lisa had de neiging tot enorme stemmingswisselingen, dus Agatha sloeg er niet echt acht op tot ze hoorde wat ze zei.

'O ja, ze was geweldig. We vonden het zo jammer dat ze wegging... ja, ze zorgde alleen voor de kinderen, ik werk fulltime... Nee, het kwam omdat we hadden besloten uit Londen weg te gaan, zodat de kinderen een grotere tuin zouden hebben.' Lisa deed net alsof ze aan een enorme penis zoog terwijl ze dit zei, wat Agatha enorm irriteerde, want ze moest zich gewoon aan haar tekst houden. 'Eigenlijk waren we bijna gebleven om haar te kunnen houden.' Nepgelach, Lisa die net deed alsof ze van een glaasje champagne nipte. 'Het is zo moeilijk om al die ballen in de lucht te houden.' Lisa legde haar hand over de telefoon en vormde de woorden 'achterlijke idioot' met haar lippen tegen Agatha, die attent glimlachte. Als Lisa dit zou verknallen, zou ze het stomme kind misschien wel voor haar kop slaan. 'Nee, nee, u kunt altijd bellen, maar heus, ik kan haar niet warm genoeg aanbevelen.' Lisa gooide haar telefoon op het bed en maakte zuiggeluiden door haar tanden. 'Jemig, die bekakte lui zijn zo onnozel. Ze verdienen het bijna te worden genaaid, vind je ook niet?'

'Bedankt,' zei Agatha en ze viste het laatste briefje van twintig pond uit haar portemonnee en gaf het aan Lisa. Als je iets maar graag genoeg wilt, gebeurt het ook, had iemand ooit tegen haar gezegd, of misschien had ze het in een film gezien. Het kon haar niet schelen, het enige wat ze wilde, was zo snel mogelijk uit deze verschrikking weg en bij de Donaldsons intrekken.

'Wil je Indiaas of Chinees?' vroeg Ruth terwijl ze de keukenlade doorzocht, die vol lag met cadeaupapier, oude zakjes met zaadjes, een propvol doosje met spelden, verfstaaltjes en talloze ditjes en datjes die ze nooit meer zouden gebruiken.

'Maakt me niet uit,' antwoordde Christian terwijl hij hun allebei een glas wijn inschonk. 'Ik ben doodop.'

De kinderen lagen pas een kwartier op bed en Ruth wist zeker dat Betty elk moment met een smoesje naar beneden kon komen, bijvoorbeeld dat ze een glas water wilde, en dan zou ze boos worden, wat betekende dat de enige echte tijd die ze met haar dochter doorbracht niets met quality time te maken zou hebben. Hoe lang zou ze het nog vol kunnen houden met zo weinig slaap? Het was geen eufemisme dat slaapgebrek een kwelling was, er waren ongetwijfeld overal ter wereld duizenden gevangenen die meer slaap kregen dan zij. Christian had het vermogen ontwikkeld door Betty's gehuil heen te slapen en ze was er al heel lang geleden mee gestopt te proberen hem wakker te maken. *Survival of the fittest*, dacht ze 's nachts vaak, de overheersende evolutie. Het was geen wonder dat Betty de hele dag huilde, Ruth zou het ook doen als dat kon.

Christian zag dat het bijna negen uur was en hij kon niet helpen dat het voelde alsof hij zijn dag had verpest. Eerder had hij tegen Ruth gelogen en gezegd dat het hem was gelukt even te werken, hoewel hij slechts een personeelsadvertentie had goedgekeurd voor een administratief medewerkster voor zijn afdeling. Hij voelde zich fysiek door de mangel gehaald. Waarom huilde Betty zo veel? En waarom at Hal niet? Hij wist dat ze erover zouden moeten praten, maar hij was te moe om iets over deze gevoelige onderwerpen tegen Ruth te zeggen. Want als zijn vrouw *íets* had, dan was het wel de energie om altijd ruzie te maken.

'Wat vind jij van d'r?' vroeg ze.

'Prima. En jij?'

'Ik vond haar geweldig en de vrouw die ze als referentie had opgegeven, was echt vol lof.'

'Goed.' Christian ging aan de lange houten keukentafel zitten, die was ontworpen voor een veel groter en chiquer huis, waardoor hun keuken er net zo belachelijk uitzag als een oude vrouw in een minirokje. Ruth had hem op een antiekmarkt in Sussex gekocht, waar ze over een enorm veld hadden gelopen dat vol had gestaan met Belgen die oude meubels verkochten die in hun eigen land zouden worden verbrand, maar hier voor honderden ponden van de hand gingen. Hij wist nog hoe de Poolse werkmannen Ruth hadden uitgelachen toen ze het huis aan het renoveren waren en er een paar muurlampen waren zoekgeraakt en zij de voorman had gevraagd of een van zijn mannen ze misschien had meegenomen. Voor ons, had hij gezegd, terwijl hij zijn handen in de lucht had gegooid, zijn ze niets waard. Christian had zich gehaat gevoeld door die mannen. Nou, eigenlijk niet gehaat, eerder geminacht. Hij wist dat ze hem in hun eigen taal uitlachten en zich afvroegen wat voor idioot duizenden ponden uitgaf aan zo'n stom huis.

'Denk je dat we haar moeten aannemen?'

Christian probeerde een reden te bedenken om haar wel of niet aan te nemen. Hun laatste nanny had geweldig geleken, totdat ze was vertrokken zonder vooraf te waarschuwen. Hij kon zich het nieuwe meisje niet eens meer goed voor de geest halen, maar hij wist nog wel dat het haar was gelukt Betty te laten ophouden met huilen. 'Ze leek geweldig. Hebben we veel keuze?'

Ruth keek somber. 'Nee, maar is dat een goede reden om iemand aan te nemen om op je kinderen te passen?'

'Doe het nou maar gewoon. Als het niets is, bedenken we wel weer iets anders.' Hij legde zijn hand op de hare en er schoot een flits van passie door hem heen bij het aanraken van haar huid. Soms bracht ze dat teweeg.

Ze stopte haar haar achter haar oren. 'Oké, goed plan, Batman.' Dat was wat ze ook altijd tegen Hal zei en het zoog al zijn verlangen meteen weer uit hem weg.

Agatha's kamer in het huis van de Donaldsons was zo perfect dat ze bijna moest huilen. Hij was helemaal bovenin en ze voelde zich erg geborgen met al die mensen tussen haar en de wereld in. De muren waren in een kleur lichtblauw geschilderd die eendeneiblauw heette, dat had ze ooit ergens gelezen, precies een kleur waarvan ze zich kon voorstellen dat gezellige Amerikaanse moeders hem zouden gebruiken. Uit de achterste muur stak een groot, withouten bed, versierd met zachte, donzige kussens waardoor het net leek alsof je tussen de wolken zweefde terwijl je in slaap zonk. Ze had een klein badkamertje achter een deur waarvan ze dacht dat het een kast was, waar Ruth heel vriendelijk een aantal duur uitziende crèmepjes en lotionnetjes had neergezet. Maar het beste was nog dat de enige ramen aan beide kanten van het schuine plafond zaten, waardoor je de straat niet kon zien, maar wel naar de hemel kon staren in al zijn verschillende hoedanigheden en net kon doen alsof je in willekeurig welk land of welke situatie was. Het was het soort kamer waarvan Agatha had gedroomd, maar waarvan ze nooit had verwacht dat ze hem zou krijgen.

Ruth en Christian vroegen zich af of ze alles had wat ze nodig had en waren zeer dankbaar dat ze bereid was de baan aan te nemen, hoewel het eigenlijk andersom zou moeten zijn. Ze glimlachte het hele weekend en ze keek ernaar uit maandagochtend te vertrekken en haar tanden erin te zetten. Ze had plannen voor het huis en de kinderen. Eerst zou ze alles uitzoeken en opruimen, dan zou ze zorgen dat Betty zou stoppen continu te huilen en uiteindelijk zou ze ervoor zorgen dat Hal zou gaan eten. Het leven was heel eenvoudig als je je doelstellingen simpel hield.

Het huis was viezer dan ze had verwacht. De schoonmaakster van de Donaldsons had een loopje met hen genomen, want elke plek die niet in het zicht lag, was in geen jaren meer aangeraakt. Onder de banken en bedden leek het wel een begraafplaats van zoekgeraakte spullen, die niemand waarschijnlijk ooit nog van pas zouden komen. De binnenkant van de koelkast was plakkerig en vies en het pluis in de droger was vast brandgevaarlijk. Alle ramen waren smerig en het hout eromheen zag er vies en verrot uit, maar eigenlijk hoefde je het slechts met een vochtige doek schoon te vegen. De broodtrommel zat vol kruimels en harde, beschimmelde broodjes en de vriezer lag zo vol met lege dozen en lang vergeten maaltijden dat het net leek alsof hij nooit werd gebruikt. Onder in de wasmand lagen kleren die muf roken en Agatha was er zeker van dat Ruth niet meer wist dat ze ze had, alleen maar omdat ze op de hand gewassen moesten worden. De kastjes plakten van de gemorste jam en honing en de oven begon te roken als je hem aandeed vanwege al het vet dat door de jaren heen was aangekoekt. Agatha zou haar toekomstige huis nooit zo laten vervuilen. Ze zou het nooit elke dag achterlaten zoals Ruth deed. Ze zou vreemden nooit vertrouwen.

'Hoe bevalt de nieuwe nanny?' had Sally, haar uitgever, gevraagd zodra ze die eerste maandag op haar werk was verschenen, waarop ze naar waarheid had kunnen antwoorden: 'Ze lijkt fantastisch.' En dat was in het begin ook zo geweest. Alleen gaf ze Ruth een rotgevoel. Ruth vermoedde dat haar gevoelens belachelijk waren, maar het meisje was te goed. Haar huis was nog nooit zo schoon geweest, de koelkast nog nooit zo goed gevuld, het eten dat ze elke avond klaarmaakte was erg lekker en de kinderen leken gelukkig. Het was een droomscenario voor elke werkende moeder en als ze zou klagen, zouden ze haar voor gek verklaren. Maar voordat Aggie kwam, had ze het op een bizarre manier altijd troostend gevonden om over de nanny te klagen en stiekem te geloven dat ze het zelf beter kon. Ruth wist nu echter zonder twijfel dat ze het niet beter zou kunnen.

Ruth was gestopt met werken nadat Betty was geboren, maar ze had het slechts een jaar volgehouden en de herinnering aan die periode weerklonk nog steeds in haar. Ruth was een overlever, misschien zelfs wel een controlfreak. Ze ging prat op haar vermogen het leven te nemen zoals het kwam, zonder te weifelen, zonder bang te zijn om dingen te proberen en zelfs zonder angst om te falen. Maar het leven met Betty was anders geweest.

Het was zo positief begonnen, met hoge verwachtingen en vol goede hoop. Ze zou altijd verse bloemen op tafel hebben staan, brood en cake bakken, Betty elke dag voorlezen, haar meenemen voor lange wandelingen in het park, haar alle dierengeluiden leren en haar met kusjes overladen. In eerste instantie had het de beste drug geleken die ze ooit had geprobeerd, pure euforie vergezelde haar overal. Het deed haar denken aan het gevoel dat ze kreeg als ze op een warm strand lag en voelde dat de zon haar lichaam penetreerde en alle organen verwarmde. Natuurlijk voordat de ozonlaag was opengebarsten en de zon kankerverwekkend werd.

De warmte kwam echter van binnenuit en door wat ze had bereikt. Er is een moment na de bevalling, de poep, het bloed, het spuug, het gevoel dat je in tweeën bent gespleten en binnenstebuiten bent gekeerd en de pure onvervalste angst als je beseft dat net als doodgaan niemand anders dit voor je kan doen, en dat moment is gelukzalig, puur genot. Het is spiritueel en toch aards. Je kent je plaats en accepteert hem misschien wel voor het eerst van je leven. Je bent net als alle andere vrouwen en op spectaculaire wijze anders dan mannen. En dit gevoel blijft, soms maandenlang.

Maar net als bij elke drug komt er een einde aan de werking, alleen werd Ruth erdoor overvallen. Ze kon zich het moment nog precies herinneren. Ze had wortels in de keuken staan snijden en gedacht dat ze wat eten zou kunnen bewaren voor Betty's lunch de volgende dag, toen haar hersens waren veranderd. Ze had het lichamelijk gevoeld, als een schok in haar schedel. Het ene moment was ze helemaal in het nu en het volgende moment waren haar handen losgekoppeld van haar lichaam. Ze keek toe hoe ze de alledaagse snijtaak uitvoerden, maar ze kon ze niet voelen. Ze probeerde iets anders, ze vulde een pan met water, maar dat was hetzelfde. Ze was bang dat ze flauw zou vallen en rende naar Christian, die voetbal zat te kijken en niet begreep waar ze het over had. Waarom ga je niet naar bed, had hij gezegd, je bent vast bekaf van al die gebroken nachten. Ik maak het avondeten wel klaar en breng het naar je toe.

Maar slapen hielp niet. De volgende ochtend werd ze helemaal bezweet en met een kloppend hart wakker. Toen ze rechtop in bed ging zitten, begon haar hoofd te tollen en de kamer helde over toen ze naar de badkamer liep. Ze smeekte Christian of hij thuis wilde blijven, want ze moest wel ziek zijn, maar hij had haar aangekeken alsof ze gek was en vroeg of ze nog wel wist dat zijn nieuwe show die avond zou beginnen.

Ruth had zich vermand, want baby's hebben geen respect voor ziektes van een ander, maar de wereld bleef uit balans. Vanaf dat moment werd alles waar ze vierentwintig uur daarvoor nog doorheen was gefladderd even moeilijk als het achterlaten van een nieuwe geliefde in een warm bed op een koude winterdag. Ze begon Betty eten uit potjes te geven, Christians eten was vaak niet klaar en ze maakte weken achtereen niet schoon. Ze begon het park te haten zoals ze ooit vliegen had gehaat, iets waarvan ze zich niet kon voorstellen dat ze dat ooit weer zou doen. Zelfs de vrouwen met wie ze bevriend was geraakt leken vreemden en de taal die ze spraken was verontrustend en betekenisloos. Ze zou nooit zo competent worden als zij, de dagen zouden nooit meer voorbijvliegen en angst begon elk moment te beheersen.

Ruth had het gevoel gehad alsof ze verdween. Haar botten voelden slap, waardoor ze er soms zeker van was dat ze in het park flauw zou vallen of met Betty in haar armen van de trap zou vallen. Ze maakte zich continu zorgen over wat er met haar geliefde dochter zou gebeuren, van wie ze met net zo'n oergevoel hield als een moederleeuw. Ze had berekend dat als ze dood zou gaan net nadat Christian naar zijn werk was gegaan, Betty twaalf uur alleen zou zijn. Dan zou ze de rest van haar leven getraumatiseerd zijn, als ze niet ernstig gewond of dood was.

Als hij 's nachts weg was voor een programma, kon ze niet slapen van ongerustheid en had ze het gevoel dat ze door het bed heen in vergetelheid viel, hoewel ze eigenlijk gewoon doodmoe was.

Alles bereikte een kritiek hoogtepunt toen zelfs naar de supermarkt gaan doodeng werd. Ze zag de ironie er zelf ook wel van in. De vrouw die met haar rugzak door Azië had getrokken, een jaar op een Amerikaanse universiteit had gezeten, naar Londen was verhuisd nadat ze Christian slechts één keer had ontmoet en een zeer glibberige carrièreladder had beklommen, was nu verlamd door de gedachte aan een paar gangpaden met etenswaren.

Ruth probeerde de persoon vast te grijpen die ze ooit was geweest, maar ze kon haar niet vinden, hoe hard ze ook zocht. Ze herinnerde zich een zelfverzekerde vrouw, maar het was net alsof ze naar een film keek, de gedachte dat ze ooit weer in die huid zou kruipen was onmogelijk. Na negen maanden thuis besefte ze dat het alleen maar erger werd. Ze keek naar de vrouwen in het park en verbaasde zich over hun onbaatzuchtig- heid. Er was daar buiten een leger van vrouwen, besefte ze, die de ultieme opoffering hadden gedaan, die zichzelf voor anderen hadden ingezet en ze had niets dan respect voor hen.

De maandag dat Aggie begon, was onbeduidend voor Christian. Hij bad dat ze zou voldoen, want hij kon niet tegen de uitbarsting van stress van Ruth als het niet zo zou zijn. Dan zouden ze weer vervelende gesprekken moeten hebben over het feit dat ze thuis moest blijven hoewel ze wisten dat ze dat nooit zou doen. Fulltime moederschap was niet aan haar besteed, maar toch zou ze met de gedachte flirten. Hij begreep niet waarom Ruth bereid was hun kostbare tijd te verdoen met zinloze argumenten. Ze kon zich met evenveel enthousiasme druk maken over alles en niets, terwijl zijn hoofd soms begon te tollen en hij het gevoel kreeg dat hij in een achtbaan zat.

Maar Ruth had vrolijk geleken toen ze was weggegaan en Aggie was al in de keuken geweest om Betty's ontbijt klaar te maken en het feit dat Hal niet wilde eten te negeren, wat hij stilzwijgend altijd de beste manier had gevonden. Maar Ruth stond erop er elke maaltijd heel veel aandacht aan te besteden. Hij vroeg zich af waar ze elke dag de energie en het optimisme vandaan haalde om te denken dat Hal zou eten, zich de moeite getroostte hem elke maaltijd iets voor te zetten en al smekend met een lepel om hem heen danste. Als Christian zich ermee had mogen bemoeien, waren ze ermee gestopt Hal eten aan te bieden en zou hij na een paar weken een paar koekjes krijgen. Het was vreemd dat Ruth er zelfs nooit aan had gedacht dat de huisarts wel eens gelijk zou kunnen hebben. Maar hij zei nooit iets omdat zulke beslissingen altijd door Ruth werden genomen. Hij vond het eng om bij belangrijke zaken betrokken te raken, niet alleen vanwege de ruzie die het algauw veroorzaakte, maar ook omdat hij een precedent zou scheppen en er in de toekomst meer van hem zou worden verwacht.

Toen hij binnenkwam, herinnerde Carol, zijn productiemanager, hem eraan dat de sollicitatiegesprekken voor een administratief medewerkster zo zouden beginnen. Dat klonk erg saai, maar niet al te moeilijk.

'Ik heb ze teruggebracht naar drie,' zei ze. 'Wil je hun cv's zien voordat we naar binnen gaan?'

Maar hij was zijn e-mails al aan het lezen. 'Nee, bedankt. Is er iets wat ik zou moeten weten? Is er iemand bij met maar één been?'

Ze lachte. 'Nee, niets van dat alles. Ze lijken allemaal geweldig.'

Om tien uur had hij een vergadering met de voorzitter, die wilde weten hoe het zat met het contract met Sky, dat duurde tien minuten, en toen hadden ze een halfuur lol over de nieuwe realityshow van afgelopen weekend. Tegen de tijd dat hij naar buiten kwam, was Carol nijdig, omdat de eerste kandidate al tien minuten in de receptie zat te wachten en het duidelijk was dat hij het was vergeten. Het komt goed, had Christian gezegd terwijl hij met een kop koffie de kamer binnenging.

Ze zaten aan een formica bureau in een kamer die door iemand was ontworpen die om hip te lijken de ronde raamkozijnen in felle kleuren had geschilderd. Dergelijke details deprimeerden hem, omdat hij er een hekel aan had als iemand deed alsof werken leuk was. Het was niet zo dat hij het slecht naar zijn zin had, maar hij zou er niet voor kiezen hier te zijn. Dat was niet wat Ruth dacht. Ruth zei constant dat hij liever op zijn werk was dan thuis, dat hij beter bevriend was met zijn collega's dan met zijn echte vrienden, dat hij waarschijnlijk onnodig aan programma's werkte, alleen maar omdat hij het leuk vond. Christian vond die laatste beschuldiging moeilijk te bevatten. Ten eerste was het niet waar en zou hij dat nooit doen en ten tweede: waarom zou het zo erg zijn als hij iets leuk zou vinden? Ruth leek continu met een juk van verbolgenheid op haar schouders rond te lopen en ze kon het niet uitstaan dat hij het leuker zou hebben dan zij. Soms dacht hij erover een wie-heeft-het-meeste-plezier-kaart te maken, zoals de stickerkaarten van de kinderen, waarop hij de minuten kon afvinken dat ze lol hadden gehad en dan zou de verliezer aan het einde van de week een middag voor zichzelf krijgen. De zwakke plek van zijn plan was alleen dat ze allebei eerlijk zouden moeten zijn en dezelfde perceptie van plezier zouden moeten hebben. Ruth beweerde bijvoorbeeld dat lunchen met Sally oké was, maar omdat ze altijd op haar hoede was, had ze niet echt plezier. Jezus, wilde hij zeggen, pak toch wat je pakken kunt.

De deur ging open en Sarah kwam binnen. Ze waren allebei meteen en fysiek zo overrompeld dat Christian tegen Carol niet net kon doen alsof hij haar niet kende. Hij kon er niets aan doen dat hij zich afvroeg of Sarah de situatie in scène had gezet.

'Kennen jullie elkaar?' vroeg Carol.

Christian ging staan. 'Sorry, ik wist niet dat je zou komen. Ja, we hebben samen bij Magpie gewerkt.'

Carol had gelukkig een dikke huid. 'Ik zei toch dat je de cv's moest lezen.'

Sarah was veranderd, ze was veel magerder en haar gezicht was bleker. Ook had ze haar haar laten uitgroeien, dat veel donkerder was dan Christian had beseft, en haar kleren waren veel ingetogener. Ze was veel, veel aantrekkelijker en Christian voelde dat hij begon te zweten. Hij wist niet wat hij moest zeggen en liet Carol het woord doen en gelukkig deed ze dat graag, dus merkte ze zijn stilzwijgen niet op. Sarah struikelde over haar antwoorden en krabde aan haar vlekkerige, met uitslag bedekte hals, waardoor Christian zich dingen herinnerde waaraan hij beter niet kon denken.

Toen ze wegging, voelde Christian de sfeer veranderen en hij was opgelucht toen Carol zei: 'Sorry, ik heb haar verkeerd ingeschat. Ze was zo zelfverzekerd de vorige keer. Dit was afschuwelijk, hoe was ze bij Magpie?'

'Dat kan ik me niet meer herinneren. We hadden niet direct iets met elkaar te maken, volgens mij heeft ze er niet heel lang gewerkt.'

Carol gooide Sarahs cv in de prullenbak. 'Ik denk dat we haar wel kunnen vergeten.'

Het volgende meisje was veel beter dan Sarah en zelfs de derde, die er niet helemaal fris uitzag, zou nog te verkiezen zijn. Toen ze klaar waren, had hij tegen Carol gezegd dat hij naar een vergadering moest en was hij weggegaan. Christian liep richting het park, een doffe pijn zwol aan achter zijn ogen en hij belde Ruth.

'Alles goed?' vroeg hij.

'Het gaat, druk.'

'Echt?'

'Je hoeft niet zo verbaasd te klinken.'

'Dat deed ik niet, ik wilde gewoon...' Hij zocht naar woorden, maar er was niets wat hij kon zeggen. Hij wilde dat ze zou uitroepen dat hij stom was.

'Nou, is er iets?' vroeg ze en hij zag haar voor zich, de telefoon tussen haar oor en haar schouder geklemd en met haar vingers op het toetsenbord tikkend. 'Ik wil vanavond op tijd naar huis om de kinderen in bad te kunnen doen.'

'Nee, niets. Alles is in orde.' Maar zelfs toen hij op het rode knopje van zijn telefoon drukte, dacht hij aan Sarah.

April was Agatha's favoriete maand. Die maand zat vol beloften zonder enige teleurstelling. Ze had al eerder geprobeerd om met Betty naar school te lopen, maar het meisje had zo enorm geklaagd over haar natte schoenen, haar koude neus en de verkeerde wanten dat ze het had opgegeven. Nu maakte ze er echter een leuk avontuur van, door het park en de sprookjesachtige straten. Betty was niet moeilijk te doorgronden, ze had een positieve beloning nodig, een term die Agatha had opgepikt uit de talrijke opvoedkundige boeken die ze onder haar bed had verstopt. Je moest Betty ontkrachten. Je moest goed naar haar en haar onderlip kijken en als je zag dat hij begon te trillen, moest je iets zeggen in de trant van: 'Vind je de laarzen van dat meisje niet afschuwelijk, helemaal de verkeerde kleur roze?' of: 'Heb ik je ooit verteld dat Assepoester twee ijsjes na elkaar erg gulzig vindt?' of: 'Door je haar te wassen groeit het sneller.'

Maar er zou niets worden bereikt voordat ze zou doorslapen. Agatha had de meeste nachten wakker gelegen sinds haar komst bij de Donaldsons, luisterend naar het nutteloze drama op de verdieping onder haar. Betty werd elke nacht om middernacht wakker, bijna op de seconde nauwkeurig, en toch haalde haar gehuil Ruth duidelijk uit een diepe slaap, waarna ze zich bonkend en bonzend een weg naar haar dochters slaapkamer baande. Ze begon de nacht relatief meegaand, maar tegen de tijd dat ze voor de derde of vierde keer uit haar slaap werd gehaald, riep ze de meest belachelijke dingen tegen het kind, bijvoorbeeld dat ze dood zou gaan als ze niet gauw zou gaan slapen. Dan verwachtte ze dat Betty rustig zou worden. Soms nam ze haar mee naar de badkamer, deed ze alle lichten aan en moest Betty haar handen wassen. Het was te gek voor woorden en Agatha kon niet wachten tot ze zich ermee mocht bemoeien. Ze vermoedde dat ze Betty binnen een week door zou kunnen laten slapen.

De ochtend was warm, de lucht voelde als een kus op je huid en toen Agatha het keukenraam opendeed, kon ze de energie ruiken.

'Zouden jullie een groentetuintje willen hebben?' vroeg ze Betty en Hal uit het niets. Ze had deze woorden niet gepland, wat ze een eng idee vond, omdat ze spontaan praten lang geleden had opgegeven. Ze moest zich niet te veel op haar gemak gaan voelen.

'Wat is een groentetuin?' vroeg Betty.

'Nou, het is net een gewone tuin, maar in plaats van bloemen groeien er groenten.'

'Waarom?'

'Om op te eten, gekkie.' Agatha kreeg het benauwd, ze was er pas een maand en het herinrichten van de tuin van de Donaldsons was misschien net iets te veel van het goede.

Maar Betty liep al over van opwinding. 'Kunnen we er tomaten in zetten? En wortels? En patat?'

Agatha lachte. 'Dan moeten we aardappels poten en daar patat van maken. Laten we het zo doen, ik bel je moeder en vraag of het goed is en als dat zo is, dan doen we het.'

'Mag ik bellen? Mag ik bellen?' gilde Betty, die haar hand al uitstak naar de telefoon.

~

De woorden waar Ruth naar luisterde terwijl ze net de donkere gangen van de ondergrondse verliet, waren erg verwarrend en ze kon niet precies horen wat Betty zei. Iets over het planten van wortels op het terras. Verdorie, toch niet weer een schoolproject dat ze was vergeten. Het lag nog vers in haar geheugen hoe ze vorig jaar de lijst met spullen die Betty voor het kerstspel nodig had gehad op de koelkast had geplakt en het vervolgens volkomen was vergeten. Gail had de ochtend van het kerstspel opgebeld om te zeggen dat Betty helemaal hysterisch was, omdat ze om twaalf uur die dag een bruin t-shirt en een bruine broek nodig had. Dus in plaats van naar de redactievergadering te gaan had ze verwoed door de H&M rondgerend en tegen het winkelmeisje geschreeuwd dat ze Betty's maat niet kon vinden.

Ze belde naar huis, Betty nam op en begon onmiddellijk te smeken. 'Ah, mam, mag het? Zeg alsjeblieft ja!'

'Ja tegen wat? Ik kon je niet verstaan.'

'Aggie gaat ervoor zorgen dat er groenten in onze tuin groeien, die we kunnen eten, maar alleen als jij ja zegt.'

Ruth zag een beeld voor zich van Aggie die de hele tuin zou afgraven en hem in een soort volkstuin zou veranderen. 'Waar in de tuin, schatje?'

Betty begon te jammeren. 'Ik weet het niet. Zeg alsjeblieft geen nee, mammie. Jij bent ook niet leuk.'

Ruth voelde een grote golf van ergernis ten opzichte van Aggie over zich heen komen. 'Kun je Aggie even geven, liefje? Ik wil alleen maar weten waar ze het wil doen.'

'Het spijt me, Ruth,' zei Aggie zodra ze aan de lijn was. 'Ik weet dat ik het eerst met jou had moeten bespreken, maar vanmorgen deed ik het raam open en alles rook zo fris en ik heb ergens gelezen dat als kinderen hun eigen eten planten, het waarschijnlijker is dat ze het ook opeten en toen moest ik natuurlijk aan Hal denken en ik had het nog tegen je willen zeggen.'

Het enthousiasme van Aggie werkte aanstekelijk en ze was haar ergernis meteen weer vergeten. Bovendien was de afspraak met de voedingsdeskundige, die ze had moeten verzetten vanwege een adverteerderslunch, al over een paar dagen en zou het niet prachtig zijn hem dat te vertellen? 'Dat klinkt goed,' zei Ruth terwijl ze haar kantoor naderde. 'Koop maar wat je nodig hebt en dan betaal ik het je straks terug.'

Ruth dacht dat ze Christian waarschijnlijk moest bellen om te checken of hij het ook een goed plan vond, maar de dag sleepte haar mee zodra ze weer achter haar bureau ging zitten. Ze zou proberen eraan te denken hem later even te bellen.

Agatha was erg ingenomen met zichzelf. Haar inval over kinderen die hun eigen voedsel verbouwen om ze aan het eten te krijgen, had ze nergens gelezen, maar het zou wel opgeschreven moeten worden en dus was het goed geweest het te zeggen. Het vinden van een tuincentrum in West-Londen was moeilijk, maar niet onmogelijk. Agatha liet de kinderen nadenken over wat ze wilden verbouwen en ze maakte een lijstje: tomaten, wortels, aardappels, bietjes en bleekselderij. Het leek een goede, frisse start. Ze pakte een kookboek van de grote, witte houten plank die eruitzag alsof hij op een dressoir hoorde, maar die Ruth aan de muur had gehangen. De verf bladderde eraf en in haar gedachten had Agatha hem al opnieuw geschilderd. Ze liet Hal de plaatjes van de groenten zien en legde hem uit dat hij alles moest proeven wat hij verbouwde, omdat het een wonder was dat een zaadje dat je in de grond stopte, veranderde in een plant die je kon eten. Hij was geïnteresseerd genoeg om het flesje uit zijn mond te halen.

Betty was ongelofelijk lief in de bus en in het tuincentrum. Ze gedroeg zich als een dametje en ze was zo lief dat ze van Agatha bij de kassa een biologische chocoladereep mocht uitzoeken.

'Het is zo leuk om bij jou te zijn,' zei ze, waardoor het kleine meisje begon te stralen van trots.

De hele weg terug naar huis hadden ze het over de beste manier om te planten. Agatha had op de boekenafdeling van het tuincentrum een goedkope handleiding gekocht en ze las de kinderen er in de bus uit voor. Het klonk als een sprookje. Je moest een stukje grond afgraven en het vermengen met compost. Dan moest je rijen maken en de zaadjes net onder de oppervlakte planten, maar niet te dicht op elkaar. Je moest ze beschermen tegen plunderende insecten en ze goed verzorgen met veel water en zelfs een beetje voedsel. En dan zou je worden beloond met sappige goedheid, die over je kin zou lopen als je erin zou happen en waardoor je blij zou zijn dat je leefde. 'Alle goede dingen zijn het wachten waard,' zei Agatha toen Betty vroeg hoe lang het zou duren.

De plek die ze uitkozen, was de hoek rechts achterin, omdat je die vanuit het keukenraam kon zien en het de kostbare planten niet zou hinderen. Agatha zette het stukje eerst af en vervolgens groef ze een sleuf. Het werk was veel zwaarder dan ze had verwacht, maar nu ze eraan was begonnen zou ze het absoluut afmaken. De kinderen waren zo opgewonden dat ze niet één keer vroegen of ze naar binnen mochten om tv te kijken. Hal had zijn vrachtauto's mee naar buiten genomen en reed ermee door de omgewoelde aarde, zodat Agatha kon zien hoe ze bergen beklommen en aan een nieuwe toekomst bouwden. Betty pakte haar speelgoedschepje uit de schuur en begon de aarde in het midden om te scheppen. Het duurde twee lange uren, maar tegen lunchtijd lag er een stuk maagdelijke aarde te wachten om te worden bebouwd.

Agatha maakte voor Betty en zichzelf tussen de middag broodjes tonijn. Ze had besloten Hal niet langer eten aan te bieden, hoewel dit tegen Ruths instructies inging. Ze stelde zelfs geen vragen als hij om een flesje vroeg. Ze had in een van haar boeken gelezen dat het niet verstandig was er een probleem van te maken als een kind niet wilde eten en hetzelfde gold wanneer een kind niet naar bed wilde. Blijkbaar was dat negatieve aandacht en omdat kinderen verlangen naar welke vorm van aandacht ook, deden ze ook hun best om negatieve aandacht te krijgen. Het klonk Agatha logisch in de oren en ze was van plan er geen aandacht aan te schenken dat Hal niet at, maar juist wel als hij misschien iets anders in zijn mond zou stoppen dan zijn flesje. En als ze ooit 's nachts alleen met de kinderen zou mogen blijven, zou ze Betty bij zich in bed nemen en het meisje de hele nacht knuffelen.

Ze zaten in de zon op het terras, Agatha en Betty knabbelend aan hun broodjes en Hal slurpend aan zijn flesje, terwijl ze naar hun nieuwe terrein keken. Agatha beeldde zich in dat ze in Amerika waren, pioniers die hun eigen plekje in de wereld veroverden. Hal bewoog schuchter naar haar toe en legde zijn hoofdje op haar schoot, het teken dat hij moe was. Agatha streelde zijn hoofdje terwijl hij lag te drinken en even later vielen zijn oogjes dicht en viel zijn flesje op de grond.

'Dat is handig,' zei ze tegen Betty. 'Nu hij slaapt, kunnen wij verder.'

Betty straalde, want er was niets wat ze fijner vond dan zich beter voelen dan Hal. Agatha pakte hem op, een dood gewicht van vertrouwen, en droeg hem naar binnen. Ze begroef haar gezicht in zijn nek en snoof zijn typische geur van yoghurt en katoen op, waarna ze hem op de bank legde en zijn vochtige rode wang kuste. In haar borstkas voelde ze een steek.

Agatha stopte nooit tot ze klaar was met wat ze van plan was. Onafgemaakte taken drukten zwaar op haar geest, als de fazanten in haar vaders wildzaak. Doordat ze de afgelopen jaren voor vrouwen had gewerkt die hun kinderen aan haar zorg overlieten, wist Agatha dat zij als ze later een huis en een gezin zou hebben, niet in staat zou zijn zelf te werken. Wat haar voor het probleem stelde dat ze met een man moest trouwen die genoeg verdiende om iedereen te onderhouden. Ze wist alleen niet goed waar ze deze man kon ontmoeten, omdat ze geen vrienden had en nooit ergens heen ging wat niet met de kinderen te maken had.

Tegen etenstijd waren ze met zijn drieën bezig een hekje om het nieuwe groentetuintje te zetten en deden ze net of ze reuzen waren die over een land gebogen stonden dat ze hadden ontgonnen voor voedsel. Agatha was van plan het af te dekken met het fijne net dat ze had gekocht tegen de slakken en vogels. Betty en Hal waren erg opgetogen dat ze eindelijk de zaadjes mochten planten die ze zo lang geleden hadden gekocht. Agatha maakte de nette gleuven zelf en lette daarna op hoe de kinderen hun kleine offergaven in de aarde lieten vallen. Hal kon er niet van worden overtuigd in zijn eigen rij te blijven of één zaadje per keer te laten vallen, maar toch voelde Agatha zich trots op wat ze hadden bereikt. Ze liet hen tv-kijken terwijl zij de laatste kaartjes bij de zaadjes zette en alles met het net afdekte.

Christian probeerde Ruth onderweg naar huis te bellen, omdat hij na het maandelijkse managementoverleg een berichtje van Carol op zijn computer had aangetroffen waarop stond dat Ruth was vergeten dat de MTS-prijzen die avond werden uitgereikt en dat ze pas laat thuis zou zijn. Hij kreeg alleen haar voicemail. Heel af en toe vroeg hij zich af of ze hem ooit terug zou pakken door zelf een affaire te beginnen. De gedachte dat een andere man haar zou aanraken, maakte hem misselijk, maar hij nam aan dat hij juist verstandig zou moeten zijn als ze het zou doen. Hij betwijfelde het echter, want zelfs bij wraak nemen was ze waarschijnlijk te eerlijk.

Toen hij de voordeur opendeed, kwam er een kalmte over hem heen die als een dun laagje stof was neergedaald. Er leek niemand te zijn. Hij zette zijn tas in de gang en ging naar de keuken, waar hij de restjes van Betty's eten zag staan. Er leek geen plekje voor Hal gedekt te zijn, maar Ruth zou een nieuwe strategie aan het uitproberen kunnen zijn, dus het viel hem niet eens op. Er kwam lawaai uit de tuin en hij ging naar buiten. Agatha, Betty en Hal stonden over een stukje grond achter in de tuin gebogen en de kinderen praatten allebei. Betty draaide zich om toen ze hem hoorde en rende als een stormram over het gras. Ze was smerig en hij kon er niets aan doen dat hij zich zorgen maakte om zijn pak terwijl ze zich tegen hem aan gooide. Kinderen hadden geen respect voor persoonlijke grenzen. Ze deden vaak alsof ze in je wilden klimmen, ze duwden hun gezichtjes tegen het jouwe, speelden met je kleren en praatten door je woorden heen. Maar hij hield zich in en probeerde haar vreugde te evenaren.

'Kom, papa,' gilde ze. 'Kom kijken wat we hebben gemaakt.'

Hij volgde het dwingende getrek van zijn dochters hand naar een modderig stukje van zijn gazon. Hij durfde te zweren dat daar vanochtend nog gras had gelegen, maar nu was het een rommelig stukje aarde met daaromheen een goedkoop, lelijk hekje. Hij wist niet waar hij naar stond te kijken.

'We zullen ze algauw eten,' zei Betty.

Alles wat Christian wilde, was een biertje. 'Wat?'

'De groenten, gekkie.'

'Toma...' Hij deed zijn best te horen wat zijn zoontje zei, maar het ging verloren in de wind.

Christian keek Agatha smekend aan en ze lachte. 'We hebben een groentetuintje gemaakt. Ruth zei dat het goed was. De kinderen hebben bedacht wat ze wilden verbouwen, toen zijn we zaadjes gaan kopen en we zijn de hele dag bezig geweest om dit te maken.' Ze stak haar arm uit als een gastvrouw in een spelshow. Het verbaasde hem dat ze niet ta-ta-ta-ta-taaa riep.

'Wauw. Wat geweldig.' Hij wist dat zijn reactie niet toereikend was, maar het lukte hem nooit zo enthousiast te zijn als vrouwen wilden.

'Ik heb gelezen over kinderen die niet willen eten,' zei Agatha nu, 'en een dokter schreef dat als je ze zelf eten laat verbouwen, het aantrekkelijker voor hen wordt. Ik dacht dat het misschien goed zou zijn voor Hal.'

'Wat een geweldig idee. Het klinkt logisch.' Christian was oprecht onder de indruk. 'Goed gedaan.'

Ze bloosde en het viel hem op dat haar haar in de zon eerder kastanjebruin dan bruin leek. Ze woelde door Betty's haar. 'En zij heeft zo goed geholpen, ik had het echt niet zonder haar gekund.'

'Ik was zo lief, dat Aggie chocolade voor me heeft gekocht.'

'Hoe dan ook, het is tijd om in bad te gaan,' zei Agatha terwijl ze hun handjes vastpakte.

Christian wist dat hij zijn kinderen in bad zou moeten willen doen nadat hij hen de hele dag niet had gezien, of het in ieder geval zou moeten aanbieden, maar ze leken zo blij achter Aggie aan te hobbelen dat het te makkelijk was om het zo te laten. Als je je niet schuldig zou voelen, dacht hij terwijl hij een flesje bier openmaakte en het meenam de zon in, zou dit de perfecte manier zijn om je kinderen op te voeden.

Het groentetuintje was onbetwistbaar lelijk en het knaagde aan hem op een manier die echt te gek voor woorden was. Hij draaide Ruths nummer opnieuw, maar weer kreeg hij de voicemail.

'Ik kom net thuis,' sprak hij in, 'en zie dat de kinderen de tuin hebben vernield. Je had het mij in ieder geval kunnen vertellen voordat je het goed vond dat ze ons grasveld zouden afgraven.' Hij drukte op het rode telefoontje en voelde zich net zijn vader.

Agatha verscheen in de keukendeur. 'Ze willen allebei graag dat u hen welterusten komt zeggen. Ik heb trouwens kip klaargemaakt.'

Christian ging staan. 'Geweldig. O, dat ben ik nog vergeten te zeggen, Ruth is naar een of andere awarduitreiking en ik eet voor de tv. Er is een wedstrijd die ik wil zien.'

'Prima.' Agatha wilde opgewekt klinken, maar ze voelde een golf van weerstand. Besefte hij wel hoeveel tijd het had gekost om de mix van citroen en knoflook onder het vel van de kip te stoppen zonder het te laten breken?

Ruth had de opgewonden sfeer in het kantoor de hele ochtend niet kunnen plaatsen, maar toen Sally haar had gevraagd of ze beter haar rode of haar zwarte hakken kon aantrekken, had ze zich onmiddellijk de award-ceremonie van die avond herinnerd. Tijdens de lunch moest ze vlug een jurk gaan kopen en dat was echt heel vervelend, omdat ze zich dat die maand niet konden veroorloven en ze al eerder had besloten wat ze zou aantrekken. De laatste tijd vergat ze van alles, ze had het gevoel dat het leven steeds sneller ging en haar inhaalde. Misschien moest ze eens naar de dokter. Misschien moest ze een grotere agenda kopen of gewoon schrijven in degene die ze had. Daardoor moest ze eraan denken dat ze de loodgieter nog niet had gebeld om te melden dat ze de boiler steeds moesten resetten om heet water te krijgen.

De jongere werknemers van het tijdschrift begonnen de kasten van de

mode- en beautyafdeling al tegen vier uur te plunderen. Tegen vijven zaten ze aan de drank. Sally leek moeiteloos mee te kunnen doen en toch
alert te blijven, terwijl Ruth aan haar computer vastgekleefd bleef zitten
en net deed of ze nog wat moest afmaken. Tegen de tijd dat ze in de wc
stond om zich om te kleden, stonk het er net zoals ze vermoedde dat een
bordeel zou ruiken. De jurk stond haar niet, ze had hem te vlug gekozen.
Het blauw kleurde niet mooi bij haar olijfkleurige huid. Ze probeerde
haar haar op te steken, maar dan leek het net alsof ze een enorme onderkin
had. De dure camouflagestift deed niets om haar wallen te verbergen.

Ze gingen met de bus naar Alexandra Palace voor de awarduitreiking.
Het lawaai bij binnenkomst overviel haar als de herrie tijdens een kin-
derfeestje, het was zo hard dat je bijna uit je lichaam trad. Ze vroeg zich
af of Betty en Hal al in bed lagen. Niemand had die middag de telefoon
beantwoord, wat een klein knoopje van paniek in haar buik had veroorzaakt. Het was haar niet gelukt Christian te pakken te krijgen en nu had
haar telefoon geen bereik, maar Carol had haar verzekerd dat ze hem de
boodschap zou doorgeven en natuurlijk was Aggie mateloos competent.
Zodra ze er was en haar telefoon nog steeds geen ontvangst had, zou ze op
zoek gaan naar een telefooncel.

Ruth zat naast Sally bij het raam voor in de bus. Sally draaide zich de
hele tijd om naar haar team, zoals ze hen noemde, om te luisteren en mee
te lachen en Ruth vond het prima want ze had hoofdpijn boven in haar
hoofd, die de pijn haar lichaam in kneedde. Ze wreef over haar schouders
en ze voelde hoe de spanning daar als grommende honden vastzat. Het
zou een lange avond worden.

Tegen de tijd dat ze er waren had ze weer bereik, dus hield ze zich afzijdig. Ze zag dat Kate, de enige andere vrouw op kantoor met kinderen,
hetzelfde deed met een bezorgde frons op haar gezicht. Ze kon horen
dat ze tegen degene aan de andere kant van de lijn zei dat de kinderpara-
cetamol in de keuken op de bovenste plank van het derde kastje aan de
rechterzijde van het fornuis lag.

Het symbooltje knipperde om aan te geven dat ze een berichtje had.

Christians stem begon te zeuren over de tuin. Er borrelde een enorme woede in haar op, waardoor ze wel naar huis wilde lopen om zijn zelfvoldane gezicht in de modder te duwen. Ze sprak een berichtje voor hem in, omdat ze zichzelf niet vertrouwde als ze rechtstreeks tegen hem zou praten. 'Als je ooit beschikbaar zou zijn om telefoontjes over groentetuintjes van je kinderen te beantwoorden, zou je waarschijnlijk ook ja hebben gezegd en dan zou het een fantastisch idee zijn geweest.'

Christian kreeg Ruths bericht toen Arsenal de gelijkmaker scoorde en hij net zijn derde flesje bier achterover goot. Hij had Ruth een sms'je willen sturen om zich te verontschuldigen omdat hij zo pretentieus had geklonken, maar nadat hij Betty drie *Charlie en Lola*-boekjes had voorgelezen, had hij geen zin meer gehad om te leven. 'Wist je,' had hij tegen de kat gezegd toen hij beneden was gekomen na Betty's bedritueel, 'dat Charlie een zusje heeft, Lola. Ze is klein en erg grappig. Alleen is ze dat natuurlijk niet. Ze is irritant en vroeg wijs en door de totale verwaarlozing van haar ouders heeft ze al haar negatieve aandacht en obsessies op die arme Charlie gericht, waardoor hij eigenlijk een medaille verdient.' Zijn uitbarsting had hem zo verbaasd dat hij alles was vergeten behalve dat hij op de bank wilde gaan liggen om op de elf mannen op de grasmat te schelden.

Ruths huichelachtige toon irriteerde hem en hij was blij dat hij zijn excuses niet had aangeboden. Hij sms'te terug: *Doe normaal. Het ziet er vreselijk uit.* Zijn telefoon piepte: *Het gaat niet alleen maar om uiterlijk vertoon.* Hij schreef: *Veel plezier op je feestje. Ik ben te moe om ruzie te maken, onze dochter slaapt net.* Hij had bijna geen zin meer om het volgende berichtje te lezen: *Wat ben je toch geweldig. Blijf vooral niet op.* Arsenal scoorde weer, maar Christian kon er niet blij om zijn. Vaak voelde zijn leven echt belachelijk.

Ruth wist nog voordat ze tegen de taxi op botste en haar hoofd voelde duizelen dat ze dronken was. De ontnuchterende bochten die te vlug werden genomen en de kruidige geur die ze niet kon plaatsen, spanden samen om haar misselijk te maken. De chauffeur had een klein symbool van een Indiase god op zijn dashboard staan; het was beschamend dat ze zijn naam niet kende en zelfs niet wist welke religie hij vertegenwoordigde. Toch bemoedigde het haar, stelde het haar op een onbeschrijfelijke manier gerust. Ze keek naar het minuscule icoontje, goedkoop aandoend door het fluorescerende plastic, en benijdde zijn gevoel voor evenwicht, zijn vermogen om aan te zetten tot bewondering. Zo veel hoop, dromen en wensen waren tot dat beeldje gebeden, waardoor Ruth moest glimlachen.

Viva had de prijzen 'Beste Design' en 'Uitgever van het Jaar' gewonnen, dus de champagne had de hele avond rijkelijk gevloeid. Sally was in haar element geweest en Ruth had een onaardige steek van jaloezie gevoeld toen ze haar oude vriendin de prijs zo hoffelijk in ontvangst had zien nemen en een grappige toespraak had horen houden over Roger die haar had gevraagd of ze meer van *Viva* hield dan van hem. 'Ik antwoordde toen simpelweg dat hij mijn echtgenoot was, maar *Viva* mijn kindje. Wat ik er niet bij zei, was dat vrouwen altijd meer van hun kinderen houden dan van hun man. Of niet?' Sally had geen kinderen.

Ruths telefoon vibreerde, maar het berichtje was een oude van Christian. *Heb je de loodgieter al gebeld? Er is verdorie weer geen warm water.*

'Nee,' zei ze hardop. 'Dat heb ik verdorie niet gedaan.'

'Pardon?' vroeg de taxichauffeur.

'Nee, sorry, er is niets.' Ruth gooide de telefoon naast zich neer en staarde uit het raampje naar de grijze straten, die als een sombere droom voorbij gleden. Ze vond het een rare gedachte dat er slapende lichamen achter al die voordeuren schuilgingen, omgeven door muren die voor hen zo bekend en troostgevend waren als ze geluk hadden, maar die voor haar vreemd en eng waren. Het deed haar denken aan de vakantie als je een appartement, huisje of kamer betrad waar je je zo niet op je plaats voelde dat je bijna weer terug naar huis zou gaan. Maar na een paar dagen voelden die vier muren plotseling wel gezellig, alsof je er altijd had gewoond. En daardoor moest ze weer denken aan dat oude cliché: oost west thuis best, dat ze voor zich zag als een borduurwerkje in een houten lijstje hangend in haar oma's keuken.

'Vierendertig zestig,' zei de chauffeur toen hij voor haar voordeur stopte. Ze gaf hem twee briefjes van twintig en herinnerde zich pas dat haar telefoon nog op de achterbank lag toen ze al binnen stond. Ze was te moe om van slag te zijn.

Ruth liep de donkere woonkamer in en zag Christians bord en vier lege bierflesjes bij de bank staan. Het wekte een nieuwe vorm van verslagenheid bij haar op. Ze pakte alles op en nam het mee naar de keuken, terwijl ze zich afvroeg wie hij had gedacht dat dit zou doen. Haar man had de gewoonte met kastdeuren te slaan, laden op heuphoogte open te laten staan, natte handdoeken op bed te laten liggen en vieze onderbroeken zich op de grond te laten vermenigvuldigen. Waar is je laatste slaaf aan doodgegaan? zou ze wel willen roepen en ze klonk als het soort vrouw dat ze nooit had willen worden.

Ruth kwam omhoog nadat ze Christians bord in de vaatwasser had gezet en ving een glimp op van het kleine hekje om wat het nieuwe groentetuintje moest zijn. Ze voelde een enorm verlangen om even te gaan kijken door haar hart stromen, dus deed ze de achterdeur open en stapte de tuin in, die geel was van de lichtvervuiling van de stad. Het stukje was een perfecte rechthoek en ze kon de gleuven onder het net onderscheiden. Aan het einde van elke rij stond een wit plastic stokje met iets erop geschreven. Ze hurkte in het gras en wrong haar hand onder het net door om een stokje uit de aarde te trekken. In Betty's onervaren handschrift stond er 'wortels' en vlak eronder had Hal iets in het oranje gekrabbeld.

Ze voelde een steek in haar hart en ze vroeg zich af of ze dood zou kunnen gaan van alle alcohol en sigaretten die ze zo tegen haar gewoonte in tot zich had genomen vanavond. Maar het echte probleem was het beeld in haar gedachten: haar kinderen vlak na de geboorte, zuigend aan haar borst. Ze had onder het voeden altijd naar hen gekeken en zich verwonderd over hun ernst en de urgentie die gepaard gingen met het gezwoeg. Het voelde altijd net alsof haar hart aan een stel touwen vastzat en dat die touwen tot dat moment slechts slap en latent aanwezig waren geweest. Met elke slok kwamen de touwen strakker te staan, zodat haar hart tegen het einde voelde alsof het los was getrokken, vrij als een zeil op een schip. Zowel Betty als Hal was elke nacht de hele nacht wakker geweest en als ze hen uit hun ledikantjes had gepakt, nog half slapend en met dat typische babygeurtje, hadden ze zo tevreden gezucht dat ze had gezworen dat ze ervoor zou zorgen dat hun nooit iets zou overkomen.

Ze had ontzag voor dat alles. Een uitdrukkingsloos gezichtje dat voor het eerst lacht moet mooier zijn dat de Hangende tuinen van Babylon of de piramides – want vinden wonderen niet alleen plaats in je eigen wereld – er is echt niets anders. Gekir dat verandert in een geluid, het gevoel van kracht in de ledematen die de dag ervoor nog zo zwak hadden aangevoeld. Je wacht en wacht als moeder in het begin, je wacht op de minuscule wondertjes waardoor je ineenkrimpt van de opwinding. Maar dan halen die kleine lichaampjes hun wervelende hersentjes in en alle dingen waarnaar je hebt gezocht rollen plotseling uit hen, zodat je soms zelfs dingen mist. En dan wordt het minder waardevol en vergeet je het, maar is er iets als dit nodig om je terug te werpen naar de impact van het begin.

Hoe was Ruth toch zo veranderd: van helemaal verliefd, waardoor ze precies wist waar haar hart in haar lichaam zat, tot het missen van het creëren van iets wat zo bijzonder was als dit tuintje? Was het niet vreselijk gemeen van het leven dat ze moest kiezen tussen zichzelf en haar kinderen? Het stokje viel uit haar hand, Ruth liet zich zwaarmoedig op het al vochtige gras zakken en bedekte haar mond met haar handen om te voorkomen dat haar gesnik iemand in huis wakker zou maken.

Lang huilde ze niet, toegeven aan haar verlangens deed Ruth niet graag, dan werd ze zich te zeer bewust van zichzelf. In plaats daarvan moest ze van zichzelf gaan staan en naar boven, naar bed. Ze had meer gedronken dan ze had gedacht en ze struikelde terwijl ze haar kleren moeizaam over haar hoofd trok en zich bezorgd afvroeg hoe ze zich de volgende ochtend zou voelen. Haar kussen was koel, maar haar hoofd tolde toen ze haar ogen dichtdeed.

Christian rolde naar haar toe en sloeg een hand om haar buik, iets waar ze nog steeds een hekel aan had. 'Heb je gewonnen?' vroeg hij.

'Niet persoonlijk, maar Sally wel.'

'Dus jullie hebben het gevierd.'

Ruth wist wat hij bedoelde. 'Geen gepreek over mijn drinken.'

'Doe ik niet.' Zijn hand gleed over haar lichaam omlaag. 'Ik vind het leuk als je dronken bent.'

Ruth wist hoe makkelijk het zou zijn om naar hem toe te rollen, zich te laten gaan en zich even goed te voelen, maar de misselijkheid die ze zowel geestelijk als lichamelijk voelde, hield haar in de greep. Het leek wel alsof het te veel moeite kostte. De laatste tijd was ze het zelfs als een soort opgeven gaan zien, hoewel ze niet zeker wist wat ze dan precies kwijtraakte. Ze duwde zijn hand weg. 'Ik ben doodmoe.'

Christian duwde haar bars weg en Ruth hoorde hem zuchten.

Christian had al vroeg een vergadering, dus hij was al weg voordat er iemand wakker was. Hij vond Ruths mobiel op de deurmat met een kaartje van het taxibedrijf. Je hoefde geen hersenchirurg te zijn om te snappen wat er was gebeurd en het irriteerde hem dat zij er altijd mee weg kwam als ze dronken werd tijdens een avondje stappen, terwijl hem altijd het gevoel werd gegeven dat hij een alcoholist was en de boel verstoorde als hij in gehavende toestand thuiskwam.

Het was een prachtige lenteochtend, maar Christian had hoofdpijn en door het zonlicht dat van alle dure auto's weerkaatste, kreeg hij een wazig hoofd. Hij voelde zich raar sinds dat rampzalige sollicitatiegesprek met Sarah. De hele ontmoeting had hem in verwarring gebracht. Het verschil van hun situatie was zo duidelijk dat het belachelijk was. In de drie jaar sinds ze elkaar voor het laatst hadden gezien, had hij van alles bereikt: hij had een leuke nieuwe baan, een prachtige zoon voor bij zijn fantastische dochter en zijn slechte huwelijk stond weer op de rit. Sarah solliciteerde daarentegen naar een functie die lager was dan degene die ze destijds had gehad en het leek wel alsof ze was ingestort of iets dergelijks. Hij had op haar cv gekeken en daarop stond dat ze alleenstaand was, maar hij was nu ook weer niet zo'n zak dat hij zich daarover verkneukelde.

Twee dagen geleden had ze hem plotseling gebeld. Ze had zwak en vaag geklonken en ze had hem gevraagd of ze elkaar ergens konden ontmoeten. Er was niets aan de hand had ze gezegd, maar ze had het vreemd gevonden om hem in die situatie te ontmoeten en ze wilde het daar niet zomaar bij laten, dus had hij ja gezegd. Christian had heel graag willen weigeren omdat het te gevaarlijk leek, maar hij voelde zich gek genoeg verantwoordelijk voor wie ze was geworden, dus had hij toegestemd. Hij zou haar de volgende dag ontmoeten.

Christian was het niet gewend zich verward te voelen. Normaal gesproken deed hij dingen gewoon of hij vroeg Ruth wat ze ervan vond. Hij stuurde een sms'je naar Toby, de enige vriend van school die hij nog regelmatig zag, en hij vroeg of ze die avond iets konden gaan drinken. Hij was opgelucht dat het antwoord 'ja' was en het kon hem zelfs niet schelen dat Toby voorstelde naar een onmogelijk hippe pub in Notting Hill te gaan, waar hij zich ontzettend slecht op zijn gemak zou voelen.

De dag sleepte zich voort. Hij had voor de derde keer die maand een lange, saaie telefoonconferentie met een paar stijve Amerikanen, Carol was in een slechte bui en de sushi tijdens de lunch was veel te duur en smakeloos. Om vier uur belde hij Ruth om te zeggen dat Toby had gebeld, dat hij in een dip zat omdat er iets was gebeurd met zijn vriendin en dat hij iets met hem zou gaan drinken, wetend dat ze er niets van kon zeggen omdat ze het zelf de avond ervoor had gedaan.

Toby was al in de bar toen Christian eraan kwam en het leek wel alsof de bar van hem was en iedereen hem kende, wat waarschijnlijk ook zo was. Het was erg jammer, dacht Christian, dat zijn beste vriend hem het gevoel gaf dat hij erg onbekwaam was door zijn chique levensstijl. Hij kon zich zelfs niet meer herinneren hoe of wanneer Toby in de muziekwereld was terechtgekomen of waarom hij zo succesvol was. Staand in de kromming van de glanzende houten bar terwijl hij twee glazen Guinness bij het barmeisje bestelde, voelde hij zich vreemd en ongemakkelijk in zijn pak.

Toby sms'te verwoed met zijn iPhone. 'Shit, ik moet er over een uur vandoor. Er is een band die vanavond een showcase moet doen en alles loopt in het honderd.'

'Goed.' Christian weerstond de drang om door te vragen.

'Nou, wat is er aan de hand? Waarom deze haast?'

Christian wist niet met wie Toby op het moment de lakens deelde, maar hij durfde te wedden dat ze zo fit als een hoentje was, zoals Toby zou zeggen. Soms ging het leven zo snel, dat je niet zeker wist of je goed of fout zat, dom of slim, belachelijk of verfijnd was.

'Herinner je je Sarah nog?'

'Natuurlijk. Je wilt toch niet zeggen dat je weer met haar omgaat?'

Christian wuifde zijn hand achter zijn glas heen en weer. 'Nee, nee, maar er is iets heel vreemds gebeurd...'

'Hier heb ik een sigaret bij nodig,' zei Toby terwijl hij opstond. Ze sloften naar de stoep en deden niet meer alsof ze goed voor hun lijf waren. Christian nam er ook een. 'Ik dacht dat je was gestopt.'

'Alleen als Ruth in de buurt is.'

'En?' Zijn vriend leunde tegen de groezelige muur van de pub en heel even vroeg Christian zich af wat hij daar deed.

'Ze kwam voor een sollicitatiegesprek bij mij op kantoor.'

'Verdorie. Hoe bedoel je, bij jou?'

'Nou, ik had de moeite niet genomen om van tevoren naar de cv's te kijken, dus ik was niet voorbereid toen ze binnenkwam. Carol was erbij en ik voelde me echt verschrikkelijk. Ze zag er geweldig uit.' Er flitste een beeld van Sarah door Christians gedachten. Soms voelde het alsof hij op tv naar zijn eigen leven zat te kijken en alsof niets er echt toe deed. 'Echt fantastisch, maar het was net alsof ze er niet helemaal bij was.'

'Hoe bedoel je, is ze aan de drugs?'

'Nee, het leek eerder of het leven niet zo goed voor haar is geweest.'

'En ik neem aan dat je nu denkt dat dat jouw schuld is? Dat ze de laatste drie jaar weg heeft zitten kwijnen, verlangend naar jou?'

'Nee, maar je weet wel, met de baby en zo...'

Toby's telefoon piepte weer. 'Sorry, ik moet dit even aannemen.' Hij nam op, liep naar de stoeprand en wipte als een kind met zijn voeten op de met afval bezaaide rand heen en weer. Christian checkte zijn telefoon om iets te doen te hebben en zag dat Ruth had ge-sms't om te vragen of hij melk mee wilde nemen als hij naar huis kwam.

'Sorry, laten we weer naar binnen gaan,' zei Toby toen hij terugkwam.

Ze gingen aan de ronde tafel zitten waar ze even daarvoor ook hadden gezeten en waar de lichtjes van de bar nog steeds in het gemorste bier werden weerspiegeld. Christian had gehoopt dat het schoon was gemaakt.

'Ze belde me een paar dagen geleden om te vragen of ik morgen met haar wil gaan lunchen.'

'Ben je gek geworden?' Christian was verbaasd over de woede die op het gezicht van zijn vriend te lezen stond voordat hij die kon verbergen. 'Je weet dat Ruth bij je weggaat als je het ooit weer doet. Geen idee hoe je het voor elkaar hebt gekregen dat ze de vorige keer is gebleven, maar ze pikt het geen tweede keer.'

'Ik ben helemaal niets van plan, maar ik kon geen nee zeggen. Ik voel me schuldig.'

Toby wreef met zijn hand over zijn ogen. Christian wilde nog een sigaret. 'Nou, het was niet alsof ze niet wist wat ze deed. Het was rot, maar zulke dingen gebeuren nu eenmaal. Vrouwen krijgen zo vaak een miskraam. Ik kan niet geloven dat ze er drie jaar later nog steeds verdrietig over is. Ik denk dat ze een kans heeft gezien en heeft besloten hem te grijpen. En jij, beste vriend, had beleefd moeten weigeren.'

'Ik weet het niet, ik denk niet dat ze zo is.'

'Je wilt niet dat ze zo is.'

Christian wist niet wat hij had gedacht. Het was mogelijk dat Toby gelijk had. 'Vraag jij je soms niet af of je echt bent wie je bent?'

'Nee. Ja.'

Christian was boos, niet per se op Toby, maar die zat nu eenmaal tegenover hem. 'Je begrijpt het niet.'

'Alsjeblieft, je gaat me toch niet vertellen hoe zwaar het leven van een getrouwde man is? Dat gezeik over liefde, vriendschap en kinderen.'

Christian kneep harder in zijn glas. 'Geen seks, continu ruzie, gigantische hypotheek.'

'Zo slecht is het nu ook weer niet.'

'Jij zou dus zó met mij willen ruilen?'

'Dat zeg ik niet, ik zeg alleen maar dat Ruth en de kinderen geweldig zijn en soms als ik bij jullie wegga, dan voel ik me, ik weet het niet, leeg.'

Christian lachte. 'Ik wil ook niet zeggen dat mijn leven verschrikkelijk is, want ik heb altijd huisje, boompje, beestje gewild, maar door mijn ogen gezien ziet jouw leven er niet zo slecht uit.'

Christian leunde achterover. Hij was afgepeigerd. Hoe konden Toby en hij van dezelfde leeftijd zijn, eenzelfde achtergrond hebben en toch op zo'n andere plek in het leven zijn aanbeland? Altijd maar keuzes, hoe kon je ooit weten of je de juiste maakte? 'Wil je er nog een?'

'Nee, ik moet gaan.' Toby stond op. 'Op school was je al zo, je maakte je altijd druk of iemand anders het beter deed dan jij en je vroeg je af of het feestje waar je niet heen ging het beste van het jaar was. Niemand kan alles hebben. We zijn volwassen en volwassenen hebben het zwaar. Niemand heeft continu plezier, sterker nog, we hebben mazzel als we af en toe plezier hebben. Ik zou Sarah afzeggen en Ruth mee uit eten nemen.'

Agatha had gewild dat Hal in ieder geval interesse had in het concept eten voordat Ruth hem vrijdag zou meenemen naar die stomme voedingsdeskundige. De vakantie was echter zo druk geweest met de groetetuin, het tripje naar het museum en het zwemmen dat ze niets had gedaan. Toch twijfelde ze of de dokter veel zou kunnen doen.

Ruth zag er afgetobd uit toen ze op vrijdag naar beneden kwam om te ontbijten, nonchalant gekleed in een spijkerbroek en een shirt, maar ze deed erg haar best om te doen alsof ze het leuk vond een dag vrij te hebben. Agatha wist dat het stom was om er iets over te zeggen en natuurlijk begonnen Betty's lippen boven haar Rice Pops te trillen.

'Ik wil mee, mammie.'

'Maar het is erg saai. Hal en ik moeten naar de dokter.'

'Ik vind de dokter leuk.'

'Niet waar.'

'Welles.'

Betty huilde nu en werkte toe naar een hysterische aanval. 'Het is niet eerlijk. Hal mag de hele dag bij jou zijn. Ik ben nooit een hele dag bij jou.'

Ruth zette haar kop koffie neer en heel even vroeg Agatha zich af of ze zou gaan huilen. 'Ik weet zeker dat je vandaag iets leuks gaat doen met Aggie.'

'Ik wil Aggie niet, ik wil jou.' Agatha zei tegen zichzelf dat ze zich hier niets van aan moest trekken, want kinderen zeiden altijd dingen die ze niet meenden. Ze ruimde de vaatwasmachine in en zelfs met haar rug naar hen toe voelde ze dat de sfeer veranderde. Ruth stond op het punt toe te geven. Wat Agatha betrof, waren dit soort situaties nog een reden om niet te gaan werken als je kinderen had. Je voelde je altijd schuldig waardoor je nooit nee zei en je kinderen wisten gewoon dat ze alles voor elkaar konden krijgen als ze maar lang genoeg doorzeurden. Als Ruth degene was geweest die het groentetuintje had aangelegd, naar de dinosaurussen had gekeken en zich had verbaasd over de twee slagen die ze op haar hondjes zonder bandjes had gezwommen, dan zou ze nu in staat zijn geweest nee te zeggen.

Betty's geschreeuw ging onophoudelijk verder en dreunde maar door, zodat zelfs Hal zijn handjes voor zijn oren sloeg.

'Goed dan, goed dan,' schreeuwde Ruth boven de herrie uit. 'Goed dan, jij je zin, je mag mee.' Betty hield onmiddellijk op met huilen en klom bij haar moeder op schoot om hun dag nauwkeurig te plannen.

Ruth keek over haar hoofdje heen naar Agatha. 'Jij hebt waarschijnlijk ook wel zin in een dag vrij, Aggie. Het zou leuk zijn om wat tijd met hen allebei door te brengen. Na de dokter kunnen we in Hyde Park gaan lunchen en misschien de eendjes voeren.'

'Ik maak wel eten voor als jullie terugkomen.' Agatha greep elke kans aan om zich nuttig te voelen.

'Nee, alsjeblieft, ik sta erop. Neem een dag vrij en ga naar je vrienden. Je hebt gewerkt als een paard sinds je hier bent, je denkt vast dat we slavendrijvers zijn.'

Agatha glimlachte, maar ze had zin om te huilen. Ze was net gaan geloven dat de Donaldsons niet zouden merken dat ze nooit een dag vrij wilde, nooit werd gebeld of nooit met iemand afsprak. Nu moest ze weer een smoesje gaan bedenken en een mobieltje kopen zodat ze zichzelf kon bellen, alleen maar om in haar uppie in de bioscoop te gaan zitten.

Het was niet zo dat Agatha nooit vrienden had gehad. Ze had een paar goede en serieuze vriendschappen gehad en ze had gedacht dat haar gebeden waren verhoord en er nooit een einde aan zou komen. Maar ze had die meisjes altijd verkeerd beoordeeld, ze begrepen haar nooit zoals ze had gedacht.

De beste vriendin die ze ooit had gehad, was Laura. Haar had ze ontmoet bij een schoonmaakbedrijf waar ze had gewerkt toen ze net in Londen was. Vanaf het moment dat ze haar had gezien in het superschone kantoor in Kensington had ze geweten dat ze voor altijd vrienden zouden blijven. Ze had zoiets verfijnds door haar blonde haar met highlights, de omhoog staande kraag en haar deftige accent, waardoor Agatha haar wilde bezitten als een geweldige vaas, die je ergens hoog op een plank zet om er nooit meer van af te halen.

Agatha was erin geslaagd haar noordelijke accent te verfijnen in de tijd die het kostte om van de ene naar de andere kant van het kantoor te lopen en ze was erg onder de indruk van het geluid dat uit haar mond kwam. Ze had zichzelf gedwongen super zelfverzekerd te lijken en ze vertelde een overtuigend verhaal: ze had geld nodig voor haar reis naar Argentinië die ze aan het plannen was voor de tweede helft van haar tussenjaar. En het was niet te geloven, maar Laura was ook aan het werk voor een reis in haar tussenjaar, alleen zou zij naar Amerika gaan met vrienden.

Het was makkelijk smoesjes te bedenken om naar het kantoor te gaan en zelfs nog makkelijker om Laura aan het lachen te maken of uitroepen over hun overeenkomsten te doen. Bovendien kon je zo veel over iemand te weten komen als je alleen maar keek naar het boek of tijdschrift dat ze aan het lezen was of wat ze tijdens de lunch at. *Pride and Prejudice*, *Heat* en een sandwich tonijn zonder brood van Pret A Manger.

Agatha's vader en moeder waren op cruise in de Bahama's en haar broer zat op St. Andrews en kwam nooit thuis. Agatha had er een hekel aan om naar hun huis in Oxford te gaan zonder hen en dus sliep ze bij een vriendin op de grond terwijl ze wat geld verdiende. Ze wilde Laura graag vragen of ze langs wilde komen, maar de moeder van haar vriendin was depressief en lag vaak in bed en ze was niet erg helder, dus ze kon het risico niet nemen. Op een dag nam ze Laura bij een kop koffie zelfs in vertrouwen en vertelde haar dat haar vriendin haar begon te irriteren omdat ze een nieuwe vriend had en iedereen om haar heen leek te vergeten. Dat was erg jammer want al haar andere vrienden waren weg.

Vertel mij wat, had Laura gezegd, deze zomer leek zo saai te worden dat ze al half had gehoopt dat ze in september naar Bristol zou gaan. Bristol, dat is grappig, ik ga naar Exeter, dat is niet ver bij elkaar vandaan, had Agatha gezegd. En op dat moment geloofde ze oprecht dat het haar zou lukken in september van het volgende jaar naar die universiteit te gaan, want als ze er goed over nadacht, was dat eigenlijk wat ze altijd had gewild.

Laura kende interessante mensen en deed leuke dingen en ze begon Agatha steeds vaker mee te nemen. Agatha wist dat als ze erbij wilde horen, ze leuk en beschikbaar moest zijn en altijd de juiste dingen moest zeggen. Het probleem was alleen dat het al vlug duidelijk werd dat ze om het juiste te zeggen moest weten wie wie was en waar ze het over hadden. Laura en haar vrienden leken elk gesprek te beginnen met de woorden: 'Wist je dat...' of: 'Zoals Connie zei...' of: 'Toen ik laatst in Toms cottage was...' Deze spookachtige verschijningen leken nadrukkelijk aanwezig te zijn om Agatha heen, ze drongen zelfs haar dromen binnen. Het werd vermoeiend om niemand te kennen en Agatha merkte dat de mensen hun interesse in haar begonnen te verliezen, omdat ze keer op keer haar onwetendheid liet blijken. Maar het was haast alsof ze ze toch leerde kennen, ze klonken allemaal hetzelfde en niemand kwam ooit echt opdagen. Dus op een avond toen ze een glas chardonnay te veel op had, was ze verbaasd erachter te komen dat ze Vicky kende, Vicky uit Hammersmith die de hele zomer door Europa had gereisd en wier ouders in Hertfordshire woonden, met dat lange blonde haar en dat prachtige lichaam. Wat bizar.

Alleen, en wie had dat kunnen weten, kwam die verdraaide Vicky een week later opdagen, bruin en fantastisch, precies zoals iedereen had gezegd. Natuurlijk kende ze Agatha niet en ze had haar zelfs nog nooit eerder gezien. Het was afschuwelijk omdat Agatha tegen iedereen die maar wilde luisteren een hele avond was doorgegaan over hun familievakanties naar Cornwall en hun gedeelde liefde voor driedaagse eventingwedstrijden. Laura belde haar daarna nooit meer.

Het deed Agatha denken aan Sandra op school die was opgehouden tegen haar te praten nadat ze Agatha's moeder had gevraagd of ze Billie Piper echt kende. Haar moeder had zelfs niet geweten wie Billie Piper was en daarom was het ook zo'n stom mens. Maar zelfs nadat Sandra erachter was gekomen, had Agatha willen roepen dat ze haar wel kende. Ze had elk woord gelezen dat ooit over haar was geschreven, ze had haar gevolgd sinds ze beroemd was geworden, in ieder geval ver voordat die stomme Sandra van haar had gehoord. Toen had ze naar Sandra moeten luisteren, die op het schoolplein maar had doorgezeurd over Billies eetstoornis en ze had het gevoel gehad dat ze het verhaal recht moest zetten of haar moest slaan. Maar niemand wilde luisteren, dus zei ze dat Billies moeder de beste vriendin van haar moeder was en dat ze Billie van kinds af aan had gekend en dat ze geen anorexia had. Zelfs nu nog zou het moeilijk zijn haar te laten toegeven dat het niet zo was.

~

Ruth begon de dag met de kinderen erg positief. Het was een goed idee van Betty geweest en Ruth schaamde zich dat ze er zelf niet op was gekomen. In tegenstelling tot het monotone grijs dat de lucht normaal gesproken kleurde, stond er een stralende zon aan de babyblauwe hemel. Als je het feit negeerde dat ze de dag moesten beginnen met een bezoek van een uur aan een voedingsdeskundige dat honderdtwintig pond kostte, omdat haar zoon niet wilde eten, zou je kunnen denken dat het perfect was. En Ruth zou ervoor zorgen dat het een perfecte dag zou worden. De groentetuin had ze dan misschien gemist, maar je kon natuurlijk overal iets bijzonders van maken.

Onderweg naar de ondergrondse bedacht ze dat het misschien verstandig zou zijn Betty eraan te herinneren waar ze heen gingen. 'Je weet toch dat je echt heel lief bij de dokter moet zijn?'

'Natuurlijk weet ik dat, mammie.'

'Je moet stil blijven zitten en mij met hem laten praten. Snap je dat? Absoluut geen raar gedoe, want het is belangrijk dat mammie goed hoort wat hij allemaal zegt. Daarna gaan we naar het park en als je lief bent, krijg je het grootste ijsje dat je ooit hebt gezien.'

Ruth werd altijd een beetje zenuwachtig als ze met haar kinderen met de ondergrondse moest. Ze haalde zich talloze situaties in haar hoofd, zoals een terrorist die een bom liet afgaan, haar kinderen die tegelijkertijd probeerden voor de ondergrondse te springen of dat iemand Betty probeerde te kidnappen, maar dat ze Hal alleen moest laten om haar te redden. Plus natuurlijk alle gebruikelijke problemen omdat bijna geen enkel station een lift had en niemand ooit met de buggy hielp. Ze probeerde zich Christian tijdens zijn dag voor de geest te halen om haar bezorgdheid een halt toe te roepen, maar ze lachte om zichzelf. Het was vreemd dat hij nog steeds haar constante factor bleef, als een talisman in haar zak.

De ondergrondse rolde met een vlaag warme lucht het station binnen, waardoor Ruth haar ogen sloot en het voelde alsof ze op een vlakte in

Afrika stond. Het perron voelde oud en versleten aan onder haar voeten en er lag nog een heel lange dag voor haar die ze door moest zien te komen voordat ze weer op dit station zou zijn. Ze was bang dat het doorbrengen van tijd met haar kinderen altijd zo zou zijn: een serie gebeurtenissen die je moest afhandelen voordat je een legitieme reden had om ze in bed te stoppen.

'Kom op,' riep ze nu en ze trok Betty de ondergrondse in, maar ze kneep haar hand te hard tegen het metalen handvat van de buggy waardoor ze moest huilen.

'Mijn Brat,' gilde Betty terwijl de deuren dicht zoefden.

Ruth draaide zich net op tijd om om de groteske plastic pop onder de ondergrondse te zien verdwijnen.

'We vermoorden mijn Brat,' jammerde Betty terwijl de ondergrondse krakend wegreed.

'Huil maar niet, liefje. Ik koop wel een andere voor je,' zei Ruth, hoewel ze het stiekem wel leuk vond, omdat vrouwen van die poppen haast een complex kregen. Ze wist zeker dat ze ergens had gelezen dat het het best verkopende speelgoed was. In vergelijking tot Brat leken Barbie en Sindy wel nonnen, ze had een belachelijk uitdagend lichaam dat alleen door een fetisjist verzonnen kon zijn. Haar gelaatstrekken waren niet meer dan een reclame voor plastische chirurgie, en niet te vergeten haar kleren, waarvan een straathoer nog zou moeten blozen. Op een dag zou ze genoeg energie verzamelen om Betty uit te leggen dat het niet leuk en niet cool was om zulk speelgoed te hebben, omdat vrouwzijn om zo veel meer draaide dan het uiterlijk, omdat... jemig ze kon niet helder denken met het onophoudelijke gekrijs van Betty's hysterische aanval op de achtergrond.

Christian wist dat Toby gelijk had over Sarah, maar hij had ook geweten dat het onmogelijk was niet met haar te gaan lunchen. Hij was als eerste in het Italiaanse restaurant, een paar straten bij zijn kantoor vandaan, en koos een plekje achterin. Het tafeltje met het deprimerende rood-wit geblokte plastic tafelkleedje en het verplichte vaasje met soepstengels was te klein en intiem. Ruth zou gelachen hebben om de ingelijste foto van de paus boven de deur naar de wc. Hij kon zich voorstellen dat ze zou zeggen dat het niet veel goeds voor het eten beloofde.

Sarah was een aanvaardbare tien minuten te laat, maar ze zag er gegeneerd en gehaast uit. Ze keerde haar zijkant naar hem toe terwijl ze zich in de stoel tegenover hem manoeuvreerde en hij zag hoe mager ze was geworden, ze leek wel zo'n model uit Ruths tijdschrift. Vandaag droeg ze een zwarte broek, een zwart T-shirt en een sjaaltje met een luipaardprintje om haar hals. Haar eens blonde haar hing los op haar schouders en er was slechts heel vaag iets van make-up op haar ogen te zien. Hij wist dat het verkeerd was haar zo aantrekkelijk te vinden.

'Sorry dat ik je heb gebeld,' zei ze meteen. 'Maar ik vond het allemaal zo raar.'

'Nee, dat is toch leuk. Het was goed om het te doen.' Christian wees de fles wijn aan die hij wilde, het leek onmogelijk hier zonder alcohol doorheen te komen.

Sarah was nerveus, besefte hij, ze bleef maar aan haar sjaal frunniken en onder haar kin kwam rode uitslag als een soort klimop opzetten.

'Hoe dan ook,' zei ze terwijl ze een soepstengel doormidden brak, maar er niet van at, 'je hebt een nieuwe baan?'

'Ja, ik zit er alweer bijna twee jaar.'

'Is het er leuk?'

'Nou, gewoon, zo leuk als een baan kan zijn.'

'Maar je doet het goed.'

Christian probeerde een vleugje sarcasme in haar stem te horen, maar ontdekte het niet. Hij knikte en wist dat hij als een semiprofessionele tennisser terug moest slaan. 'En jij, wat heb jij allemaal gedaan?'

'Nou, ik heb voornamelijk in Australië gezeten.' Ze keek omlaag en verkruimelde nog meer van de soepstengel. Hun wijn werd gebracht en Christian schonk de glazen in.

'Australië, wauw.' Hij wilde weg. Hij had altijd al een hekel gehad aan mensen die om een andere reden dan vakantie naar Australië gingen.

'Ja, het was erg leuk.' Hij wist dat ze nog iets anders wilde zeggen, dus zei hij niets. Sarah stopte haar haar constant achter haar oren. 'Na de, eh, miskraam, ben ik een poosje bij mijn vader en moeder gebleven en toen dacht ik: rot allemaal maar op, en toen ben ik op het vliegtuig gestapt en kwam ik in Sydney terecht, waar ik iemand heb ontmoet en daar ben ik twee jaar bij gebleven.'

Christian vond de klank van dat 'iemand' aangenaam klinken, het was belachelijk geweest te denken dat ze weg had zitten kwijnen. 'Geweldig. Heb je er gewerkt?'

'Alleen in bars en zo. Het is daar veel makkelijker om rond te komen.'

Sarah babbelde verder over het weer en het leven op het strand, dingen die Christian al zo vaak had gehoord. Het leek ongeloofwaardig dat hij Ruth bijna had verlaten voor deze vrouw. Met de worp van een dobbelsteen maakte het leven de meest onverwachte wendingen, omhoog en te veel bochten naar beneden. Hij had een heel leven met Sarah kunnen hebben, ze hadden al een kindje van twee kunnen hebben, waarschijnlijk zouden ze ergens in een piepklein flatje wonen omdat het grootste gedeelte van zijn salaris naar Ruth zou gaan en ze hem legitiem kon haten. Ze had al iemand anders kunnen hebben en hij zou zich alleen en uitgeblust voelen, omdat de meeste van hun vrienden en kennissen natuurlijk haar kant zouden hebben gekozen. Hij zou twee kinderen hebben die hij bijna niet meer zou kennen, met één zou hij zelfs nooit samen in een huis hebben gewoond en hij zou ze op verschrikkelijke uitjes moeten meenemen naar de dierentuin waar ze alleen maar zouden janken. En als Betty ouder was, zou ze tegen haar toekomstige vriendjes zeggen dat ze mannen niet zo vertrouwde, omdat haar vader een meisje zwanger had gemaakt toen ze drie was en haar moeder alleen achter had gelaten met Hal en haar.

En met Sarah zou alles precies hetzelfde zijn. Hij zag dat zo helder als de zon die door het raam aan de straatkant scheen. Ze zouden de laatste twee jaar hebben doorgebracht met ruziemaken over wiens beurt het was om de vuilnis buiten te zetten, waarom hij zo vaak naar voetbal keek of wie er meer moe was. Het was triest te beseffen dat niemand uniek was en dat het eerder afhing van de omstandigheden met wie je eindigde. Hij verlangde naar huis, hij wilde zitten op een van de ongemakkelijke banken waar hij Ruth altijd mee plaagde omdat ze er wel goed uitzagen, waar Betty en Hal ruziemaakten en Ruth en hij elkaar even aankeken en het gevoel hadden dat ze het met elkaar eens waren.

'Dus wat hebben jullie gekregen?'

Christian had niet goed gelet op wat Sarah had gezegd. Zijn pasta was smerig, er lag te veel op het kleine bordje waardoor het plakkerig leek, terwijl het eigenlijk precies lang genoeg was gekookt. 'Sorry, wat we gekregen hebben?'

'Een jongen of een meisje?'

Hij vond de vraag ongelofelijk en hij kon zich niet voorstellen waarom ze dat zou willen weten. 'O, dat. Sorry, een jongen.'

'Voor bij het meisje. Wat perfect.' Het sarcasme was er deze keer wel. Moest hij zich verontschuldigen? Moest hij vertellen wat er allemaal was gebeurd? Was dat wat ze verwachtte? Hij voelde zich lusteloos, het leek allemaal zo nutteloos, er zou niets veranderen door te razen en te tieren, maar misschien moest ze haar hart even luchten. Sarah leek zich echter te bedenken en glimlachte. 'Sorry, ik ben blij voor je.'

Christian speelde met de gedachte haar te vertellen dat Betty 's nachts nog steeds niet doorsliep of dat Hal nog nooit een kruimel vast voedsel had gegeten, hoewel hij al bijna drie was en gemiddeld op twintig flesjes per dag leefde. Maar dat leek verraad ten opzichte van zijn gezin, alsof hier zitten met Sarah nog niet erg genoeg was.

'Hoe dan ook,' zei hij terwijl hij op zijn horloge keek. 'Het was leuk, maar ik heb om drie uur weer een vergadering, dus...'

'O, ja, oké.'

Het was vreemd om weg te gaan. Allebei wisten ze niet hoe ze er een einde aan moesten maken. Christian zag een duif met een gebroken potje in de goot zitten terwijl ze afscheid namen en die zag er zo ellendig uit dat hij op zoek wilde naar een steen om zijn hersens in te slaan. Zijn grijze veren waren dof en hij had een kale plek op zijn rug en Christian was bang dat hij door andere duiven was achtergelaten. Terwijl hij toekeek hoe Sarah ongemakkelijk wegliep, hoopte hij dat ze uit zijn leven vertrok.

Onderweg terug naar kantoor checkte Christian zijn mobiel en hij zag dat hij drie oproepen van Ruth had gemist. Er zat wel een bepaalde ironie in het idee dat er iets ergs met een gezinslid van hem zou gebeuren terwijl hij een afschuwelijke lunch had met zijn voormalige minnares. Hij belde terug en na twee keer overgegaan nam ze meteen op.

'Ruth, wat is er gebeurd?'

Haar stem brak toen ze hem hoorde. 'O, mijn god, het was verschrikkelijk. Ik probeer je de hele tijd al te pakken te krijgen.'

'Wat?' Paniek drong als gal zijn borstkas binnen en hij stelde zich het verschrikkelijke lot van zijn kinderen voor, bij elke hartslag verscheen er een ander afschuwelijk beeld in zijn gedachten.

'De voedingsdeskundige.'

Hij ontspande zich. 'O, natuurlijk, wat had hij?'

'Ik kan nu niets zeggen, kleine potjes hebben grote oren.' Haar stem trilde en hij kon bijna zien hoe ze zichzelf onder controle probeerde te houden voor de kinderen. Dat had ze vaak moeten doen toen Hal pas was geboren. 'Ik wou maar dat ik niet was gegaan. De hele dag was een ramp. Ik weet niet of ik dit nog wel kan.'

'Of je wat kunt?'

'Moeder zijn.'

'Kom op, Ruth. Doe rustig. Waarom gaan we vanavond niet lekker ergens eten om alles te bespreken. Misschien kan Aggie oppassen?'

'Ik ben zo moe, ik weet niet of ik daar wel puf voor heb.'

'Kom op, gewoon even ergens in de buurt. Het zal je goed doen.'

Ruth snoof zwaar in de telefoon. 'Goed dan.'

～

De dood van Brat was een slecht voorteken geweest. Betty's hysterische aanval was alleen maar erger geworden naarmate ze verder van de plek van de misdaad verwijderd raakten. Niets wat Ruth zei kon haar tot bedaren brengen, dus halverwege was Ruth bang dat ze een paniekaanval zou krijgen. De wanden van de ondergrondse stonden te dicht op elkaar en ze was zich hevig bewust van alle bobbels en het geknars van de rails. Ze vroeg ze af waar ze mee bezig was, haar kinderen meenemen op deze ruisende massa metaal diep onder Londen. Het leek doodeng.

Betty's aanval was gereduceerd tot zwak gejammer tegen de tijd dat ze bij Oxford Circus waren, maar ze was prikkelbaar en tegendraads en hing als een vaatdoek aan de buggy. De straten liepen vol met jonge meisjes die zorgeloos de Topshop binnen dansten, hun magere heupen nog niet bedekt met littekens van het baren van kinderen. Ze hadden allemaal wel *Viva*-modellen kunnen zijn en toch was het tijdschrift bedoeld voor vrouwen zoals zij. Althans, niet zoals zij. *Viva*-vrouwen hielden alle ballen met succes in de lucht en zagen er onberispelijk uit.

Het kantoor van de voedingsdeskundige was een smal, hoog gebouw tussen Oxford en Regent Street en zag er even imposant uit als een grote hoofdmeester. Ruth had verwacht dat ze op een bel moest drukken en naar een verdieping zou worden verwezen, maar ze kon zo doorlopen naar de receptie, omdat de voedingsdeskundige het hele gebouw leek te bezitten. De receptioniste glom als een model in een advertentie voor plastische chirurgie achter in een tijdschrift. Ruth voelde zich smoezelig en ondervoed terwijl ze Hals naam zei.

Het kantoor van dr. Hackett was groter dan haar huiskamer en ingericht als een parodie op de kamer van een succesvolle privéarts met schilderijen in vergulde lijsten, een groot, glanzend houten bureau en twee diepe leren fauteuils aan elke kant van het bureau. Hij zat voor twee ramen, die reikten van de vloer tot aan het plafond en uitkeken over een privétuin die onmogelijk leek midden in de stad. Ruth hoorde geen enkel verkeersgeluid.

Ruth had zich dr. Hackett voorgesteld als een vriendelijke, wat hippieachtige maar chique man met lang grijs haar en slungelige benen die hij onophoudelijk over elkaar heen sloeg en weer terugzette. Nooit was hij in haar gedachten een corpulente oudere man geweest met een bril op het puntje van zijn neus en een belachelijk duur uitziend driedelig tweed pak. Ook had hij niet aan de andere kant van een groot bureau gezeten en er niet zo verveeld uitgezien tijdens hun ontmoeting.

Terwijl ze ging zitten, kon Ruth zichzelf en de kinderen zo nauwkeurig door zijn ogen zien dat de herkenning pijn deed. Betty's gezicht was vies en zat onder de vlekken van alle tranen. Hal keek verbijsterd en zat vast op haar heup met een flesje in zijn mond en zij leek te dun, ze had een uitgegroeid kapsel en een wolk van neurose om zich heen zoals de meeste vrouwen parfum. Ik ben deze persoon niet echt, wilde ze zeggen, ik heb gewoon mijn dag niet.

'Dus, mevrouw Donaldson,' zei hij, 'wat is het probleem met uw zoon?'

Ruth schoot onmiddellijk in de verdediging. 'Ik weet niet of het een probleem is.'

De dokter zuchtte. 'Als het geen probleem is, mag ik u dan vragen waarom u hier bent?' Hij zorgde ervoor dat ze zich net zo dom voelde als hij waarschijnlijk wilde en ze vroeg zich af waarom hij in vredesnaam voedingsdeskundige was geworden.

'Sorry, zo bedoelde ik het niet. Ik bedoelde alleen dat we niet weten wat we ervan moeten denken.'

'Leg dat alsjeblieft neer.'

Ruth sprong op en merkte toen pas dat Betty een grote glazen pressepapier gevaarlijk dicht naar de rand van het bureau had geschoven.

'Jemig, Betty, wat doe je nu?' riep ze. Betty's lip begon te trillen. 'Sorry,' zei ze tegen de dokter. 'Hal heeft nog nooit vast voedsel gegeten. Nog nooit. Hij leeft van flessen melk.'

'Hoeveel krijgt hij er per dag?'

De waarheid leek plotseling niet te verdedigen in dit smetteloze kantoor en dus loog Ruth zinloos: 'Ongeveer tien.'

'Ze houden hem in ieder geval op de been.'

'Ja, maar hij is bijna drie.'

De stilte werd doorbroken door het gezuig van Hal, wat grappig had kunnen zijn.

'Bied je hem eten aan?'

'Elke dag, bij elke maaltijd.'

'Eet je samen met hem?'

Ruth wreef over haar nek. 'Nee, niet vaak.'

De dokter schreef iets op. 'Werk je?'

'Ja, maar de nanny is fantastisch. Ze weet wat ze moet doen. Ze heeft onlangs zelfs een groentetuintje aangelegd en ze heeft Hal laten helpen, omdat ze had gelezen dat als je kinderen betrekt bij het proces van dingen laten groeien het waarschijnlijker is dat ze het ook opeten.'

'Dat is geen theorie waarmee ik bekend ben.'

'Het is niet alleen Hals tuintje, ik heb ook geholpen,' zei Betty terwijl ze zich van de stoel op de grond liet zakken en begon te huilen. Ruth besloot haar te negeren.

'En hoe gaat het met de rest van zijn ontwikkeling?'

Ruth schatte in dat ze ongeveer tien minuten had voordat Betty helemaal door zou draaien. 'Het houdt niet over. Hij loopt best achter in vergelijking tot Betty toen zij zo oud was. Hij zegt nog niet echt veel en hij heeft bijna geen vriendjes.' Ruth dacht dat ze zou gaan huilen. Het voelde alsof er een knoop in haar maag zat.

'Wist u dat het weigeren van eten soms een symptoom van een ernstigere fysiologische aandoening kan zijn?'

'Nee, dat wist ik niet. Denkt u dat Hal iets dergelijks heeft?' Ze hoorde dat haar stem steeds hoger ging klinken.

'Geen idee. Er is geen reden om dat op dit moment te vermoeden, ik zeg alleen dat het misschien iets is waar we te zijner tijd naar moeten kijken.'

'Ik wil naar huis,' zei Betty vanonder de stoel.

'Zijn er dan ook tests die we kunnen doen?'

'Nog niet, mevrouw Donaldson. Eén ding tegelijk.'

Dat kun je niet maken, wilde Ruth roepen. Je kunt zo'n stukje informatie niet voor mijn neus heen en weer zwaaien en er vervolgens niets mee doen. Ze wilde opstaan en die stomme man door elkaar schulden tot hij haar alle mogelijkheden had verteld.

'Hebt u geprobeerd hem geen flesjes meer te geven?'

'Nee, mijn man heeft het wel voorgesteld, maar het leek me zo wreed.'

Dr. Hackett keek over zijn bril heen en een blik van pure geringschatting versomberde zijn gezicht. 'Wreed, maar wel goedbedoeld, zou ik zeggen.'

'Mammie, ik wil weg. Je zei dat we een nieuwe Brat gingen kopen.'

Ruth keek naar haar dochter, die languit op de grond lag, terwijl haar gezicht steeds roder werd en ze toewerkte naar luidkeels gejammer. Op dit moment haatte ze haar. 'Niet nu, Betty. Ik ben aan het praten. Je krijgt alleen een nieuwe Brat als je je gedraagt.'

'Werkt u fulltime, mevrouw Donaldson?'

'Ja.'

'Hebt u wel eens gehoord van scheidingsangst?'

'Min of meer.' Natuurlijk, natuurlijk. Wat stom, natuurlijk zou zij hier de schuld van krijgen.

'Wanneer bent u weer gaan werken na Hals geboorte?'

'Hij was een maand of vijf.' Ruth verontschuldigde zich bijna, maar hield zich nog net in. Ze kreeg het heel warm.

'Vijf maanden is een slechte leeftijd om van je moeder gescheiden te worden,' zei dr. Hackett. 'Er zijn veel belangrijke ontwikkelingsmomenten die ze dan kunnen missen.'

Ruths mond was droog. 'Echt?' Waarom vroeg hij niet wanneer Christian weer was gaan werken of hoe vaak hij thuis was? En of hij zijn secretaresse had geneukt toen zij zwanger was?

Betty jammerde en Ruth voelde de onbedwingbare behoefte haar een schop te geven. Het deed haar denken aan de tijd dat Betty en Hal pas geboren waren en naast haar lagen en ze zich had afgevraagd hoe ze kon voorkomen dat ze een kussen op hun gezicht zou drukken of hen door de kamer zou gooien. Het was niet zo dat ze dat had willen doen, eerder het tegenovergestelde, maar het had zo vreemd geleken dat ze de verantwoordelijkheid zou kunnen dragen om een heel leven voor hen te zorgen en hen op te voeden. Hal was in slaap gevallen op haar schouder en ze voelde het zweet van zijn hoofdje haar shirt in lopen.

'Gaat u nog iets aan haar doen?' vroeg de dokter.

'Ik ben bang dat ze deze driftbuien nu eenmaal heeft. Er valt niet veel aan te doen.'

Ze kon zien dat de dokter hen aan hun lot overliet. 'Het beste wat ik op dit moment kan adviseren is dat u het aantal flesjes beperkt. Bied hem geen eten meer aan. Als hij honger krijgt, geef hem dan iets wat hij lekker zou kunnen vinden. Koekjes of bijvoorbeeld een ontbijtproduct met chocolade. Het belangrijkst is dat u hem aan het eten krijgt, de voedingswaarde is van latere zorg.' Hij moest nu schreeuwen om zich verstaanbaar te kunnen maken.

Ruth ging staan. Ze had hetzelfde advies van haar zeer begripvolle huisarts gekregen, maar een dergelijk advies kon ze niet aannemen, zelfs niet als het vrijelijk en zonder vooroordelen was gegeven. Haar grens was bereikt. Ze zeulde Hal naar zijn buggy en klikte hem vast, ze liep naar Betty, trok haar aan haar arm omhoog en over de grond heen. Het kostte haar al haar energie om haar dochter geen klap in haar gezicht te geven.

'Dat klinkt redelijk. Ik zal het meteen gaan proberen.'

Dr. Hackett was sprakeloos en Ruth nam aan dat hij nog nooit een gezin zoals dat van haar had gezien.

'Kom over een maand maar terug,' zei hij terwijl hij zich herstelde. 'Verity zal een afspraak voor u inplannen.'

'Ja, fantastisch.' Ruth manoeuvreerde het kantoor uit. Met de ene hand duwde ze de buggy en met de andere hand sleepte ze een hysterische Betty achter zich aan. 'Mijn excuses hiervoor.'

'Misschien zou het beter zijn haar de volgende keer bij haar geweldige nanny te laten,' zei dr. Hackett terwijl hij de deur dichtdeed.

Ruth nam niet de moeite iets tegen de glimmende Verity te zeggen terwijl ze wegging. Betty schreeuwde nu om een Brat. Ruth zakte op haar hurken naast haar dochter en siste: 'Je krijgt geen Brat. Ik heb gezegd dat je je moest gedragen en dat heb je niet gedaan. We gaan naar huis.'

Betty jammerde nog harder. 'Ik haat je, mammie. Ik haat je.'

Witte vlekken dansten voor Ruths ogen op een neer en ze was zich pijnlijk bewust van haar eigen hartslag. Ik haat jou ook, wilde ze tegen haar dochter roepen, zoals ze een moeder in de speeltuin eens tegen haar kind had horen doen. Grote rode bussen raasden langs haar heen en glazen winkeldeuren zwaaiden heen en weer terwijl de klanten naar binnen en naar buiten stroomden. Mensen haastten zich langs hen heen en mompelden afkeurend tegen de vrouw die niet in staat was haar kinderen op de stoep onder controle te houden. Een magere man met een enorm bord met daarop 'Golf Sale' liep rakelings langs haar heen en ze zag het medelijden in zijn blik. De grond trilde onder haar voeten en overal vandaan, van boven, van onderen en van opzij kwam geluid. Ze was zich scherp bewust van zichzelf, alsof ze op een plattegrond stond, een stipje in een doolhof van grijze straatjes. Ze kon zich voorstellen hoe de boilers in alle huizen brandden, de wielen van de auto's op het asfalt aanhoudend draaiden, alle stemmen schreeuwden om gehoord te worden, alle baby's huilden, alle vuilnisbakken geleegd moesten worden en alle levens moesten worden geleefd. Ruth stapte de straat op en stak haar hand op om een taxi aan te houden.

Tegen de tijd dat ze thuis waren, had Ruth het gevoel alsof haar schouders vastzaten. Betty's gejammer was nog maar zacht gejengel en Hal sliep nog steeds in zijn buggy. Ze waren weer heelhuids thuis en dat was volgens Ruth alles wat er over hun dag te zeggen viel.

Agatha zat met een kop koffie aan de keukentafel een tijdschrift te lezen en ze leek geschokt te zijn hen te zien. 'Ik dacht dat jullie de eendjes zouden gaan voeren,' zei ze. 'Ik stond net op het punt weg te gaan.' Ruth keek naar de klok, het was tien over een. Waarschijnlijk had ze niet meer dan een kwartier van haar afspraak van een uur gebruikt.

'Zou je alsjeblieft een dvd voor Betty op willen zetten?' vroeg ze terwijl ze zich op een stoel liet zakken. Ze wilde een kop koffie, maar ze kon zich niet meer bewegen. Agatha had een verhaal zitten lezen over de stalkernachtmerrie van een bekende tv-presentator. Het leek verfrissend saai in Ruths ogen.

Agatha haastte zich terug de keuken in. 'Ze zegt dat ze honger heeft. Hebben jullie nog niet gegeten?' Ruth schudde haar hoofd. 'Ik maak wel een tosti met kaas voor d'r. Wil jij er ook een?'

Ruth keek naar het bekwame jonge meisje in haar keuken, dat klaar was om de uitdaging aan te gaan. Misschien moesten vrouwen maar weer kinderen krijgen als ze zestien waren, dat was zo'n beetje de enige tijd in je leven dat je optimistisch genoeg was en de nodige energie had.

'Nee, dank je, Aggie,' zei ze en ze begon te huilen.

Agatha kwam naast haar zitten. 'Wat is er aan de hand, Ruth? Wat is er gebeurd?'

Vooral de aandrang in Aggies stem vond Ruth erg ontroerend, het was net alsof ze het zich aantrok. Hierdoor besefte ze even hoe kinderlijk Aggie nog was. 'Alles,' kon ze nog net over haar lippen krijgen. 'Ik ben een verschrikkelijke moeder.'

'Doe niet zo raar.' Agatha legde haar hand over die van Ruth. 'Je doet het geweldig. Waarom zeg je dat?'

'De voedingsdeskundige gaf mij de schuld van Hal. Hij vroeg niet eens naar Christian. Waarom moet het allemaal mijn schuld zijn?'

'Luister niet naar hem. Hij weet er niets van. Kom op, Ruth, de kinderen zijn dol op je.'

'Maar waarom eet Hal niet? En waarom huilt Betty altijd? Waarom slaapt ze verdorie niet?'

Ruth keek op en zag door het keukenraam een paar spreeuwen in de blauwe lucht spelen. Ze benijdde hun vrijheid, hun gebrek aan verantwoordelijkheid. Ze richtte haar aandacht weer op Aggie, die haar best deed de juiste dingen te zeggen.

'Je mag zeggen dat ik me er niet mee moet bemoeien als je wilt, Ruth, maar ik heb 's nachts naar Betty en jou liggen luisteren. En ik zeg niet dat je het verkeerd doet of zo, maar weet je, soms als je te lang in een bepaalde situatie zit, is het moeilijk een uitweg te vinden...'

Ruths hart verkrampte. 'Ga verder.'

'Nou, het is maar een theorie, maar je zou kunnen proberen haar bij je in bed te nemen.'

'Vroeger sliep ze elke nacht bij ons,' zei Ruth. 'Het eerste jaar had ze niet eens een wiegje, maar toen stond Christian erop dat we haar in haar eigen bedje zouden leggen.'

Agatha bloosde. 'Maar ze wordt nooit voor twaalf uur wakker. Je kunt haar toch eerst in haar eigen bedje leggen en haar dan tussenin nemen? Ik denk dat ze bang is, zo klinkt het althans als ik jullie hoor.'

'Bang?' Ruth probeerde zich het gehuil van haar dochter 's nachts voor de geest te halen, ze probeerde het te doorzien, zoals Aggie dat blijkbaar kon.

'Ja, het is net alsof ze in een vicieuze cirkel zit en weet dat jij boos wordt en nu is ze bang. Ik weet het niet, misschien is het de moeite van het proberen waard.'

'Alles is de moeite van het proberen waard,' zei Ruth.

'Ik hoop niet dat je het erg vindt dat ik er iets van heb gezegd,' zei Aggie.

Ruth legde haar hand over die van het meisje. Ze schaamde zich dat ze tegen Sally over haar had gezeurd en onaardige dingen had gedacht. Ze was een lief jong meisje dat het beste met hen voorhad. 'Doe niet zo gek, Aggie. Het is lief van je om met ons mee te denken. Ik zou me juist moeten verontschuldigen omdat ik je wakker heb gehouden.'

Aggie schudde haar hoofd. 'Denk je dat je het gaat proberen?'

Ruth glimlachte. 'Jazeker, vanavond al.' Ze bewoog haar hand en lachte. 'Betty is nu dus geregeld, maar wat gaan we met Hal doen? Hij wordt over een paar weken al drie en hij eet nog steeds niet.'

'Is hij gauw jarig?'

'Ja, maar ik heb nog niets geregeld.'

'O, mag ik dat doen, Ruth? Ik zou het heel leuk vinden een feestje voor hem te organiseren.'

'O nee, Aggie, jij doet al genoeg. Dat wil ik echt niet hebben.'

Maar ze keek zo gretig, net een puppy. 'Maar ik wil het echt heel graag. Ik ben dol op het organiseren van feestjes. Ik heb ooit nog eens als partyplanner gewerkt.'

'Echt?'

'Ja, ik heb heel veel kinderfeestjes gedaan. Ik vind het heel leuk en ik zou het super vinden het voor je te doen.'

Ruth lachte en streek haar haar uit haar ogen. Ze was doodmoe en het aanbod was erg verleidelijk. 'Komt er geen einde aan je talenten, Aggie? Wat zouden we zonder jou moeten?'

Tegen de tijd dat Christian thuiskwam, zag Ruth eruit alsof ze helemaal op was. In het schemerlicht zat ze Betty voor te lezen, maar in plaats van te luisteren klaagde die dat ze niet wilde dat ze uit eten gingen. Ruth ging moedig verder met het verhaaltje over de prinses die een erwt door vierentwintig matrassen heen kon voelen. Het was een van de verhaaltjes die Christian het minst leuk vond. Hij nam een kijkje bij Hal, die in zijn slaap stilletjes lag te zuigen. Hij hield zo veel meer van zijn kinderen als ze sliepen. Hij kon uren naar hun gezichtjes staren, zo ernstig en tevreden, en de emoties door zijn lijf voelen gieren. Christian had gedacht dat dit de meest diepgaande vorm van liefde was. Dat je van iemand hield zelfs als hij of zij niets van je wilde. Maar terwijl hij over zijn zoons ledikantje gebogen stond, vroeg hij zich af of het misschien juist andersom was.

Hij ging naar de slaapkamer om zich om te kleden en zag de handdoek die hij die ochtend had gebruikt nog vochtig op het bed liggen. Zijn kant voelde al een paar weken drassig aan en hij vroeg zich af of Ruth hem iets duidelijk probeerde te maken. Maar voordat hij de gedachte goed en wel vorm kon geven, stond Ruth in de deuropening en zei ze dat ze te moe was om uit eten te gaan.

Ze had diepe, donkere wallen onder haar ogen, haar haar zat in de war, haar gezicht was bleek en uitgemergeld en haar kleren waren verfomfaaid. Het gaf hem een onaangenaam gevoel. Ze zag er bijna net zo uit als na Betty's eerste jaar. Ruth was zo complex dat zijn hoofd ervan tolde. Een deel van het feit dat ze zo geweldig was, lag verscholen in die complexiteit, maar het vormde zo'n belemmering in het dagelijkse leven dat hij haar er ook om haatte. Hij vroeg zich af waarom ze zin had in alle zorgen en angsten die haar elk moment van de dag leken te vergezellen.

'Kom op,' zei hij. 'Het zal je goed doen. We gaan gewoon even naar Lemonas.'

Ze ging op de rand van het bed zitten en hij zag dat ze op het punt stond in huilen uit te barsten. Er bestond geen twijfel over waar Betty haar trillende onderlip vandaan had. 'Ik ben bang dat ik overal een puinhoop van heb gemaakt.'

Christian ging naast haar zitten. 'Wat bedoel je met overal?' vroeg hij, hoewel hij het antwoord al wist.

Nu kwamen de tranen. 'De kinderen, voornamelijk. Hoe komt het dat we een kind hebben dat niet eet? We zijn net zo'n afschuwelijke BBC 3-documentaire.'

'Doe niet zo gek. Over een paar jaar kijken we hierop terug en vragen we ons af waarom we ons zo druk hebben gemaakt.'

'Maar denk jij dat het mijn schuld is?' Ruth keek wanhopig naar hem op, waardoor hij haar voor altijd wilde beschermen, alle slechte gedachten wilde tegenhouden en de pijn wilde wegnemen. Hij overwoog haar te vertellen dat hij bang was dat het zijn schuld was, maar hij wilde de gedachte aan Sarah niet bij haar oproepen.

'Natuurlijk niet. Waarom zou het jouw schuld zijn?'

'Omdat ik werk.'

'Omdat je werkt? Hoe bedoel je? Waar slaat dan nu weer op? Er zijn miljoenen vrouwen die werken.'

Ruth streek met haar hand door haar haar. 'Jemig, ik weet het niet. Dat zegt die verdomde voedingsdeskundige om maar eens te beginnen.'

Christian ging staan. 'Kom op, laten we naar het restaurant gaan en daar verder praten. Ik heb honger.'

Het verbaasde hem dat Ruth opstond en haar kastdeur opendeed.

Het restaurant zag er van de buitenkant niet bijzonder uit en Ruth en Christian waren er bijna voorbijgelopen toen ze pas in de buurt waren komen wonen. Nu gingen ze er zo vaak mogelijk heen en het voelde een beetje als thuiskomen. Het was er zo gezellig door de wankele tafels, de waxinelichtjes in oude jampotten, de standaard metalen messen en vorken en zelfs door de slingers met plastic citroenen die kriskras aan het plafond hingen. Het eten was net een goede picknick: warme pitabroodjes, vers gemaakte hummus en taramasalata, feta die niet te pittig of te zout was en olijven die zo sappig waren dat de olie ongewild over je kin droop.

Onderweg vertelde Ruth dat Aggie had voorgesteld Betty tussen hen in te nemen om te proberen haar aan het slapen te krijgen. Hij hoorde de wanhoop in zijn vrouws stem en het verbaasde hem dat hij zelf niet op dat idee was gekomen, het lag zo voor de hand. Maar het was altijd een netelig onderwerp geweest; het had hem zo veel tijd gekost Ruth ervan te overtuigen Betty naar haar eigen bedje te doen. Een heel jaar zonder seks, het klonk als iets uit een vragenrubriek. Nu leek het echter minder belangrijk en zoals Ruth naar voren bracht, werd Betty normaal gesproken niet voor middernacht wakker. Het is een goed idee, hoorde hij zichzelf zeggen, laten we het vannacht proberen. Alles om deze ellende, die hun leven leek te beheersen, te doorbreken.

Met een glas rode wijn achter haar kiezen en nog een voor haar neus zag Christian zijn vrouw ontspannen. Haar schouders zakten omlaag en haar mondhoeken krulden omhoog tot een glimlachje. Ze zag er mooi uit, hoewel wat bleek in het flakkerende kaarslicht.

'En wat had de voedingsdeskundige?' vroeg hij. Hij wilde haar hand over de tafel vastpakken, maar terwijl die gedachte zijn hoofd binnen fladderde als een spreeuw in een kerktoren, gebruikte zij haar handen om haar sjaal dichter om haar broze lichaam te trekken.

'Ik vermoed dat hij gewoon ouderwets was. Ik weet niet waarom ik het me zo aantrek. Het was een rotdag. Betty liet die klerepop van d'r op de rails van de ondergrondse vallen en was daarna de hele dag hysterisch. Volgens mij hadden de mensen in de ondergrondse nog liever gehad dat ik een bom bij me had gehad dan Betty, je had hen naar me moeten zien kijken.' Christian lachte. Ruth glimlachte terug. 'Ik verwachtte een vriendelijke Alan Rickman-achtige dokter, maar ik kreeg verdorie dr. Crippen.' Christian lachte opnieuw. 'Echt, hij was net een soort parodie op een chique dokter. En het enige dat hij wist te vragen was wanneer ik weer aan het werk was gegaan en toen zei hij dat vijf maanden een kritische leeftijd was en of ik wel eens van scheidingsangst had gehoord. Ik wilde vragen waarom hij niet wilde weten wanneer jij weer aan het werk was gegaan, maar in plaats daarvan bleef ik me maar verontschuldigen. En toen ging Betty over de zeik en dus moesten we weg voordat het uur om was en terwijl we wegliepen, gaf hij me nog een sneer na en zei hij iets van: waarom laat je haar de volgende keer niet thuis bij die geweldige nanny?'

'We zouden een klacht moeten indienen.'

'Doe niet zo gek. Hij heeft niets verkeerd gedaan. Sterker nog, hij had waarschijnlijk gelijk.'

'Hoe bedoel je?'

Ruth stopte haar haar achter haar oren. Ze kon geen hap meer door haar keel krijgen, hoewel het zalig was en ze bijna niets had gegeten. 'Nou, toen Betty was geboren ben ik een jaar thuis geweest en zij eet gewoon. Ik heb alles wat hij heeft gezegd op internet opgezocht en er zijn onderzoeken naar gedaan.'

'Er is overal onderzoek naar gedaan.'

'Ja, maar ging ik na Hals geboorte voor hem of voor mezelf aan het werk?'

'Maakt dat wat uit?'

'Natuurlijk, in het jaar na Betty's geboorte werd ik bijna gek, dus na Hal ben ik vlug weer aan de slag gegaan, omdat we het geld zogenaamd nodig hadden, maar we hadden ook in ons oude huis kunnen blijven.'

'Dat was piepklein.'

'Ja, maar het had wel gekund en dan had ik niet hoeven gaan werken.'

Christian raakte in de war van alle wendingen van het gesprek. Hij had het gevoel dat hij veel te diep in de doolhof verstrikt raakte. 'Maar je wilde toch zelf weer aan het werk?'

'Dat weet ik, dat is ook wat ik zeg. Waarom wilde ik weer aan het werk? Waarom kan ik niet bij mijn kinderen blijven? Ben ik een slechte moeder?'

Daar was zijn uitweg. Natuurlijk was dit waar het allemaal om draaide. 'Waarom zou jij een slechte moeder zijn als je werkt, terwijl miljoenen andere vrouwen ook werken?'

'Misschien zijn zij ook slechte moeders.'

'Ja, en misschien die vrouwen die thuisblijven en stilletjes gek worden of zich volstouwen met wrok ook wel. Ik denk dat er overal slechte moeders zijn, net als goede moeders.'

'Maar...' Ruth tekende met een druppel rode wijn een patroontje op de tafel.

'Van thuisblijven en koekjes bakken word je geen goede moeder, Ruth.'

Ze keek hem aan, haar ogen glinsterden. 'Hoe dan wel? Want ik weet het echt niet meer.'

Agatha wilde Ruths leven niet. Laat dat duidelijk zijn, zei ze tegen zichzelf terwijl ze de volgende dag de taartrecepten bekeek. Maar het gaf haar wel een warm gevoel van superioriteit Ruth te zien instorten terwijl zij overal zo goed tegen opgewassen was. Die vrouw was een sufferd. Soms, als ze al opruimend en schoonmakend door het huis vloog, voerde ze in haar hoofd gesprekken met Ruths moeder, een vrouw die ze nog nooit had ontmoet en over wie Ruth het maar zelden had. Dat vond Agatha prima, want dat was weer een persoon minder die zich met haar leven bemoeide. Maar er was geen sprake van dat je een dochter als Ruth kon hebben zonder je zorgen over haar te maken, en als de verloren grootmoeder Agatha zou ontmoeten, zou ze er zeker van zijn dat het leven was zoals het zou moeten zijn. Ja, het is best zorgwekkend, zou Agatha tegen de vrouw zeggen terwijl ze nog een gebroken stuk speelgoed maakte of kussens opschudde die helaas in elkaar waren gezakt, maar ik heb alles in de hand, blijf waar je bent. Doe niet zo gek, het betekent niets, ik help graag.

Ze had besloten een maaltijd van broodjes ei en ham, koekjes, kleine worstjes op een prikkertje, knapperige chocoladecakejes en natuurlijk de zeer belangrijke verjaardagstaart te maken. Ze zou alles zelf doen, alleen kon ze niet beslissen of ze sinaasappel in de koekjes zou doen of die citroentaartjes zou maken die Betty zo lekker vond. Maar het was Hals verjaardag en moest je voor kinderen niet altijd chocoladetaart maken? Ze was op zoek naar de perfecte glazuurlaag, want boter of vanille leek haar te saai.

Het eten was maar een klein gedeelte van alles. Ze wilde een thema, maar dat was erg moeilijk omdat Hal alleen geïnteresseerd was in zijn plastic huisje en in *Thomas de Stoomlocomotief*. En alle kinderen van zijn leeftijd waren gek op Thomas, dus dat zou niet erg sensationeel zijn. In haar gedachten zou ze alle gasten versteld doen staan, ervoor zorgen dat Ruth haar nooit meer kwijt wilde en dat de kinderen voor altijd van haar zouden houden. Het idee moest al ergens in haar hoofd zitten, maar op dit moment had ze het nog niet helder voor de geest en kon ze de details nog niet onderscheiden.

Al twee dagen probeerde ze een gastenlijst van Ruth los te krijgen, maar ze had het altijd te druk en intussen hadden ze nog maar twaalf dagen en je moest de mensen wel enige tijd van tevoren inlichten. Maak je geen zorgen om uitnodigingen, had Ruth gezegd, ik bel iedereen wel. En daar had Agatha erg van gebaald, want ze was op haar kamer drie hele avonden druk bezig geweest om twintig kaarten in elkaar te fröbelen die als echte kunstwerken glinsterden en glommen. 'Hoeveel mensen denk je dat er zullen komen?' had Agatha geprobeerd. Ruth had gefronst zoals ze deed als ze zich iets probeerde te herinneren; ze kreukelde haar voorhoofd en spande haar wenkbrauwen aan waardoor ze bijna lelijk werd. Agatha had ooit ergens een baantje gehad in het hart van een enorme medische faculteit in het centrum van Londen, waar ze acht uur per dag een oneindige hoeveelheid papieren in het donker had moeten archiveren. Er waren hele rijen voor elke letter en karren vol voor elke rij. Agatha was ijverig aan de slag gegaan, maar tegen het einde was ze begonnen de papieren op willekeurige plekken te stoppen, genietend van de puinhoop die waarschijnlijk nooit zou worden opgelost. Terwijl ze met Ruth stond te praten moest ze daaraan denken.

'God,' zei Ruth, en het was Agatha opgevallen dat ze haar meeste zinnen zo begon, alsof ze de redder om hulp verzocht. 'Nou... Toby, want hij is Hals peetvader en ik neem aan dat ik Sally vraag... en het is een goed excuus om een paar vrienden te vragen die kinderen hebben, omdat we nooit meer naar een feestje gaan en dan slaan we twee vliegen in één klap. Mijn ouders natuurlijk, die van Christian zijn weg, dus daar hoeven we ons niet druk om te maken. Ik maak wel een lijstje, maar ik vermoed zo'n twintig volwassenen en ongeveer twintig kinderen. Is dat goed? Kun je zoveel mensen aan, Aggie?'

Het verbaasde haar niks dat ze geen lijstje kreeg, maar Agatha was ervan uitgegaan dat er eerder meer dan minder mensen zouden komen en ze had gerookte zalm aan haar lijstje met broodjes toegevoegd. Ze was midden in de nacht wakker geworden van de gedachte dat ze misschien wijn moest gaan halen, maar Ruth zei dat Christian dat zou regelen. Er was nog één ding en ze moest zich echt dwingen om het aan Ruth te vragen: mocht ze het jongetje uit Hals peutergroep uitnodigen, omdat hij zo goed met hem leek te kunnen opschieten? Natuurlijk, had ze haar toegezongen, hoe meer zielen hoe meer vreugd.

De peutergroep was op dinsdag in een tochtige kerk aan de andere kant van het park waar Betty op school zat. Kinderactiviteiten werden vaak onder de grond, uit het zicht gehouden, was Agatha opgevallen. Vaak in kamers zonder natuurlijk licht of verwarming, waar soms een onheilspellend luchtje hing. Ze werden zonder uitzondering geleid door vrouwen die er gekweld uitzagen en altijd smeekten om dingen in de vorm van geld of gunsten. Iemand moest de handvaardigheidles doen en tot nu toe had Agatha het drie keer gedaan. Ze had nog steeds het gevoel dat de eerste les het meest succesvol was geweest. Wekenlang had ze eierdozen gespaard en die voor de les in tweeën gesneden zodat het net rupsen leken. Vervolgens had ze pijpenragers gekocht en kleine pomponnetjes gemaakt van restjes wol en de lijm en verf van het schooltje gebruikt. Iedereen had haar gefeliciteerd. Een vrouw had haar nummer zelfs opgeschreven voor het geval ze ooit van baan wilde veranderen.

Het was dezelfde vrouw die Agatha tegen een vriendin had horen praten terwijl ze in een kring zaten te wachten om liedjes te zingen voordat ze naar huis gingen. 'Als ik deze liedjes zing, is het net of ik buiten mijn lichaam treed,' had ze gezegd. 'Het is alsof ik boven mezelf zweef, naar beneden kijk en denk: wat doe ik hier, springend door een kamer alsof ik een heuvel op marcheer? Ooit redde ik mensenlevens op de operatietafel en nu zing ik liedjes over zieke konijntjes.'

Haar vriendin had gelachen en gezegd: 'Je moet er niet te veel bij stilstaan, anders word je gek. Je moet gewoon goed bedenken dat het vlug voorbij zal zijn.'

'Niet als je er nog een krijgt.'

'Ja, maar dan ben je echt gek.'

'Wil jij dat Barney enig kind blijft?'

'Eigenlijk is het een keuze tussen Barney als enig kind of een moederloos kind, want als ik er nog een krijg, kom ik in een gesticht terecht.'

En toen hadden ze alle twee gelachen alsof ze de grap snapten, maar Agatha kon zich niet indenken wat er nou zo grappig was aan wat ze hadden gezegd. Ze knuffelde Hals mollige lijfje nog steviger, streek zijn blonde haartjes glad tegen zijn hoofdje en ademde zijn zoete geur in. Ze kon zich niet voorstellen hoe iemand zich hierover niet zou verwonderen, de liefde van zijn eigen kind niet wilde opvreten. Agatha moest bijna huilen als ze om zich heen keek en al die geweldige kinderen zag met zulke waardeloze moeders. Beelden kwamen bij haar naar boven van Barney en zijn vriendjes voor een zoemende tv, die pizza aten en zonder een zoen naar bed gingen, terwijl hun moeders in de keuken wijn zaten te drinken en zaten te klagen over de hekel die ze overal aan hadden. Ruth, besefte ze, was zo'n vrouw, waardoor ze zich afvroeg of werken misschien toch niet de beste keus was.

Het is heel bizar hoe je telefoon soms kan overgaan en je absoluut zeker weet wie het is voordat je opneemt. Mensen aan wie Christian over het algemeen een hekel had, claimden hierdoor dat ze helderziend waren. Christian was niet helderziend, maar toch wist hij dat het Sarah was toen zijn telefoon ondersteboven op zijn bureau begon te zoemen. Negeren was op dat moment nog steeds een mogelijkheid. Ze zou geen berichtje inspreken en hem waarschijnlijk nooit meer terugbellen. Maar zijn hand schoot uit en hij nam op.

'Christian.'

Hij probeerde verbaasd te klinken. 'Sarah. Hallo.'

'Het spijt me dat ik weer bel, maar...' Ze aarzelde en in die aarzeling voelde Christian de tijd achteruitlopen. Keuzen en beslissingen dwarrelden om hem heen alsof hij in een felverlichte kermisattractie zat. Hij had niet moeten opnemen, maar nu hij het had gedaan, voelde hij zich verloren, omdat zijn vrije wil hem was ontnomen. 'Ik heb laatst niet gezegd wat ik wilde zeggen. Ik vroeg me af of we nog een keertje konden afspreken.'

'Denk je dat dat een goed idee is?'

'Waarschijnlijk niet, maar om eerlijk te zijn zit ik in therapie en mijn therapeut denkt dat het goed voor me zou zijn.'

'Oké.' De grond voelde als zand onder zijn voeten.

'Het is niet zo eng als het klinkt.'

Hij kon nu geen nee zeggen. Dit, zo besefte hij, was zoals het was. 'Goed. Wanneer komt jou het beste uit?'

'Wanneer je maar wilt.'

'Goed dan.' Christian bladerde door zijn agenda op zoek naar een avond dat hij tegen Ruth kon zeggen dat hij tot laat moest werken. En zo begon het opnieuw. 'Vrijdag na het werk zou kunnen, om een uur of zeven.'

'Prima, wat vind je van The Ram?'

Dat was waar ze destijds altijd hadden afgesproken. 'Geweldig, dan zie ik je daar.'

Wat als hij zijn gezin zou kwijtraken zonder dat het de bedoeling was? Zonder het zelfs maar te willen?

Ruth keek uit het raam van haar kantoor en ze zag een schaduw over het gebouw tegenover haar zweven. De vorm was fascinerend en volkomen onverklaarbaar. Haar kantoor was hoog en toch danste iets vloeibaars als een veer over de betonnen massa tegenover haar. Ruths geest kon er geen uitleg voor vinden en ze vroeg zich af of het leven zoals zij het kende op het punt stond te verdwijnen en er een nieuwe orde voor in de plaats zou komen. Ze zou willen dat het zo was. Ze zou graag als een slang willen vellen om opnieuw te beginnen. Maar toen dreef er een plastic tasje in het zicht en ze besefte dat een windvlaag een stuk afval had opgepakt, dat op ooghoogte was terechtgekomen waardoor zij iets uit balans was geraakt.

Ruth draaide het nummer van haar moeder. Het was lunchtijd, het kantoor was half leeg en haar verwelkte sla in het plastic bakje was niet te eten. Terwijl ze luisterde hoe de telefoon overging, stelde ze zich haar moeders nette, ordelijke huis in Gloucestershire voor. Ze stelde zich haar keurige moeder voor die het geluid hoorde vanuit haar goed onderhouden tuin en over het pad liep om erachter te komen wie er wat van haar wilde. Ruth vond het leuk er een regel van te maken nooit iets van haar moeder te willen.

'Hallo.' Haar moeder klonk buiten adem.

'Sorry, mam, ik ben het maar. Was je in de tuin?'

'Ja, ik vergeet altijd de telefoon mee te nemen. Je vader wordt er gek van.'

'Hoe is het met hem?'

'Goed, hij is golfen.'

'En hoe is het met jou?'

'Geweldig, schat. Je hebt trouwens geluk dat je me treft, want het is heel hectisch geweest van de week. Zaterdag is het festijn.'

'Jemig, is het die tijd van het jaar alweer?'

'We hadden gehoopt dat je ook zou komen. De laatste keer dat we elkaar spraken, heb ik het je nog gezegd.'

'O, shit, dat is waar ook. Het spijt me, ik was het vergeten. Ik zal het er met Christian over hebben en dan laat ik het je weten.'

Ruth vroeg zich af wanneer haar echte leven zou beginnen. Wanneer ze zoals haar moeder zou worden en dingen zou onthouden, tijd voor dingen zou hebben, dingen zou maken, dingen zou verbouwen en een beetje plezier zou hebben. Het idee trok aan haar.

'Hoe dan ook, is alles goed met je, Ruth?'

Nee, wilde Ruth zeggen, ik verander langzaam maar zeker in pudding en ik ben bang dat ik binnenkort zal oplossen. Ik raak de grip op mijn leven kwijt, maar ik heb een geweldige nanny die alles overneemt als ik ertussenuit knijp. Denk je dat dat voldoende is? Denk je dat mijn kinderen het zouden merken als ik er niet meer zou zijn? Ik weet niet zeker of Christian het zou merken.

'Alles is goed, de eeuwige vermoeidheid daargelaten.'

'Je werkt te hard.'

'Zo erg is het niet.'

'En je hebt te hoge verwachtingen.'

Ruth vond haar moeder zo direct en rad van tong, dat ze nooit wist of ze algemeen commentaar leverde of iets nuttigs zei.

'Hebben we die niet allemaal?'

'Nee. Sterker nog, ik denk dat het geheim des levens is om zo min mogelijk te verwachten.'

Ruth lachte. Alleen haar moeder kon beweren het geheim des levens te kennen.

'Hoe dan ook, ik belde om je uit te nodigen voor Hals verjaardagsfeestje. We houden het volgende week zaterdag bij ons thuis. Jullie mogen wel blijven slapen als jullie willen.'

'Wat leuk. Heb je hulp nodig? Ik zou wat eerder kunnen komen om iets te bakken.'

'Aggie heeft alles onder controle.'

'Aggie?'

Ruth hoorde de afkeuring in haar moeders stem, maar ze probeerde zich ervoor af te sluiten, omdat het te dicht bij haar eigen gevoelens kwam. 'Ze is geweldig, mam. Ik zou niet weten wat ik zonder haar zou moeten.'

'Ik vind dat er helemaal niets mis met je is.'

Gesprekken met haar moeder zorgden er altijd voor dat Ruth zich vies voelde, alsof ze een zonde had begaan die ze nooit meer kon goedmaken, alsof ze alles bij het verkeerde eind had. Ruths moeder had een onwrikbaar geloof in haar eigen juistheid en irritant genoeg was het geen veronderstelling die Ruth kon negeren. Werden alle kinderen geplaagd door de angst dat hun ouders misschien gelijk hadden? Ruth vond het moeilijk voor te stellen dat een volwassen Betty zich zoveel zorgen zou maken.

Nadat ze haar moeder had gesproken, vroeg Ruth zich af of een volledig vertrouwen in jezelf het antwoord op het leven was en of je dat inbeelden alles was wat ervoor nodig was. Af en toe probeerde ze het, maar het werkte haar te veel op de zenuwen. Bij het horen van betweterigheid uit haar eigen mond wilde ze altijd graag onder een deken kruipen en toegeven dat ze verslagen was.

Het uiten van paniek tegen iemand die het nog nooit had gevoeld, was erg moeilijk. Het was waar dat haar moeder haar voor de inzinking na Betty's geboorte niet had veroordeeld, maar Ruth had nog steeds het gevoel dat ze haar in de steek had gelaten, omdat Stella Douglas' dochter dezelfde stalen vastberadenheid moest hebben geërfd.

Ongetwijfeld was haar moeders afkeur deze keer gegrond. Ongetwijfeld moest je de derde verjaardag van je kind zelf regelen. Of het in ieder geval willen regelen. Maar Ruth vond het zo makkelijk om alles aan Aggie over te laten. Ze kon zich voorstellen dat ze het meisje zou vragen Hals cadeautjes te kopen; ze zou het ongetwijfeld veel beter kunnen dan Ruth. Hoewel het geruststellend was om zo zeker te zijn van degene die op je kinderen paste, was er misschien iets mis met een moeder die dit allemaal liet gebeuren.

Kirsty verscheen aan Ruths bureau, waardoor ze besefte dat ze al te lang in een andere wereld was weggezakt.

'Ruth, ik moet je om een gunst vragen. Je weet dat ik het je niet zou vragen als ik niet wanhopig zou zijn, maar ik heb alle andere mogelijkheden uitgeput en ik kan echt niemand anders bedenken.'

'Maak je geen zorgen. Wat is er?' Ruth was haar vermogen om buitenshuis 'nee' te zeggen een paar jaar geleden al kwijtgeraakt.

'Je weet dat we bezig zijn met die interviews voor het volgende nummer, vrouwen met een droomleven?'

'Ja.' Van het idee alleen al werd ze al moe.

'Nou, Margo Lansford, die een baan op de effectenbeurs heeft opgegeven om naar een boerderij te verhuizen en varkens te fokken of iets dergelijks...'

'Zeep te maken, die ja.'

'Nou, zij kan echt alleen maar aanstaande zaterdag een interview geven en ik ga naar de bruiloft van mijn vriendin Emmy in Schotland en daar moet ik echt heen. En ik heb echt iedereen gevraagd die in me opkwam, maar niemand kan het doen. En, ik bedoel, ik zou een freelancer kunnen bellen, maar ik vond dat ik het beter eerst aan jou kon vragen, vooral na die preek van Sally over onze budgetten.'

'Wil je dat ik het doe?'

'Alleen als je kunt, anders laat ik het een freelancer doen.'

'Nee, nee, het is goed.'

'Ze woont in Surrey en ze heeft vier kinderen, misschien kun je die van jou meenemen?'

Het leven was verfrissend eenvoudig in Kirsty's wereld.

Heel veel later lag Ruth naast Christian in bed. De dag was meedogenloos geweest en ze had het grootste gedeelte van de dag naar dit moment verlangd. Haar lichaam zonk weg in het matras, haar ledematen voelden lusteloos aan onder de dekens. Ze lieten Betty nu een paar nachten bij hen in bed komen en er leek een wonder te geschieden. Hun dochter werd elke nacht later wakker en trippelde de paar meter van haar kamer naar die van hen, waar ze over hun slapende lichamen heen klom en tussenin kroop. Die ochtend was Ruth wakker geworden van de wekker en niet in staat geweest zich te herinneren wanneer Betty bij hen was gekomen.

'Ik kan niet geloven dat we er niet eerder aan hebben gedacht om Betty tussenin te laten slapen,' zei ze terwijl ze naar het gescheurde plafond staarde.

'Ik weet het,' zei Christian. Hij zat iets voor zijn werk te lezen en liet het op de grond vallen.

'De hemel zij dank voor Aggie,' zei Ruth.

'Ik neem aan dat we er zelf ook wel op waren gekomen.'

Ruth lachte. 'Dat betwijfel ik.'

Christian streek haar haar uit haar gezicht. 'Voel je je er wat beter door?'

'Nee, nog niet, maar ik heb op internet gelezen dat het een paar dagen kan duren voordat een lichaam met slaapgebrek gewend raakt aan rust. Je kunt je zelfs eerst slechter gaan voelen voordat je je beter voelt.'

'Dat klinkt logisch.' Christian kuste haar op het puntje van haar neus. Ruth wou dat alle momenten tussen hen zo rustig waren. 'Over een paar jaar zitten ze allebei op school en wordt het veel makkelijker. Dit duurt maar even.'

Het was waar dat de tijd voorbij was gevlogen, als een hazewind die een haas achternazit op de renbaan. 'Je hebt gelijk,' zei ze. 'Dat zou ik vaker moeten beseffen.'

Christian ging liggen en deed het licht uit. 'Ik moet gaan slapen, ik heb morgen een belangrijke dag op het werk.'

'O, dat ben ik nog vergeten te zeggen,' waagde Ruth in het donker, 'ik moet zaterdag in Surrey een vrouw interviewen die zeep maakt. Ze heeft vier kinderen en een grote boerderij. Ze zei dat we allemaal welkom waren. Heb je zin om mee te gaan?'

'Ja, hoor,' zei Christian lui. 'Maakt me niet uit, wat je wilt.'

In de groentetuin groeiden groenten. Agatha wist dat het belachelijk was om onder de indruk te zijn van iets wat gewoon deed wat het had beloofd, maar het leek een beetje vergezocht toen ze die kleine zaadjes weken geleden hadden gezaaid. De laatste paar maanden had ze Betty en Hal elke dag mee de tuin in genomen voor een teken van leven. Eerst hadden ze moeten hurken en goed moeten kijken en Betty was nukkig geworden toen er niets te zien was. Maar toen, op een dag, kon Agatha zelfs vanaf de keukendeur iets zien wat eruitzag als een dun laagje groen dat het tuintje bedekte. Ze hadden zich over het gras gehaast, helemaal opgewonden, en ze waren beloond met kleine scheutjes die boven de grond uitstaken. In dat tere stadium zagen ze er allemaal hetzelfde uit, een klein steeltje met aan elke kant ovale openingetjes voor de blaadjes. Sommige waren nog bezig door de aarde heen te komen en Agatha wilde de hele dag wel bij het tuintje blijven zitten in de hoop dat ze het voor haar eigen ogen zou zien groeien.

Nu waren de kleine zaailingen volwassen planten geworden. De aardappels waren lang en dreigend, de wortels sliertig en hemels en de tomaten raakten net hun bloemen kwijt en er ontloken kleine groene bolletjes. Agatha leerde de kinderen ze aan te raken om de geur vrij te laten komen, geuren die om hen heen dreven als een waas van goedheid waarvan Agatha bijna moest huilen.

Maar het beste van alles was dat Hal net zo geïnteresseerd bleek te zijn als Agatha had gehoopt. Hij was aan de grond genageld door de miniplantjes en kon uren bij het groentetuintje spelen en wachten tot ze groeiden. Zijn verwondering toen Betty voor het eerst een aardappel uit de grond had getrokken was zo schattig geweest dat Agatha Betty een paar wortels had laten proberen, hoewel ze wist dat ze nog niet volgroeid waren. Hal had zelfs gevraagd of hij ze mocht aanraken, hoewel hij doorgaans huilde als hij te dicht in de buurt van groente kwam. Hij streelde de harde schil, veegde de aarde ervan af en hield de aardappel in de lucht alsof hij een edelsteen onderzocht.

'Die kun je eten,' zei Agatha. 'Betty krijgt hem tussen de middag met vissticks.'

'En wortels,' zei Betty.

'Natuurlijk, en wortels.'

'Als je wilt, mag je het ook wel proberen,' zei Agatha terloops over haar schouder terwijl ze alles naar de keuken droeg en verdoezelde dat haar hart even vlug klopte als wanneer iemand haar de liefde zou hebben verklaard.

Agatha en Hal hadden een geheimpje. Zelfs Betty wist er niets van. Agatha had Hal gezegd dat hij het aan niemand mocht vertellen, maar ze wist niet zeker of hij het begreep of dat hij de meeste dingen die gebeurden vergat. Agatha was bijna vanaf de eerste dag gestopt Hal eten aan te bieden. Ze kon niet tegen zijn blik van afschuw zodra hij zag dat ze de koelkast opendeed of de felgekleurde plastic bordjes en kopjes pakte. Dus op een dag had ze hem verteld dat het haar niet kon schelen of hij at of niet, dat flesjes wat haar betreft prima waren en dat hij er zo veel mocht hebben als hij wilde. Soms liet ze hem zelfs in zijn plastic huisje zitten terwijl hij door het raampje naar *Thomas* keek en zij Betty voerde.

Maar een paar weken geleden had ze een zakje Smarties gekocht. Ze had het zakje opengemaakt terwijl ze naast Hal op de bank zat, die geconcentreerd op zijn flesje zat te zuigen met zijn blik strak op het beeld gericht. Ze had zich ervan verzekerd dat ze warm waren, zodat de zoete geur het zakje uitvloog zodra ze het openscheurde. Inderdaad keek Hal op en hij keek hoe ze ze een voor een in haar mond stak. Na een poosje deed ze net alsof hij haar liet schrikken.

'O, Hal,' had ze gezegd, 'je laat me schrikken. Tegen niemand zeggen hoor, maar dit zijn mijn lievelingssnoepjes.'

Hal liet de fles uit zijn mond vallen.

'Wil je er een aanraken?' had Agatha gevraagd terwijl ze haar hand tussen hen in hield. 'Ze zijn zo zacht als fluweel.'

Ze wist niet zeker of Hal wist wat fluweel was, maar hij stak zijn hand uit en prikte met zijn vinger tegen het zachte rondje.

'Het beste aan Smarties,' ging Agatha verder, 'is dat je ze niet hoeft op te eten. Je legt ze op je tong en ze smelten in je mond. Wil je er ook eens eentje proberen?'

Tot Agatha's verbazing pakte Hal er een en stopte hem in zijn mond. Hij at ze nu met smaak, hij likte aan chocoladekoekjes en had zelfs een lepel gelatinepudding gegeten. Agatha was van plan om vlug yoghurt te gaan proberen, maar toen kreeg ze de aardappel in haar schoot geworpen.

Agatha kookte de aardappels langer dan noodzakelijk en stampte ze fijn met heel veel boter en melk. Het meeste schepte ze op Betty's bord, samen met de vissticks en de worteltjes, en toen riep ze Betty. Het meisje was natuurlijk dolblij dat ze groenten uit haar tuintje mocht eten en bleef maar roepen hoe lekker het was. Al vlug verscheen Hal in de deuropening.

'Is je dvd al afgelopen?' vroeg Agatha.

Hij liep schuchter naar haar toe en porde zachtjes tegen haar benen in een van hun woordeloze gesprekken waarvan alleen zij de taal kenden. Ze zette hem op schoot en knuffelde hem.

'Betty eet aardappels uit de tuin,' zei ze. Agatha wachtte heel even. Het moment moest perfect zijn en ze wachtte tot Hal tegen haar aan zakte en Betty van tafel wilde. 'Je zou ze best kunnen proberen, het zijn net m&m's.'

Hal zei niets, dus gaf Agatha hem een klein lepeltje, de kleinste offergift voor de kleinste god. Het lepeltje hing voor Hals mond en heel even dacht Agatha dat ze hem verkeerd had ingeschat. Zweet parelde op haar bovenlip en haar been begon te trillen. Maar toen deed Hal zijn mond open, ze stak het lepeltje naar binnen en hij slikte het door. Ze bood hem niets meer aan en hij zei niets. Hij gleed van haar knie af en ging terug naar zijn huisje.

Tegen de tijd dat Ruth thuiskwam, barstte Agatha bijna uit elkaar om haar overwinning met haar te delen, maar Ruth was in een slechte bui. Ze klaagde over migraine en zeurde over een interview de volgende dag, hoewel het zaterdag was. Ze luisterde nauwelijks naar Betty die over de groente vertelde en toen beweerde ze dat ze te moe was om ze in bad te doen. Agatha wilde haar een klap in haar gezicht geven, maar strafte haar daarentegen door niets te zeggen over Hal en de aardappel. Steeds vaker vond ze dat Ruth haar kinderen niet verdiende.

'Wil je dat ik de kinderen morgen neem als je moet werken? Ik vind het niet erg,' bood Agatha aan toen Ruth naar beneden kwam, nadat ze de kinderen in bed had gestopt.

Ruth was al bezig wijn uit de koelkast te pakken. 'Nee, nee. Christian en de kinderen gaan mee. De vrouw die ik moet interviewen heeft er zelf vier en vond het geen probleem.'

Agatha begon het steeds enger te vinden om Hal bij Ruth of Christian te laten. Ze boden hem nog steeds eten aan en verplichtten hem aan tafel te zitten met een vol bord eten, waarna ze een halfuur bezig waren hem te dwingen en te smeken tot hij eindelijk vrij werd gelaten en huilend en snotterend bij Aggie op schoot kroop. Ze vond het een verschrikkelijke gedachte hem de hele dag te moeten missen, er niet te zijn om zijn tranen te drogen en in zijn oor te fluisteren dat alles goed zou komen, dat het vlug weer maandag zou zijn en alles dan weer normaal zou zijn.

'Wil je dat echt doen? Denk je niet dat ze in de weg zullen lopen? Ik vind het niet erg als ze hier blijven.'

'Doe niet zo gek, Aggie, jij hebt ook een vrije dag nodig. Ga wat leuks doen.' Ruth liep de huiskamer in en zette de tv aan.

Agatha bleef in de keuken om de rommel van het avondeten op te ruimen en de tranen die in haar ooghoeken opwelden te verbergen. Het was niet eerlijk dat zij degene was die deze kinderen opvoedde en toch zo weinig over hen te zeggen had. Op een dag zou ze niet meer nodig zijn bij de Donaldsons, besefte ze plotseling, en dat gaf haar een heel vreemd gevoel in haar maag. Ze zou Hal achter moeten laten en moeten overgeven aan iemand die hem nooit zou begrijpen zoals zij dat deed.

~

The Ram bracht herinneringen bij hem naar boven die beter onaangeroerd konden blijven. Ooit had hij Sarah op de wc's genomen. Hij vond het ongelofelijk dat hij ermee had ingestemd haar hier te ontmoeten, maar iets van opwinding borrelde in hem naar boven terwijl hij de pub binnen liep. Het was er de laatste drie jaar erg veranderd, het was er chiquer met grijze muren, grote, comfortabele banken en lage tafels waarop waxinelichtjes stonden te flakkeren. Sarah was er al en zat met een drankje in een hoek. Ze zag er enorm aantrekkelijk uit in een eenvoudig zomerjurkje.

'Het spijt me van de vorige keer,' zei ze zodra hij ging zitten. Ze had weer een beetje van die zelfverzekerde jeugdigheid terug die hij zo aantrekkelijk had gevonden en hij was van zijn stuk gebracht. Of liever gezegd: hij voelde zich net een domme man van middelbare leeftijd die had omgekeken naar een belofte uit het verleden. Hij had zijn paspoort pasgeleden dan misschien wel voor de derde keer verlengd, maar het leven hoefde nog niet voorbij te zijn.

'Je hoeft je nergens voor te verontschuldigen.'

'Kom op zeg, ik was op van de zenuwen.'

'Ik deed het niet veel beter.'

'Ik kan wel een sigaretje gebruiken. Ga je mee naar buiten?'

'Nee, dank je.'

'Ben je gestopt?' Die vraag was te voorspelbaar.

'Nou, min of meer.' Hij zou zich er deze keer niet toe laten verleiden Ruth te bekritiseren. Hij vond dat nog steeds de grootste daad van verraad ten opzichte van zijn vrouw, iets wat ze hem zeker nooit zou vergeven. Maar Sarah had ervoor gezorgd dat alle verachting die hij voor Ruth voelde uit hem rolde als een golf die op het strand sloeg. Sarah hoefde maar een onschuldig klinkende vraag te stellen en hij kon uren doorzeuren over de onoplettendheid van zijn vrouw, de manier waarop ze hem verstikte, hoe ze zichzelf had laten gaan toen ze zwanger was, het feit dat ze nooit meer iets grappig leek te vinden en het gebrek aan een seksleven.

'Hoe dan ook, ik wil het deze keer maar gewoon zeggen,' zei Sarah nu. 'Als we het vlug achter de rug hebben, kunnen we misschien nog een leuke avond hebben, gewoon vanwege de goeie oude tijd.'

'Oké.' Christian dronk zijn glas leeg.

'Ik vond je een zak. Je hebt mij en Ruth slecht behandeld.'

'Daar heb je gelijk in.' Christian voelde zich opgelucht, als dat het ergste was... Hij had zichzelf veel ergere dingen verweten.

'Ik heb er veel over nagedacht, maar waar ik het meest boos over ben is dat ik jou overal tegen heb beschermd, terwijl jij mij eigenlijk had moeten steunen.'

'Mij beschermd?'

'Ik heb geen miskraam gehad, Christian, maar abortus laten plegen.'

Christian was geschokt, zowel vanwege zijn naïviteit dat hij dit zelf niet had gesnapt als door de ingreep zelf. Sarah had hem een gunst bewezen, maar, verdorie... een oergevoel in hem walgde van deze informatie.

'Zeg je niets?'

'Sorry. Ik wist het niet en dat is erg dom van me. Het spijt me dat je het alleen hebt moeten doormaken.'

'Het geeft niet. Ik heb achteraf tijd gehad om erover na te denken. Daarom ben ik naar Australië gegaan en natuurlijk moest ik de eerste de beste, totaal ongeschikte vent die ik tegenkwam aan de haak slaan en heeft het eeuwen geduurd om uit die relatie te stappen, omdat mijn zelfvertrouwen zo ver te zoeken was. Uiteindelijk moesten mijn ouders me komen halen en ben ik het afgelopen jaar in therapie geweest.'

'Verdorie, ik dacht dat je zei dat je pas teruggekomen was.'

'Jij bent niet de enige die kan liegen, Christian.'

'Kan ik nog iets te drinken voor je halen? Ik kan er nog wel eentje gebruiken.'

Christian probeerde zijn hoofd leeg te maken aan de bar, maar de muren leken op hem af te komen. Hij had het gevoel dat hij Sarah iets schuldig was, maar hij kon niet bedenken wat. Hij wist wat hij Ruth schuldig was of in ieder geval wat hij van Ruth wilde. Hij kon haar lichaam haast naast zich in bed voelen en haar geur ruiken toen hij het puntje van haar neus de avond ervoor had gekust. Tegen de tijd dat hij terugkwam, glimlachte Sarah weer.

'Sorry dat ik het er zo uitflapte, maar ik vind het belangrijk dat je het weet. Vraag me niet waarom, maar ik voel me beter omdat ik het je heb verteld.'

'Het spijt mij ook. Ik was zo egoïstisch, ik dacht in die tijd alleen maar aan mezelf. Ik weet niet of het helpt, maar voor mij was ook niet alles rozengeur en maneschijn.'

'Maar tussen jou en Ruth is alles goed gekomen?'

'Ja, ze is erg vergevingsgezind geweest.' Vreemd genoeg klonk dat als kritiek.

'Ben je gelukkig?'

'Net zo gelukkig als ieder ander.'

Sarah keek hem over haar glas aan. 'Dat is altijd jouw probleem geweest, Christian. Je rekende er nooit op dat je gelukkig zou zijn. Je vindt het niet erg om gewoon tevreden te zijn.' Het viel Christian op hoe anders Toby's opvatting over hem was geweest en hij vroeg zich af wie er gelijk had.

'Ben jij gelukkig?' Hij wist dat dit het verkeerde antwoord was en dat hij Ruth had moeten verdedigen, want dat was natuurlijk waar dit om draaide, maar hij kon het niet.

'Langzaam maar zeker.' Ze sloeg haar benen over elkaar zodat haar rokje omhoog schoof en Christian moest voorover leunen om zijn verlangen te beteugelen. Hij wilde niet dat dit weer zou gebeuren, maar het was net alsof hij dronken was, gedrogeerd bijna.

'Ik moet gaan, Sarah,' zei hij gek genoeg, waarmee hij zichzelf verried.

'Maar het is pas halftien. Je hebt je drankje nog niet eens op.'

'Ik weet het, maar ik kan dit niet. Ik ben blij dat ik gekomen ben en jij de kans hebt gehad me alles te vertellen, maar ik moet nu naar huis.'

Ze glimlachte. 'Ik loop wel even mee naar je halte.'

De lucht was nog warm toen ze buiten kwamen en de straten waren vol mooie jonge mensen. Christian voelde zich er niet bij horen, maar hij wist dat Sarah hem een paspoort naar hun wereld bood. Over niet al te lange tijd zouden dit Betty's mensen zijn, maar hij zou er nog een keer deel van kunnen uitmaken.

Halverwege haakte Sarah af. 'Eigenlijk kan ik maar beter naar mijn bus gaan. De halte is hier en dan ben ik sneller thuis.'

'Waar woon je tegenwoordig?' Hij wilde haar in een soort context plaatsen.

'Bij mijn ouders in Islington. Mijn vader zou je vermoorden als hij wist dat ik bij je was.' Ze lachte en het herinnerde hem eraan hoeveel jaar ze scheelden.

'Het was geweldig je weer te zien. Je ziet er fantastisch uit.'

'Jij ook.'

Sarah leunde naar Christian toe en streek met haar lippen over de zijne. Zo bleven ze een seconde langer dan noodzakelijk staan en Christian voelde hoe haar arm om zijn middel gleed waardoor haar borsten tegen hem aandrukten. Hij kon het verlangen achter in zijn keel proeven.

Ze trok zich terug. 'Tot ziens dan maar.'

Toen hij thuiskwam, lag Ruth op de bank te slapen met *Newsnight* aan op tv, driekwart fles wijn achter haar kiezen, maar ze had niet gegeten. Ze zag er mooi uit vanuit de deuropening en hoewel hij wist dat het triest en pathetisch was, wilde hij met haar vrijen. Ze werd wakker en hij zette de tv uit.

'Je bent dronken.'

'Is dat een mededeling of een vraag?' Hij vermoedde dat Ruth op de een of andere ondefinieerbare manier dacht dat hij haar bezit was, waardoor zij het recht had hem te vertellen hoe hij moest leven.

'Ik kan het ruiken. Ik dacht dat het een zakendiner was.'

'Die zijn het ergst, Ruth.'

'Komt het ooit wel eens in je op om nee te zeggen?'

'Niet echt. Je ziet er doodmoe uit. Waarom ga je niet naar bed?'

'Doe niet zo neerbuigend.'

'Dat doe ik niet, ik bedoel alleen maar...'

'Dat ik niet zo aantrekkelijk ben als die vierentwintigjarige kinderloze meisjes op kantoor.'

Net als Alice in Wonderland waren ze tussen de realiteit en absurditeit geschoven.

'Ik weet niet waar je het over hebt, Ruth, maar het is niet erg aangenaam.'

'O, en ik leef om aangenaam voor jou te zijn. Dan kan ik beter stoppen met werken en een soort huishoudgodin worden met een schortje voor en koekjes in de oven en de kinderen in bed gestopt, zodat jij uit kunt gaan en belangrijk kunt zijn en je nergens druk over hoeft te maken behalve over wie de volgende secretaresse is die je gaat neuken?'

'Ruth, hou hiermee op voordat je iets zegt waar je spijt van krijgt. Ik weet niet waar dit vandaan komt, maar het slaat nergens op. Wanneer heb ik je ooit gevraagd te stoppen met werken?'

Ruth begon te huilen. Enorme snikken schudden haar lichaam door elkaar, waardoor ze net een verzuipende kat leek. Christian voelde een golf van emoties voor haar, die hij niet kon plaatsen. Ze was zo complex dat het onmogelijk leek haar te troosten. Hij kreeg het er warm van en hij had het gevoel dat hij in de val zat.

'Wat is er aan de hand, Ruth? Is het niet beter om naar de dokter te gaan?'

Ze liet zich op de bank zakken. 'Ik weet niet wat ik nodig heb. Ik weet zelfs niet wat ik wil. Ik ben het kwijt, Christian.'

Ruth werd om vier uur 's ochtends wakker en dat was altijd een slecht teken. Tijdens haar slechte periode was ze altijd om vier uur 's ochtends wakker geworden, haar lichaam verscheurd van vermoeidheid, maar haar hersens in steeds kleiner wordende cirkeltjes ronddraaiend. Het was hetzelfde begin dat haar nu in zijn greep had, alsof haar hart een elektrische schok kreeg. Christian lag naast haar te snurken en ze had spijt van hun stomme ruzie. Haar laatste woorden tegen hem pingpongden in haar hoofd heen en weer. Ze had niet zo veel van zichzelf moeten onthullen. Je moest een man nooit over de omvang van je wanhoop vertellen, want dan dacht hij dat je gek was en zou hij willen dat hij je op zolder kon opsluiten. Spraken ze maar dezelfde taal, dan kon ze hem vertellen hoe ze zich voelde, dan zou hij haar knuffelen en konden ze weer verder met hun leven.

Ze gaf het een halfuur en stond toen op, omdat ze wist dat het beter was deze uren met een kop thee in de keuken te zitten dan in bed te liggen. Betty was – en dat was een gewoonte geworden – op enig moment gedurende de nacht bij hen in bed gekropen. Heel vaag kon ze zich het kleine figuurtje bij de deur nog herinneren, haar warme lichaampje dat over hen heen kroop en zich tussen hen in wrong. Ze lag nu strak tegen Christian aan en zat met zweet aan zijn rug geplakt. Ruth had haar bijna anders neergelegd, maar ze moest er niet aan denken dat ze wakker zou worden. In plaats daarvan staarde ze naar haar dochtertje en heel even had ze het gevoel dat ze Betty's woede volledig begreep, ze was immers niet meer dan een minivrouwtje. Ruth nam zich voor aardiger tegen Betty te zijn als ze wakker werd.

De keuken voelde altijd zo anders aan op dit tijdstip. Ze zag hem voor wat hij was en was dankbaar dat hij niets van haar verwachtte. Sinds de komst van Aggie was het er altijd brandschoon, zelfs de spullen van het avondeten waren al afgewassen en stonden klaar om weer gebruikt te worden.

Zodra ze aan tafel zat, kijkend naar de lucht en het aanbreken van een onaangename dag, erkende Ruth haar gedachten en de verwikkelingen van haar geest. Ze keek op en ving een glimp van zichzelf op in de spiegel tegen de muur aan de andere kant van de tafel. Ze staarde erin en probeerde zichzelf te onderscheiden. Maar het was alsof ze selectieve glaucoom had: hoezeer ze haar best ook deed, haar gezicht bleef troebel. Als tiener en zelfs toen ze in de twintig was, was ze erg zelfverzekerd over haar uiterlijk geweest, ze wist dat ze een mooi gezicht en een strak lichaam had. Maar nu... nu zag ze hoe haar leeftijd in haar gelaatstrekken sloop, zich met rimpels en bobbels aankondigde. Ze had rode vlekken op haar wangen en donkere wallen onder haar ogen. Haar huid leek versleten, doorzichtig bijna, als de vleugels van een vlinder, en haar haar was zo slap als te lang gekookte spaghetti. Ze had zelfs een moedervlek op haar wang waaruit donkere haartjes groeiden als ze het niet in de gaten hield.

En haar lichaam was niet haar echte lichaam, dat wist ze zeker. Op een dag zou ze de heldere, gespierde huid uit haar jeugd weer opeisen zodat ze korte broeken, bikini's en strakke jurkjes kon dragen. Door de gevlekte, gedeukte laag die nu over haar heen lag, zag ze eruit alsof ze te lang in de thee had gelegen. Ze was in ieder geval wel dun, maar het was niet het juiste soort dun. Het was zo makkelijk voor vrouwen om te dik of te dun te zijn. De perfectie waarnaar iedereen streefde, was maar voor zo weinig mensen weggelegd. Zelfs de obsceen mooie vrouwen op de pagina's van *Viva* moesten worden gefotoshopt om de perfectie te creëren die nep was. En dat waren vrouwen die clichés bij mannen aanmoedigden, zoals een openstaande mond, ademloos toekijken of het stamelen van woorden. Zou het in het echt zo zijn? vroeg Ruth zich af terwijl ze met haar handen over haar gezicht streek en het voelde alsof haar botten zich door haar huid heen wilden werken, alsof ze geen zin meer hadden de zwakke persoon die ze was geworden te ondersteunen.

Christian beweerde dat hij Sarah niet had geneukt omdat ze knapper was dan zij, hoewel Ruth ervan overtuigd was dat het wel zo was. Het moest in ieder geval een soort bonus zijn geweest. Het was interessant te weten dat mannen maar zelden een affaire hadden met een vrouw die ouder was dan hun echtgenote, met een dikker lijf en grijzer haar. Trouwens, hij had alleen maar gezégd dat hij Sarah niet aantrekkelijker had gevonden en als je de hoeveelheid leugens in aanmerking nam die hij had verteld, gaf dat haar niet echt veel vertrouwen. Maar nog verradelijker was: waarom was het zo belangrijk? Waarom knaagde het aan haar zelfbeeld als maden aan een wegrottend lichaam? Het gaat niet om het uiterlijk, had hij destijds gezegd, dat had er niets mee te maken. Jij bent de enige persoon met wie ik wil praten en dat moet toch wel iets betekenen. En ja, ze snapte wat hij bedoelde, maar het was nog steeds afschuwelijk te worden ingeruild voor een jonger model en te moeten denken dat hij zijn handen pas geleden nog over een strakkere, frissere huid had laten glijden.

Het knaagde aan haar dat ze door hem te vergeven continu en zonder het uit te spreken op de een of andere manier voor altijd ondergeschikt aan hem was. Bestond er nu een soort akkoord tussen hen dat zij zwakker was en hem tegen elke prijs wilde houden? Voordat ze trouwde en kinderen kreeg, was ze er zeker van geweest dat ze hem een affaire nooit zou vergeven en toch had het onmogelijk geleken dat hij zou vertrekken in een tijd dat ze nauwelijks in staat was zonder hulp uit bed te komen. Soms vroeg ze zich af of dat de reden was dat hij het had gedaan, gewoon omdat hij wist dat hij ermee weg kon komen, zelfs als het uit zou komen. Waarom was het toch altijd zo dat de onherroepelijkheid van de jeugd het veld moest ruimen voor het compromis van de ouderdom?

Christian beweerde dat hij een lichte zenuwinzinking had gehad. Hij was zelfs zes maanden in therapie geweest om erachter te komen waarom hij het had gedaan, maar Ruth vermoedde dat hij alleen was gegaan om haar tevreden te stellen, om haar te laten zien dat het hem echt speet. Niet dat ze aan zijn oprechtheid had getwijfeld, hij wilde echt blijven en de hele affaire was zonder twijfel een vergissing geweest. Maar vaak vroeg ze zich af of ze de scheuren hadden dichtgesmeerd in een wanhopige poging er niet een al te grote puinhoop van te maken en of ze gescheiden misschien beter af zouden zijn geweest. Al die oude spreekwoorden bleven rond haar hoofd zoemen, soms wendden rijen met oude vrouwen zich tot haar, die zeiden dat mannen niet voor niets vreemdgingen, dat er geen rook is zonder vuur en dat een vrouw achter het aanrecht hoort.

Uiteindelijk was de beste reden die Christian voor zijn gedrag kon bedenken dat hij zich buitengesloten voelde. Dat hij zich sinds Betty's geboorte aan de kant gezet voelde, dat Ruth zo volledig verliefd was geworden op hun dochtertje dat ze het eerste jaar zelfs geen wiegje had gekocht. En toen was daar de depressie geweest, die hij enorm beangstigend had gevonden, en toen ze weer aan het werk was gegaan, voelde ze zich schuldig of doodmoe en hadden ze samen nooit meer lol. Dus om zichzelf op te beuren tijdens de tweede zwangerschap besloot hij met iemand anders naar bed te gaan. Behalve dat hij dat laatste natuurlijk niet tegen haar had uitgesproken, dat was iets wat hij alleen aan zichzelf had durven toegeven.

Voor mannen is het anders, had ze willen zeggen, maar het was haar nooit gelukt het eruit te gooien. Kinderen groeien in ons, wij geven ze jaren van ons leven, we verstoren de balans in ons lichaam en pompen het vol vreemde hormonen. Natuurlijk worden we nooit meer hetzelfde. Verdorie, jullie mannen weten de helft nog niet. Zodra we een kind op de wereld zetten, is het voorbij, we worden nooit meer een enkelvoudige entiteit, zelfs niet nadat de navelstreng is doorgeknipt. Maar als Christian dit had willen begrijpen, had hij buiten zichzelf moeten treden en dat kan niemand.

Ruth kon zich herinneren dat hij dit had gezegd terwijl ze aan deze tafel hadden gezeten toen Betty in bed lag en net voordat Hal zich een weg naar buiten had gebaand. Ze herinnerde zich vooral nog hoe ze alles op had gekropt: ze had niet tegen hem gescholden, ze was niet naar zijn werk gegaan om Sarah een klap te verkopen, en ze had hem niet meer dan tien lasterlijke sms'jes per dag gestuurd. Tegen de tijd dat ze Christian 's avonds sprak had ze het gevoel dat ze te veel fastfood had gegeten en dat het vastzat in haar keel. Maar zodra ze konden praten, had ze het gevoel dat ze barstte van de honger en wilde ze wanhopig graag over elk detail uitweiden, elk laatste kruimeltje verorberen in de hoop dat ze op de een of andere manier iets van de puinhoop kon snappen.

Het ergste van alles was, zo had Ruth geweten en zo wist ze nog steeds, dat Christian ergens wel een punt had, dat alles wat hij had gezegd waar was. Ze wist dat ze enige verantwoordelijkheid op zich moest nemen, maar ze zag niet in waarom ze alle schuld op zich moest nemen of waarom hij het op die manier duidelijk had moeten maken. Pas wel op, had Sally haar op een dag gezegd toen Ruth had besloten hem te laten blijven, doe het niet omdat je je kwetsbaar voelt, doe het omdat je wilt dat hij blijft.

Maar Ruth was niet in staat geweest dat te kunnen beoordelen, ze kon haar behoefte aan hulp niet scheiden van de liefde voor haar man.

Wat Sally nog meer had gezegd, had zo uit de *Viva* kunnen komen: als hij in staat is het één keer te doen, doet hij het misschien nog wel een keer. Christian zwoer natuurlijk dat dit niet zo was, dat hij haar niet ontrouw wilde zijn, dat hij het nog nooit eerder had gedaan. En Ruth geloofde hem, ze wist dat hij diep vanbinnen een fatsoenlijke vent was die, als het erop aankwam, eerlijk en betrouwbaar was. Ze maakte zich geen zorgen of het al eens eerder was gebeurd en ze vroeg zich ook niet af of hij stiekem naar stripclubs ging en zelfs niet of hij er opnieuw naar op zoek zou gaan. Maar ze wist ook dat hij zwak was en nu ze daar zo aan de keukentafel zat, besefte ze dat ze weer in hun oude patroon waren vervallen en dat dit een gevaarlijk moment was.

Ik hou van je, had hij tegen haar gezegd een paar avonden nadat hij haar had verteld dat hij naar bed was geweest met een meisje van zijn kantoor dat nu zwanger was, hoewel Ruth zelf over drie weken was uitgerekend. Ik ben altijd van je blijven houden. Ik ben van je gaan houden toen ik je voor het eerst zag en dat gevoel is nooit meer weggegaan. En Ruth wist dat het waar was. Ze kon zich het heerlijke gevoel dat hen beiden was overvallen toen ze elkaar voor het eerst hadden ontmoet nog duidelijk herinneren. Elk gevoel van fatsoen of uiterlijk vertoon had onbelangrijk geleken en de eerste paar weken hadden ze hun zielen ineen gestrengeld, ze waren samengesmolten en hadden maar zelden geslapen. Er had nooit enige twijfel over bestaan dat ze de rest van hun leven samen zouden doorbrengen. Als ze dat moment maar weer eens terug konden krijgen. Konden ze nog maar een nacht op haar dunne studentenmatras doorbrengen met het nylon gordijn opzijgeschoven terwijl ze naar buiten keken naar de beginnende dag en daar mooi naakt lagen te wezen en wensten dat al hun dagen zo opwindend zouden zijn.

Soms vond Agatha dat je de dingen moest opschrijven om ze helder te krijgen. Haar hoofd voelde vaak vol aan door alle verhalen. Niet dat ze een leugenaar was zoals dat stomme mens in het ziekenhuis had geïnsinueerd, maar ze was zich ervan bewust dat we onszelf allemaal verhaaltjes vertellen om het leven draaglijker te maken. Het is zwaar tenzij je mensen soms vertelt wat ze willen horen. En voor de duidelijkheid: dat is geen liegen. Liegen is gemeen. Liegen is iets wat mensen doen om hun zin te krijgen als het waarschijnlijk beter zou zijn als ze dat niet zouden krijgen. Liegbeest, liegbeest, riepen de kinderen op school vroeger. Dat ben ik niet, wilde ze terugroepen, ik zeg jullie wat jullie willen horen, maar jullie zijn te dom om dat te beseffen.

Het is geen leugen als je het je vader en moeder niet vertelt, had oom Harry gezegd. Hoewel eigenlijk alles aan hem een leugen was geweest, hij was haar oom niet eens. Hij bracht haar niet elke zaterdag naar de padvindsters om haar moeder een plezier te doen. In plaats daarvan reed hij met haar naar de top van Eccles Hill en zei hij dat wat hij deed oké was, dat iedereen het deed en dat het niet verkeerd was. Het had jaren geduurd voordat ze had beseft dat hij loog, hoewel ze eigenlijk vanaf het begin had geweten dat hij gelijk had en dat ze het haar ouders nooit zou kunnen vertellen.

Hal was absoluut echt en Agatha was ongetwijfeld gestuurd om hem te redden. Ze schreef een paar simpele feiten op in haar notitieboekje.

> *Hal vindt het moeilijk om te eten.*
> *Ik zorg ervoor dat Hal eet.*
> *Hal houdt van me.*
> *Ik hou van Hal.*
> *Ruth en Christian begrijpen hem niet.*
> *Hij is gelukkiger bij mij dan bij hen.*

De eenvoud van dit alles gaf Agatha het gevoel dat ze wilde zingen. Dit was waar ze heel haar leven naar had verlangd. Dit was vast wat liefde was, de zekerheid van geven en nemen die niemand pijn deed, die onuitgesproken was, die op zichzelf stond in haar eigen tijd en ruimte, die niet smerig of vies was, die deed wat ze beloofde.

Hal at nu yoghurt, koekjes, chocolaatjes, bananen en boterhammen met Marmite. Agatha had zijn wonderbaarlijke vooruitgang op zijn verjaardag willen onthullen, waardoor Ruth en Christian zo dankbaar zouden zijn dat ze voor altijd zou mogen blijven. Maar dit leek niet meer voldoende. Ze waren alle twee zo afstandelijk en afgeleid, Agatha wist niet eens zeker of ze wel zo opgewonden zouden zijn als zij zou willen. Sinds ze de organisatie van Hals feestje aan haar hadden overgelaten, had Ruth er geen enkele vraag over gesteld. Agatha had zelfs nog steeds geen gastenlijst en het was al over tien dagen.

Gedurende de laatste dagen begon het Agatha te dagen dat Ruth niet heel anders was dan haar eigen moeder. Ze waren allebei warrig, moe, chaotisch en lieten te veel aan het toeval over. Als kind had ze haar moeder wel door elkaar willen schudden als ze weer eens door de keuken fladderde en er niet in slaagde iets op te bergen of een taak te voltooien, altijd te moe om naar haar voorleeskunsten te luisteren of te druk om haar met haar huiswerk te helpen. Het was in dit stadium dat je andere mensen de verantwoordelijkheid voor je eigen kind liet nemen en er slechte dingen gebeurden. Agatha zou nooit in een situatie terecht willen komen waarin er slechte dingen met Hal zouden kunnen gebeuren.

Agatha was bang dat Hal misschien iets zou eten op dat stomme tripje naar de boerderij dat Ruth voor de volgende dag had gepland, waardoor ze nu voor een dilemma stond. Als ze Hal vroeg niet te eten, zou hij misschien weer een stap terugzetten en ze zou hem ook vragen voor haar te liegen, iets wat ze nooit zou kunnen. Ze wilde niet dat Hal en zij een geheim zouden hebben dat hij niet met zijn ouders zou kunnen delen, maar wat waren de mogelijkheden als die ouders het niet begrepen? Uiteindelijk vertelde ze Hal dat ze een verrassing aan het plannen waren voor zijn vader en moeder en dat ze hun op zijn verjaardag zouden laten zien wat een grote jongen hij was, omdat hij nu kon eten. Dus was het heel belangrijk dat hij op de boerderij niets zou eten, anders zou hij de verrassing verpesten. Hal knikte op zijn ernstige manier, maar Agatha was er niet van overtuigd dat hij het had begrepen. Als iemand hem een chocolaatje zou aanbieden, wist ze niet zeker of hij het zou afslaan. Die gedachte gaf haar de kriebels, net als de gedachte Ruth en Christian in vertrouwen te nemen over zijn eten.

~

'Ik kan niet geloven dat ik me heb laten overhalen,' zei Christian terwijl ze hem de talrijke tassen aangaf die ze nodig hadden voor een dagje Surrey. 'Waarom ga je niet alleen? Dan ga ik met de kinderen zwemmen.'

'Doe niet zo irritant, je wilde het zelf. De kinderen vinden het leuk.' Het stukje over de kinderen verzon Ruth. Ze had geen idee wat ze vandaag wilden doen.

'Naar zo'n achterlijke hippiecommune? Doe even normaal.'

'Waarom moet je alles toch altijd zo belachelijk maken. Het is geen commune.'

'Je weet wel wat ik bedoel. Ze zijn vast heiliger dan heilig met hun biologische kinderen. Ik durf te wedden dat ze geeneens tv hebben.'

Christians woorden weerspiegelden Ruths eigen gedachten, maar dat ging ze hem niet aan zijn neus hangen. In plaats daarvan vroeg ze zich af hoeveel flesjes Hal nodig zou hebben. 'Kun jij Betty in de auto zetten? We zijn al laat.' Ruth stond onder aan de trap en riep: 'Aggie, we gaan.' Geen antwoord. 'Hal! Kom op. Ik wil niet te laat komen.' Ze hoorde gelach en andere geluiden uit Hals kamer komen. Een minuut ging voorbij, maar ze kwamen niet tevoorschijn. Ruth voelde een vlaag van ergernis over zich heen komen. Haar voet ging richting de onderste tree, maar ze bewoog niet naar voren en ze besefte dat ze het moeilijk vond zich op te dringen en hun spel te onderbreken.

Maar toen verscheen Aggie met Hal op haar heup. 'Sorry, we deden een verkleedspelletje, ik was net bezig hem weer aan te kleden.'

Ruth dacht dat ze iets van irritatie in de stem van het meisje hoorde. 'Het geeft niet, maar we moeten nu echt gaan.'

Nog steeds bewoog Aggie niet. In plaats daarvan legde ze haar hand op Hals voorhoofd. 'Hij voelt warm aan en hij is erg moe. Weet je zeker dat je hem niet liever hier laat?' Terwijl Aggie die woorden zei, zag Ruth dat Hal zijn hoofdje tegen haar schouder nestelde en dat haar hand ongewild over zijn wang streelde.

Ruth stak haar armen uit. 'Nee, ik wil graag dat hij meegaat. Bedankt.'

'Maar als hij ziek is...'

'Aggie, ik geloof dat ik dat wel aankan. Ik heb wel vaker een ziek kind gehad.' Ruth kon een verandering in de sfeer voelen die ze niet kon plaatsen, maar na haar woorden kwam het meisje in ieder geval in beweging. Aggie bereikte de onderste tree en probeerde Hal aan haar te geven, maar het jongetje bleef zich aan haar vastklampen met zijn benen strak om haar middel gevouwen. Ruth keek met verbazing toe hoe ze probeerde haar zoon uit de armen van een andere vrouw los te maken. Ze trilde en haar stem schoot schril omhoog toen ze tegen Hal zei dat hij niet zo gek moest doen. Dat deed hij altijd bij mij, wilde Ruth roepen. Ik weet hoe dat voelt, ik weet hoe het is om een klein lichaampje van je af te moeten weken en weg te lopen. Maar ik weet niet hoe het is om de ontwrichter te zijn en met dat kleine lichaampje weg te lopen.

'Maak je geen zorgen, liefje,' zei Aggie nu. 'Je zult een heel leuke dag met je mammie hebben. Ik zie je straks weer.'

Met tegenzin mocht Ruth Hal pakken, maar ze wist dat hij over haar schouder naar Aggie keek terwijl zij hem naar de auto bracht.

'Gaat het?' vroeg Christian terwijl ze wegreden. 'Je ziet er erg bleek.'

'Nee, het gaat niet. Hal wilde niet meekomen.'

'Dat kan ik hem niet kwalijk nemen.'

'Nee, Christian. Ik maak geen grapje. Ik moest hem echt van Aggie af trekken. Het was net alsof hij liever bij haar wilde blijven.'

Christian haalde een auto voor hen in. 'Doe niet zo belachelijk. Hij is waarschijnlijk gewoon moe.'

'Nee.' Ruth keek uit het raampje en probeerde te snappen wat ze zojuist had gezien. 'Nee, het was meer dan dat. Er klopte iets niet.'

'Je kunt niet alles hebben, Ruth. Je kunt ze niet de hele week achterlaten en willen dat ze geen band met de nanny krijgen. Je zou juist blij moeten zijn dat ze zo gek op haar zijn. Weet je nog dat Mark en Susan erachter kwamen dat hun hulp Poppy acht uur per dag voor de tv stalde en haar chocoladepasta voerde? Wij weten in ieder geval dat Aggie het goed doet.'

Ruth keek achterom naar haar twee kinderen in hun stoeltjes terwijl ze door de smerige Londense straten raasden. Stoppen, wilde ze roepen, het is waarschijnlijker dat we verongelukken dan dat we heelhuids aankomen. De lucht om hen heen trilde en alles leek pijnlijk broos.

Het begon ermee dat Agatha bang werd als Hal niet in de buurt was. En niet alleen bang dat hem iets zou overkomen, maar bang voor zichzelf. Ze herkende het als de terugkeer van de rusteloze angst die in haar jeugd zo vaak deel van haar had uitgemaakt. Nadat ze vertrokken waren naar de boerderij, ging Agatha in Hals kamer naast zijn bedje zitten. Ze duwde haar gezicht tegen de koude houten spijlen zodat ze zijn geur kon opsnuiven, maar het was niet genoeg. Ze trok het beddengoed uit het bedje, legde haar hoofd tegen het zachte kussentje en trok het laken over haar hoofd. Maar zelfs Hal kon haar herinneringen niet tegenhouden.

'Raak het gewoon maar aan,' had Harry gezegd. 'Je hoeft het alleen maar aan te raken.'

Maar natuurlijk was dat een leugen geweest. Langzaamaan was aanraken niet meer voldoende geweest. Uiteindelijk had hij haar gevuld en wist ze zeker dat het door elk orgaan in haar lichaam ging. Het was te groot. Alles aan Harry was te groot. Van zijn lippen en zijn vingers tot zijn buik. Soms verloor hij zijn zelfbeheersing en dan had ze het gevoel dat hij haar dood zou drukken, alle lucht werd uit haar geperst, net als uit een leeglopende ballon.

's Avonds zat ze bij haar ouders en Louise, haar zus, en vroeg ze zich af of ze haar ooit zouden opmerken en zouden zien dat ze niet normaal was. Maar niemand had ooit verder dan zichzelf gekeken en dus was ze begonnen zichzelf verhalen te vertellen om zich beter te voelen. Harry was vaak, heel vaak doodgegaan. Zijn dood was altijd pijnlijk en gewelddadig, maar nooit veroorzaakt door Agatha zelf of iemand uit hun gezin. Ten slotte begon haar familie ook te sterven, minder gewelddadig en minder pijnlijk, maar met medeleven en sympathie. Agatha vertelde haar lerares dat haar vader leukemie had en nog maar een paar dagen te leven had. Diezelfde lerares had Louise apart genomen om te zeggen hoezeer het haar speet, maar uit haar reactie konden ze opmaken dat ze het niet wist en dus hadden ze haar meegenomen naar kantoor en hun moeder gebeld, die vlug naar school was gekomen en wederom Agatha's verhaal had ontkracht. De schoolarts had geprobeerd alles grondig uit te zoeken, maar haar vragen waren zo standaard geweest dat het Agatha was gelukt te antwoorden zonder echt iets te zeggen.

Waarom heb je het gedaan, hadden haar ouders gesmeekt toen ze die avond aan de keukentafel hadden gezeten. Het is heel raar iets te vertellen waar we natuurlijk achter zouden komen. Dacht je echt dat je iets dergelijks kon zeggen en de school niets tegen Louise of ons zou zeggen? Zo had Agatha een lesje geleerd: verhalen moesten gebaseerd zijn op de waarheid, anders waren het leugens én ze moesten aan de juiste mensen worden verteld.

De boerderij was precies zoals Ruth zich had voorgesteld. Een perfect geproportioneerd huis omgeven door modderige velden aan het einde van een hobbelig pad. De voordeur stond open en er kwam rook uit de schoorsteen. Kinderfietsjes lagen bij de voordeur en de kippen liepen in een hoek te pikken. Zelfs een herdershond lag op een platte steen te slapen. Ze was verbaasd dat Channel Four ze nog niet had ingepikt voor zo'n schijnheilige lifestyledocumentaire.

'Mijn god,' zuchtte Christian. 'Wat een hel.'

Een extreem magere man kwam de deur uit geslenterd met een jongetje aan zijn been en een iets ouder jongetje dat hem met een stok sloeg.

'Ophouden, Jasper,' snauwde de man. 'De mensen zijn er nu. Mammie zou niet willen dat ze zien dat je dit doet.' Ruth zag een glinstering in zijn ogen terwijl hij sprak en hij had zijn stem verheven om er zeker van te zijn dat ze hem konden horen.

Ze stapte uit en nam de leiding over de situatie, omdat ze wist dat het haar taak was, hoewel elke vezel in haar lichaam weg wilde rennen om zich te verstoppen. Ze durfde zelfs niet naar Christian te kijken, zijn boosheid zou angstaanjagend zijn. 'Mr. Lansford?'

'Charlie.' Hij glimlachte niet.

'Ik ben Ruth, van de *Viva*. Bedankt dat we allemaal mochten komen om jullie weekend te verstoren.' Haar stem klonk belachelijk vrolijk, alsof ze iedereen in het gareel wilde houden met de kracht van haar hartelijkheid.

'Margo stond erop,' antwoordde hij en hij plukte zijn oudere zoon van zijn jongere zoon af. 'Geen flauw idee waar ze is. Waarschijnlijk brood aan het bakken om jou te imponeren. Eigenlijk leven we van goedkoop gesneden wit.'

Ruth deed een poging te lachen, hoewel de hele situatie totaal niet grappig was. Christian had gelijk gehad, ze had alleen moeten gaan.

'Dat hoorde ik,' zong een vrouwenstem en daar verscheen Margo en alles werd weer normaal, want zij was precies zoals ze moest zijn. Ze was lang en dun, pezig haast en ze had lang, verward haar dat ze waarschijnlijk altijd opstak. Ze droeg een vreemde combinatie van zijdeachtige, etnische kleding die helemaal niets deed voor de bijna holle vorm van haar lichaam. Een baby van niet te bepalen geslacht rustte op haar heup, terwijl een peuter haar vrije hand stevig vasthield. 'We eten nooit wit brood, of wel, Sammy?' Sammy stopte heel even met het beuken van zijn broer en keek zijn moeder vol minachting aan.

'Natuurlijk doen we dat niet,' riep Charlie terwijl hij zijn vrouw te stevig knuffelde. 'Dat zouden we toch nooit doen?'

Ruth besefte dat ze een ruzie waren binnengevallen en dat ze zouden worden gebruikt als een soort onafhankelijke scheidsrechters, tenzij ze de situatie onder controle zou krijgen. Ze besefte ook dat de Lansfords er lol in hadden. 'Hoe dan ook, fijn dat we u mogen interviewen,' zei ze tegen Margo. 'En dat we met zijn allen in het weekend mochten komen.' Verdorie, het klonk net alsof ze op zo'n achterlijke borrel was. 'Dit is Christian.' Ze draaide zich om naar Christian, die nog steeds chagrijnig in de auto zat terwijl de kinderen achterin ruzie zaten te maken. Hij stapte uit en zag hoe iedereen naar hem keek en Ruth vroeg zich af of Charlie en Margo konden zien hoezeer hij haar op dat moment haatte of dat alleen zij zijn gezicht zo nauwkeurig kon lezen.

Margo nam de leiding, zoals ze ongetwijfeld altijd deed. 'Mannen, kunnen jullie de kinderen de boerderij even laten zien? Waarom laten jullie ze niet in het hooi spelen? Dan kan ik even met Ruth babbelen.' Niemand wilde doen wat Margo had voorgesteld, maar niemand bracht er iets tegen in. Ruth besloot zelfs niet naar Christian te kijken, maar naar binnen te gaan en het gezeik onderweg naar huis over zich heen te laten komen.

Het huis was vanbinnen even prachtig als vanbuiten, waardoor Ruth op de een of andere manier nog meer kalmeerde. Margo had de sfeer van een georganiseerde puinhoop die er zowel comfortabel als uitnodigend uitzag helemaal geperfectioneerd, en hoewel Ruth wist dat het heel veel moeite kostte, was ze er toch van gecharmeerd. Ze gingen naar de witte keuken vol planken en kastjes met daarin voornamelijk gebarsten, maar toch prachtig aardewerk. Margo gebaarde haar te gaan zitten aan de verplichte lange houten tafel met een bos bloemen in het midden waarvan Ruth bang was dat ze ergens op de boerderij waren geplukt.

'Wat kan ik voor je inschenken?' vroeg Margo.

'Ik zou graag een kop koffie lusten,' antwoordde Ruth.

Margo keek afkeurend. 'Het spijt me, we hebben geen cafeïne in huis, maar ik heb wel allerlei soorten kruidenthee.'

Ruth had een hekel aan kruidenthee. 'O, dat geeft niet, maak je geen zorgen. Ik neem hetzelfde als jij.'

Terwijl de ketel begon te fluiten, probeerde Ruth zich te herinneren waarom ze hier was. Ze had moeite een paar goede vragen te bedenken met dit toonbeeld van perfectie voor zich, want er was niets waarop ze het antwoord wilde weten.

'Zo,' begon ze, in de hoop dat daar iets op zou volgen, terwijl Margo haar een kokendhete kop paarse vloeistof aangaf. 'Wat een prachtig huis.'

Margo was duidelijk gewend dit te horen. 'Het was een bouwval toen we het vonden, maar we zagen de potentie en we zijn dol op uitdagingen.'

'Hoe lang wonen jullie hier al?'

'Vier jaar.'

'Hebben jullie dit allemaal gedaan met de kinderen erbij?'

'Met een aantal. Twee zijn er in de tussentijd geboren.' Margo lachte, ze was eraan gewend dat mensen haar vertelden hoe geweldig ze was, maar Ruth kon de woorden niet over haar lippen krijgen.

'Vicky, onze redacteur hoofdartikelen met wie je hebt gesproken, zei dat Charlie en jij hiervoor in de stad werkten.'

'Dat klopt. We waren allebei investeerders bij de bank om onze zonden te kunnen betalen.'

'Dat is wel een hele verandering, van de stad naar hier.'

'Ja, vind je ook niet?'

'Wat was de aanleiding?' Praten met Margo was net als het lezen van de *OK!*. Ruth voelde zich vies en onwaardig, maar tegelijkertijd betoverend jaloers.

'Ik denk dat het zo'n aha-moment was. We waren op vakantie in Griekenland en ik besefte plotseling dat de nanny Jasper en Sammy elke dag in bed had gestopt sinds we daar waren. Ik zei tegen mijn man: hebben we nog niet genoeg geld verdiend? Denk je verdorie niet dat we ermee kunnen stoppen? En ik verwachtte een knallende ruzie of iets dergelijks, maar hij keek me aan en zei: ja, ik denk dat dat wel zou kunnen. De dag dat we terugkwamen van vakantie, hebben we allebei ons ontslag ingediend, we hebben het huis te koop gezet en dit gevonden, allemaal binnen een maand tijd.'

Waren er werkelijk mensen die aha-momenten hadden? Was dat cliché geen leeg begrip, maar gebeurde het ook echt? Ruth betwijfelde het, maar ze lachte en probeerde vrolijk te klinken. 'Dat is een erg meegaande echtgenoot.'

'We hebben een sterke band, Charlie en ik,' antwoordde Margo. 'We weten instinctief wat de ander nodig heeft.'

Ruth wilde de gore thee in Margo's gezicht gooien. Haar hand op de mok trilde en ze vroeg zich af wat er zou gebeuren als ze het zou doen, of het een teken zou zijn dat ze gek was, of ze zou worden afgevoerd en voor altijd een etiket opgeplakt krijgen. In plaats daarvan zei ze: 'Maar hadden jullie enig idee wat jullie wilden gaan doen?'

'Toen niet.'

'Ik neem aan dat jullie genoeg geld hadden om niets te doen?'

'Niet echt, we hadden ongeveer genoeg voor een jaar.'

'Dat was dan erg moedig.'

'Het voelde eerder als een noodzaak. Moed had er niets mee te maken.'

'Hoe bedoel je?'

Margo keek haar geërgerd aan. 'Ik bedoel, soms bereik je een punt in je leven waarop je weet dat het zo niet langer gaat, dan weet je dat er iets moet veranderen of dat je eraan onderdoor gaat.'

Ruth vroeg zich af of Margo ooit iets zei wat echt was. Ze kon zich voorstellen dat ze tegen Charlie schreeuwde of huilde als ze dacht dat er niemand keek, maar ze betwijfelde of ze haar masker en public ooit zou afzetten. Het was vermoeiend om met iemand te praten die niets anders zei dan dat wat ze dacht dat je wilde horen of misschien wat ze wilde dat je hoorde. Maar het was ook beangstigend om zichzelf in Margo te horen, te horen hoe een vrouw aan wie ze een hekel had haar eigen verlangens uitsprak. Ze probeerde een andere vraag. 'Heb je er ooit spijt van gehad?'

De baby begon te huilen. Margo pakte haar op en begon haar te voeden. Ruth herinnerde zich dat gevoel en het overviel haar met een steek in haar hart. 'Nee, ik geloof niet dat we dat ooit hebben gehad. Het is zwaar geweest, maar de meeste dingen die de moeite waard zijn, zijn nu eenmaal zwaar, vind je ook niet?'

'Zwaar in welk opzicht?'

'Nou, het renoveren van een huis van dit formaat is een nachtmerrie. En het opzetten van een business heeft zo weinig te maken met wat je maakt, maar alles met banken en leningen en enge mannen die zeggen dat je gek bent.' Margo lachte en Ruth besefte dat ze weer in de maling werd genomen.

Ruth keek naar haar aantekeningen. Ze kon dit artikel met haar ogen dicht schrijven. Ze hoefde Margo waarschijnlijk niet eens te interviewen. 'Hoe ben je op het idee van de zeep gekomen?'

En dat was het. Opgeven, toegeven en weer terug op veilige grond. Ruth ging achterover zitten en liet zich informeren over de schitterende details van het drogen van planten en duurzame verpakkingen.

Na een uur wilde Ruth wanhopig graag weg, maar ze zag er ook tegen op Christian weer te zien, dus het was een leuke verrassing hem met Charlie te zien lachen toen ze naar buiten liep. Toch bleef ze op haar hoede, want met Christian wist je het nooit, zijn humeur kon in een vloek en een zucht omslaan, dus wist ze niet precies wat haar te wachten stond terwijl ze wegreden. Maar zijn glimlach verdween niet.

'Jemig, dat was een klassiekertje,' zei Christian.

'Hoe bedoel je?' Ruth wroette intussen in haar tas naar Hals flesje.

'Ik weet niet wat Margo je heeft verteld, maar haar echtgenoot spoort niet helemaal. Hij haat haar.'

'Doe niet zo belachelijk.'

'Ik zweer het je. Het was hilarisch. Hij heeft overal op de boerderij whisky en sigaretten verstopt en hij is enorm kwaad.'

'Kwaad op wie?' Betty schopte tegen de rugleuning van Ruths stoel.

'Op haar zelfingenomen gezeik, waarschijnlijk.'

'Je hebt haar helemaal niet gesproken.'

'Dat hoefde ook niet. Verdorie, ze zag er echt gemeen uit.'

Ruth wist dat dit het moment was waarop ze het met haar man eens moest zijn, dan konden ze er samen om lachen en zouden ze het er niet meer over hebben. Maar zo ging het tussen hen nooit. Iets aan zijn denigrerende houding of misschien aan zijn genot over iemands leed ergerde haar. 'Zo erg was ze nu ook weer niet. Jemig, ze doet in ieder geval haar best het beter te doen.'

Christian snoof. 'Wat beter te doen?'

'Het leven.'

'Je weet toch wel dat haar vader de boerderij heeft gekocht? Ze is steenrijk. Ze heeft hem gedwongen zijn baan en de rest van zijn leven op te geven om op een boerderij te gaan wonen en stomme zeepjes te maken, waar ze nooit een cent aan zullen verdienen.'

'Je praat alsof hij geen eigen wil heeft. Hij had ook nee kunnen zeggen.'

'Nee, dat kon hij niet. Je weet hoe dat gaat.'

Ruth draaide zich om en keek naar haar mans sterke profiel. 'Wat bedoel je? Dat alle arme mannen van alles moeten doen om ons vrouwen tevreden te houden, omdat we allemaal gestoord zijn?'

'Nee, Ruth. Ik bedoelde Charlie en Margo. Hij vertelde dat ze een paar jaar geleden op vakantie waren en dat zij iedere dag had gehuild en weigerde uit bed te komen tot hij erin toestemde om samen met haar uit Londen weg te gaan.'

'Dus jij denkt dat ze beter af waren geweest als ze in Londen waren gebleven, hard waren blijven werken en hun kinderen nooit hadden gezien?'

'Niet per se, maar ik denk ook niet dat ze net moeten doen alsof ze de perfecte Zwitserse familie Robinson zijn terwijl dat overduidelijk niet zo is.'

'In tegenstelling tot ons.' Ruth hoorde hoe haar stem een octaaf omhoogging. Christian, zo besefte ze, was ervan overtuigd dat hij het juiste verhaal had gehoord. Meer dan overtuigd, hij had het zelfs niet in twijfel getrokken. Ruth was zich er aan de andere kant altijd pijnlijk van bewust wat er achter de woorden schuilging. Soms speelde ze hele gesprekken in haar hoofd af en voelde ze zich net een pop die tegen een andere pop sprak en dan vroeg ze zich af wat die ander echt dacht terwijl diegene zijn publieke gezicht toonde. Christian geloofde dat de mensen waren zoals ze leken. Hij was er nog niet achter dat iedereen een façade had, dat iedereen aan de keukentafel huilde en voor de tv uit zijn neus peuterde.

'Verdorie, wat zit je toch dwars?'

'Papa zei verdorie,' zei Betty achterin.

'Jij zit me dwars,' zei Ruth. 'Met je schijnheilige gezeik.'

'Lul niet zo. Je bent boos omdat je het ware verhaal niet hebt gehoord.'

Ruth had altijd het gevoel dat er tijdens elke ruzie een omslagpunt was, het ene moment zat ze op de rand van een klif en het volgende moment liet Christian haar eroverheen bungelen. Haar gezicht liep rood aan en haar hart begon sneller te kloppen. 'Heb niet het lef mij te vertellen of ik al dan niet een verhaal heb.'

'O, kom op, Ruth, doe niet alsof ze je meer heeft verteld dan een paar zeeprecepten.'

Tranen prikten in Ruths ogen, ze kon ze al voelen. 'Doe niet zo neerbuigend.'

Christian lachte. 'Maar het is wel waar, of niet?'

'Als je het per se wilt weten,' zei ze, 'ik heb het verhaal gekregen dat onze lezers willen. Ze zijn niet geïnteresseerd in haar mislukte huwelijk of het feit dat pappie overal voor betaalt, ze willen gewoon lezen over een vrouw met lef die heeft gedaan waar zij allemaal van dromen. Ze lezen toch de helft maar, achter hun bureau tijdens een deprimerend lunchuurtje of met één oog op de kinderen in het park. Ze willen het gevoel hebben dat dingen mogelijk zijn, niet dat ze dat niet zijn.'

Christian probeerde haar hand te pakken. 'Het spijt me, ik wilde niet beweren dat wat jij doet niet goed is.'

Ze schudde hem van zich af. 'Nou, dat deed je wel en je hebt gelijk. Wat ik doe is waardeloos en wat jij doet ook. Alles wat jij en ik doen is zinloze rommel aan mensen voeren. Bewegende beelden en makkelijke woorden om de pijn weg te nemen.'

'Verdomme, jij denkt veel te veel over de dingen na.'

'Doe niet zo gek, je kunt nergens te veel over nadenken.'

Betty begon achterin te jengelen. 'Ik moet een plasje doen, mammie.'

Ruth negeerde haar. 'En ik weet niet waarom we zo veel moeite doen. Ik betwijfel of het alle opoffering waard is.'

'Verdorie,' zei Christian terwijl hij naar een benzinepomp reed. 'Jij stelt heel belangrijke vragen.'

Ruth draaide zich om en ze zag een natte plek in haar dochters broek verschijnen terwijl ze stopten. Ze was zo moe van de manier waarop ze met elkaar communiceerden dat ze zo op de parkeerplaats had kunnen gaan liggen om te slapen. Zelfs ademen leek te veel moeite te kosten. 'Ja, misschien is dat wel zo,' zei ze. 'Ik kan alleen de antwoorden niet vinden.'

Agatha had er een hekel aan de hele dag alleen te zijn. Echt een enorme hekel. Ze werd zich te zeer bewust van zichzelf en van het feit dat ze tot alles in staat was en haar eigen gedrag niet in de hand had. Haar hoofd voelde groter of misschien alleen voller als ze alleen was. Alsof iemand er een emmer water in leeg had gegooid waardoor ze uit balans was en haar bedoelingen wazig werden. Ze kon toekijken hoe ze zelf iets deed en zich niet in verbinding voelde met de ervaring. Als ze boter op haar toast smeerde besefte ze dat het mogelijk was dat onschuldig uitziende mes te gebruiken om diep in haar polsen te snijden zodat het bloed op de schone keukenvloer zou stromen.

Agatha had zich vaak afgevraagd hoe moeilijk het zou zijn mensenvlees te doorboren. Als kinderen vielen, liet hun huid zo makkelijk los en werd hun innerlijk zo rood en rauw blootgesteld. Maar Agatha wist genoeg over het menselijk lichaam om te weten dat deze wonden voornamelijk oppervlakkig waren, dat je om echt in het lichaam te dringen door nog vier huidlagen heen moest en pas dan bij de spieren en het vet kwam, die weer een bot verborgen voordat je in contact kwam met een vitaal en onmisbaar orgaan.

Harry was dik geweest. Agatha vermoedde dat ze zelfs met een scherp mes heel veel had moeten snijden. Hij zou het hebben uitgegild van de pijn. Kinderen gilden van de pijn als ze hun knieën alleen maar schaafden en het was Agatha opgevallen hoe het toestaan van tranen de pijn iets wegnam, alsof iets in hen werd vrijgelaten. De victorianen hadden geloofd dat je moest bloeden om een ziekte te kunnen wegnemen. Harry had nooit een mes gebruikt, hoewel het wapen van zijn keuze vaak erg scherp had aangevoeld. Hij had haar vaak laten bloeden, maar hij had haar nooit aan het huilen gemaakt. Destijds had dat een belangrijke overwinning op hem geleken, maar nu, in de keuken van de Donaldsons met het botte mes stevig in haar hand, was ze daar niet zo zeker meer van.

Christian belde Sarah op maandagochtend toen hij onderweg was naar zijn werk. Hij zei tegen zichzelf dat hij nog een keer met haar moest praten om meer over de abortus te weten te komen, maar hij betwijfelde of dit zo was. Hij had veel over de abortus nagedacht, maar hij kon niet bevatten hoe het voor haar moest zijn geweest. Hij was met haar begaan en bedroefd over het verlies, maar het was niet aan hem om dat te voelen. Dit was echter niet de reden waarom hij besloot haar te bellen. Het kwam niet door het afschuwelijke bezoek aan die boerderij of de overdreven reactie van Ruth onderweg naar huis. Ze hadden 's avonds zelfs nog gevreeën en dat was liefdevol en onbaatzuchtig geweest, waardoor hij de hele zondag warme gevoelens voor haar had gekoesterd. Eigenlijk was er niets.

Sarah klonk veel te bijdehand toen ze de telefoon opnam, alsof hij erg voorspelbaar was en het slechts een kwestie van tijd was geweest voordat hij zou bellen. Hij was nu veel te ver gegaan en hij had het gevoel dat hij geen andere keuze had dan doorgaan met dat waaraan hij was begonnen. Maar wat was dat precies? Toen hij na het telefoongesprek bij zijn schitterende kantoor aankwam en iedereen gewoon begroette, vroeg hij zich af waar hij op uit was. Hij wilde geen affaire, dat wilde hij echt niet. Maar op de een of andere manier was hij ook niet bereid Sarah te laten gaan.

Hij zette zijn computer aan en de screensaver van zijn vrouw en kinderen sprong zoals altijd in beeld. Zijn eigen gezicht werd weerspiegeld boven dat van hen en dat riep vragen in hem op. Was hij eigenlijk niet gewoon een trieste getrouwde man of sterker nog: een sneue trieste getrouwde man? Hij kon zijn vinger niet precies leggen op wat hij miste of zelfs niet hoe het beter kon. Hij had geprobeerd veel te drinken en af en toe een lijntje coke te snuiven, maar de kinderen maakten een kater vrijwel onmogelijk. Hij had geprobeerd een jongere vrouw te neuken, maar de pijn die hij Ruth had bezorgd, was te erg om te kunnen verdragen. Hij nam aan dat hij een motor kon kopen om zichzelf te pletter te rijden door te hard over de snelweg te razen, maar dat leek vrij zinloos.

Christian voelde niet meer dan minachting voor mensen die alles wilden opgeven om een café in Cornwall te openen. Hun bezoek aan de boerderij afgelopen zaterdag had zijn vermoedens over dit soort mensen alleen maar bevestigd en toch had hij nu een vieze smaak in zijn mond. Hij zou Charlie niet willen zijn, die zo kookte in zijn eigen woede dat het Christian niet zou verbazen als hij op een dag in de krant zou lezen dat hij zijn gezin had vermoord. Maar toch had hij precies onthouden wat de man had gezegd en zijn gevoelens kwamen ongemakkelijk dicht in de buurt van zijn eigen gedachten.

'Vrouwen zijn nooit gelukkig,' had Charlie gezegd toen ze in de schuur hadden gezeten en om de beurt een teug uit een van zijn vele verstopte flessen whisky hadden genomen terwijl ze allebei op een sigaret zogen.

'Toen Margo flipte, probeerde ik het van de positieve kant te bekijken. Ik zei tegen mezelf dat het echt geen zin had om iedere dag te gaan werken als we het geld niet nodig hadden en de kinderen achter moesten laten bij die gruwelijke meisjes die nauwelijks Engels spraken. Dus ik dacht: tjee, waarom niet? Laten we een poging wagen. Maar toen waren we hier en binnen een mum van tijd vroeg Margo: en wat nu? Ze was toen trouwens alweer zwanger en het huis was een bouwval, dus we moesten toezicht houden op de bouwvakkers en de planning en van alles regelen, maar toch had zij zoiets van: en nu? En ik dacht: en nu? Nou, wat we nu moeten doen is ontspannen en genieten. Ik zei tegen haar: in 's hemelsnaam, we hebben allebei genoeg geld verdiend, jij erft een fortuin, waarom doen we niet gewoon lekker relaxt en kijken we wat er op ons pad komt? Maar dat kon ze niet. O, nee. Wat zou iedereen wel niet denken? Dat zei ze echt. Wie dan? vroeg ik. Die achterlijke zeikerds die we in Londen hebben achtergelaten die opscheppen over hun auto's en Spaanse villa's? Wat kan het ons nou schelen wat zij denken? En ze werd woedend. Ik wist het niet, maar zij vond die mensen aardig, ze wilde dat het onze vrienden bleven. Dus begon ze die stomme zeephandel, die meer kost dan oplevert, en zijn er nog steeds onnozele tijdschriften zoals dat van je vrouw die hierheen komen en haar interviewen en foto's nemen van haar en de vier kinderen en iedereen roept: mijn hemel ze is zo fantastisch, kijk eens naar haar perfecte leventje. Ik moet ervan kotsen. Zegt niemand tegenwoordig meer waar het op staat?'

Sarah zei deze keer waar het op stond. Ze ontmoetten elkaar in een café met uitzicht over het meer in Hyde Park en ze had kleine rode pukkeltjes op haar wangen. 'Ik laat me niet nog een keer door jou in de maling nemen, Christian,' zei ze terwijl ze met haar cappuccino speelde.

'Nee, je snapt het niet...' begon hij.

'Hoe zit het dan?' Hij zag dat haar ogen flitsten van woede net zoals bij Ruth en hij werd weer overspoeld door het gevoel dat alles altijd hetzelfde zou blijven en dat hij nooit aan zichzelf zou kunnen ontsnappen. 'Wil je dan geen makkelijk avontuurtje?'

'Ik wil geen affaire meer.' En dat was waar, dat kon hij niet meer.

'O, dus je wilt bij Ruth en de kinderen weg en met mij een gezinnetje stichten?'

'Is dat wat je wilt?' Christian had het gevoel dat hij weggleed en het water uit het meer het café had overspoeld. Hij was niet van plan geweest dit te zeggen, maar hij had er niet op gerekend dat iemand anders de leiding zou nemen.

'Mijn god, meen je dat echt? Ik heb de afgelopen drie jaar geprobeerd jou uit mijn kop te zetten en dan kom ik bij dat stomme sollicitatiegesprek en zie ik jou daar zitten en besef ik dat niets van wat ik heb geprobeerd heeft gewerkt.'

'Het spijt me.' Hij probeerde haar hand te pakken, maar ze trok hem weg. 'Het spijt me zo van de abortus. Ik kan niet geloven dat ik dat allemaal heb laten gebeuren.' Wilde hij alleen maar vergiffenis? Zo'n zak kon hij toch niet zijn. Hij liet haar dit toch niet allemaal doorstaan zodat ze zou zeggen dat het goed was, dat hij zo slecht nog niet was?

'Heb je me hierheen laten komen om je te verontschuldigen? Is dat het?' vroeg ze alsof hij hardop had gesproken.

'Ik weet niet waarom ik je hierheen heb laten komen. Ik weet niet waarom ik hier ben.'

Sarah leunde achterover. 'Je bent hier omdat je een klotehuwelijk hebt, maar de ballen niet hebt om weg te gaan.'

'Nee, alsjeblieft, dit heeft niets met Ruth te maken.'

Sarah snoof. 'Het is een beetje laat om je vrouw te gaan verdedigen, vind je ook niet?'

'Echt, Sarah, niet doen. Ruth heeft hier niets mee te maken.' Hij was boos, maar hij liep niet weg.

Sarah ging voor hem staan. 'Zal ik je eens wat vertellen, Christian, je zoekt uit wat je van me wilt en dan hoor ik het wel, goed?' Ze draaide zich om en liep zonder om te kijken weg en hij riep haar niet terug. Hij bleef aan de ronde witte tafel zitten en liet zijn blik over het meer dwalen. Het oppervlak was rustig alsof iemand het had bedekt met een stuk huishoudfolie. Boten lagen te wachten en eenden zwommen rond. Hij ademde diep in en besefte hoe goed het voelde alleen te zijn.

Hals verjaardag was komende zaterdag, over zes dagen, maar eigenlijk al over vijf dagen, omdat je er niet op kon rekenen dat je op de dag zelf nog iets nuttigs kon doen. Maar toch had Ruth Agatha de definitieve gastenlijst nog niet gegeven. Ze begon Ruth echt waardeloos te vinden, een beetje walgelijk zelfs. De kinderen waren in een erbarmelijke toestand teruggekomen van het dagje uit. Betty had zichzelf helemaal onder geplast en Hal barstte van de honger. En dan was Agatha bang geweest dat hij misselijk zou zijn van alle flesjes die hij zou krijgen.

'Ik ben vergeten extra kleren mee te nemen,' zei Ruth terwijl ze een koude, huilende Betty naar binnen droeg. 'Zou je het bad alsjeblieft vol kunnen laten lopen?'

Hal zat bij zijn vader op de arm en ze lachten samen ergens om, maar Agatha wist dat hij een boterham met Marmite nodig had. 'Zal ik ze alle twee in bad doen?' vroeg ze zo opgewekt mogelijk.

'Nee, dat hoeft niet,' zei Christian. 'Hal en ik spelen een spelletje *Thomas* en dan doe ik hem zo wel in bad.'

Agatha's handen jeukten. Ze kon er niet zeker van zijn dat Hal niet om iets te eten zou vragen en dan zou blijken dat ze had gewacht en dat zou verkeerd worden opgevat, of goed juist en dan zou ze moeten vertrekken. 'Maar hij moet morgen naar school. Denk je niet...?'

Christian keek naar haar op een manier waaruit bleek dat de discussie gesloten was. 'Hal gaat niet naar school, Aggie. Ik denk dat hij wel tijd heeft voor een spelletje met zijn vader, denk je ook niet?'

En dat was dat. Agatha moest Betty in bad doen en nog een heel uur wachten tot ze Hal voor zichzelf had en hem iets te eten kon geven. Christian en Ruth hadden haar aanbod om hem een verhaaltje voor te lezen gretig aangenomen en de deur achter zich dichtgedaan, hun stemmen kwamen al omhoog door de vloer. Hal lag tegen haar aan, knabbelend op zijn boterham terwijl ze hem voorlas en over zijn haar streelde. Ze vroeg zich af hoe ze ooit had kunnen twijfelen aan de betrouwbaarheid van dit kleine jongetje. Hij zou haar nooit verraden of bedriegen en die wetenschap was als een warme deken voor haar kille geest.

Alles ging nu zo snel en ze kon Hal niet in het geheim eten blijven geven, zelfs niet met Betty in de buurt, die het haar moeder absoluut zou vertellen. Er moest iets drastisch veranderen, maar Agatha had het gevoel dat het te veel was om dat allemaal voor Hals verjaardag te doen. Ze moesten die dag zien door te komen en dan kon ze een aantal beslissingen nemen.

De volgende dag belde ze Ruth op haar werk, iets wat ze bijna nooit deed, en ze vroeg haar op de man af hoeveel mensen er zouden komen. Ruth klonk alsof ze het hele feestje was vergeten en zei toen: 'Sorry, Aggie, helemaal vergeten. Ik beloof je dat ik vanavond een paar mensen bel en dan laat ik het je weten.'

~

Sally leunde over Ruths bureau toen Aggie belde: 'Is alles in orde?'

Ruth knikte. 'Ja, het is prima. Dat was super-Aggie die vroeg of ik al wist hoeveel mensen er zaterdag op Hals feestje komen.'

'Dat is toch goed, niet?'

'Ja, natuurlijk.'

Sally ging in de stoel naast Ruth zitten. 'Maar...?'

'Ik weet het niet. Ik verzin waarschijnlijk problemen, omdat ik het niet kan uitstaan dat ze zo veel beter is dan ik, maar denk je dat iemand ook té perfect kan zijn?'

'Hoe bedoel je?'

'Het is alsof er helemaal niets mis is met haar. Ze laat nooit een steekje vallen, alles is altijd perfect geregeld. Alles is altijd onder controle. Het is net alsof ze, ik weet het niet... een robot is of zo.'

Sally liet de kopij op het bureau vallen en Ruth herinnerde zich dat Sally ook haar vriendin was. 'Maar vind je dat ze het goed doet met de kinderen?'

'Ja, maar dat is ook zoiets. Het is bijna alsof ze te goed is. Een paar dagen geleden moest ik Hal letterlijk van haar af trekken. Hij wilde liever bij haar blijven dan met mij meegaan.'

'Ik vind het moeilijk er iets van te zeggen,' zei Sally. 'Omdat ik zelf geen kinderen heb, klinkt het ideaal, maar ik snap dat het moeilijk moet zijn.'

Ze keek omlaag en deed net alsof ze een draadje van haar rok plukte. 'Ruth, weet je zeker dat je het over Aggie hebt?'

'Hoe bedoel je?' Ruth was bang voor wat er komen ging.

'Ik bedoel, gaat het misschien over wat voor gevoel het jou geeft? Het klinkt alsof je een geweldige nanny hebt, en ik snap dat het misschien niet zo fantastisch is als het klinkt. Misschien voel je je een beetje overbodig thuis.'

Ruth was bang dat ze zou gaan huilen. 'Dat is precies hoe ik me voel, maar Christian denkt dat ik een dwaas ben en dat is waarschijnlijk ook zo. Het is alsof ik zo egoïstisch ben dat ik wil dat de nanny niet goed is, zodat ik me beter kan voelen. Dat is toch gek, niet?'

'Niet echt. Het is hetzelfde als wanneer ik niet wil dat jij de *Viva* goed runt als ik op vakantie ben. Volgens mij is dat vrij natuurlijk.'

Alles voelde ontwricht in Ruths ogen, alsof de werkelijkheid naast haar bestond en ze niet zeker wist wat er ging gebeuren. 'Je hebt gelijk, het gaat om mij, niet om Aggie. Eigenlijk is ze geweldig. Ze heeft ervoor gezorgd dat Betty doorslaapt, het is net een wonder. Maar ik heb nergens tijd meer voor. Wie weet wat er met Christian en mij gaat gebeuren. We praten nooit en als we het doen, is het om allerlei dingen te regelen. Er lijkt in mij gewoon geen ruimte om álles te zijn.'

Sally legde haar hand op die van Ruth. 'Wil je een poosje vrij?'

'Nee, wil je dat ik vrij neem?' vroeg ze paniekerig.

'Nee, ik wil dat je gelukkig bent. Je bent een goede vriendin van me, Ruth, en je lijkt een beetje de weg kwijt te zijn.'

'Het gaat prima. Ik bedoel, het komt wel goed, ik doe gewoon een beet-je raar.' Ruth wist niet waarom ze zo wanhopig vasthield aan haar baan, maar de gedachte hem kwijt te raken was zeer beangstigend. Natuurlijk zou er een groot deel van haar afbrokkelen als ze iets kwijt zou raken wat al zo lang deel van haar publieke zelf uitmaakte. Ik ben journaliste, zei ze tegen mensen die ze ontmoette. Ja, ik werk bij de *Viva*, ik ben de assistent-uitgever en dan was ze onmiddellijk interessanter. Het was niet goed, maar Ruth voelde zich niet sterk genoeg om er iets aan te doen.

Sally stond op. 'Oké, maar het aanbod blijft geldig. En schrijf er anders een artikel over.'

Toen Sally weer terug naar haar kantoor was, belde Ruth Christian en hij nam bijna meteen op. 'Waar ben je?' vroeg ze.

'In een café in Hyde Park.'

'Echt? Hoezo?'

'Ik had een vergadering en liep terug door het park en het was hier zo mooi. Het is hier zo rustig, Ruth, ik zou hier uren kunnen zitten.'

Heel even zeiden ze niets, terwijl Ruth probeerde te begrijpen wat hij bedoelde, maar ze kon hem niet zittend voor zich halen, het leek... te stil.

'Is alles goed met je?' probeerde ze toen maar.

'Ja hoor en met jou?'

'Niet echt.'

'Wat is er dan?'

'Ik weet het niet. Van alles en nog wat. Je weet wel.'

'Ik heb geen idee, je moet een beetje duidelijker zijn, Ruth.'

'Vind je Aggie oké?'

'Ja, ik vind haar geweldig en de kinderen zijn dol op d'r.'

'Precies.'

'Ruth, dit gaat niet om jou of om mij. Als we het op deze manier doen is het beter dat ze een nanny hebben op wie ze gek zijn.'

Tranen, snot en droefheid vermengden zich in haar keel. 'Ik weet het, ik weet het wel, maar het is gewoon... ik weet niet. Hebben we wel de juiste beslissing genomen?'

Christian zuchtte en heel even dacht ze dat hij niet zou antwoorden of misschien boos zou worden, maar hij was heel rustig toen hij sprak. 'Ik weet het niet, Ruth. Ik weet het echt niet.' Pas nadat ze had opgehangen besefte Ruth dat hij niet eens had gevraagd welke beslissing ze bedoelde.

Op welk moment besef je dat je huwelijk voorbij is? Nu Betty beter sliep en Ruth minder moe was, kwamen er andere gedachten dan puur overleven bij haar naar boven. Ruth dacht vaak aan huwelijken als een serie complexe knopen om een stel heen, als zo'n macramémandje dat ze vroeger op school moest maken. In het begin voel je je op je gemak bij alle verbindingen, maar als de tijd zich voortsleept en je wat dikker wordt, beginnen ze te schuren. En als iemand een andere richting op wil, dan worden ze niet alleen ongemakkelijk, maar irritant. Natuurlijk kan niemand een schaar vinden en dus zwoeg je allebei aan je eigen kant voort, tornend, in de knoop rakend en jezelf op een dag misschien vrijlatend. Maar als het moment van vrijlating daar is, word je overvallen door paniek en vraag je je af hoe je overeind kunt blijven zonder al die draden en dus sla je weer een paar dunne draadjes terug om je lichaam in een wanhopige poging overeind te blijven. Als Ruth Christian en zichzelf in dit web voorstelde, zag ze heel duidelijk dat er nog maar één echte knoop over was tussen alle gebroken draden en gerafelde wol in. De kinderen in het midden en alles eromheen was slechts rommel.

Ruth had nog steeds niemand gebeld voor de verjaardag en toen het tijd was om naar huis te gaan, nam ze de bus en propte ze haar persoonlijke zaken in haar reistijd. Ze vond het een verschrikkelijke gedachte om iemand te zijn die elke seconde moest benutten. De meeste mensen die ze belde, hadden hun voicemail aan en dat was altijd het beste als je belde, maar een paar vriendinnen namen wel op. Terwijl ze met de vrouwen sprak die ooit een onlosmakelijk deel van haar leven hadden uitgemaakt, stelde ze zich voor wat ze aan het doen waren. Ze hoorde hoe ze zich over straat naar de oppas haastten of hoe ze gillende kinderen en maaltijden op het vuur overstemden. Ruth zag voor zich hoe ze in hun dag stonden, ze zag het begin en het einde, en zelfs hoe ze zich 's ochtends uit bed hesen en zich er 's avonds weer in lieten vallen. Iedereen was hetzelfde, zij was niet de enige. Talloze mensen leefden zoals zij, wat misschien toch betekende dat ze het niet helemaal bij het verkeerde eind had, een gedachte die bijna zo zoet was als bubbelend waterijs op haar tong. Goede vrienden deden je beseffen dat je niet gek werd. Ze waren een soort vitamine-injectie rechtstreeks in je arm, ze gaven je de kracht en energie om weer een paar maanden op te teren. Ze moest het niet weer tussen haar vingers laten doorglippen. Christian had gelijk, ze zou meer uit moeten gaan en niet continu moeten zeggen dat ze zo moe was. Een avondje op stap met vrienden zou waarschijnlijk dezelfde uitwerking hebben als zes maanden therapie. De antwoorden leken momenteel eenvoudig: ze moest eens wat meer om zich heen kijken, zichzelf weer ontdekken en erachter komen waar ze blij van werd.

'Ik heb eindelijk een lijstje,' zei Ruth toen ze binnenkwam. Betty rende naar haar toe en liep haar bijna omver.

'Laat mammie eerst haar jas eens uitdoen,' zei Aggie. Hal zat bij haar op schoot en ze zaten naar *In the Night Garden* te kijken.

'Het geeft niet,' zei Ruth terwijl ze Betty optilde. 'Hebben jullie een leuke dag gehad?'

'Ja, heel leuk,' zei Betty. 'Aggie heeft ons na school meegenomen naar het park en ik heb met Megan op de glijbaan gespeeld.'

Ruth wierp een blik op Agatha. Het deed een belletje rinkelen, maar niet hard genoeg.

'O mijn god, natuurlijk. Verdorie, ik zou met haar moeder gaan praten, toch?'

'Het geeft niet, ik heb het al gedaan,' zei Aggie. 'Ze was erg vriendelijk en Betty gaat er volgende week een keertje eten. Ik denk dat het al over is gewaaid.'

Ruth werd overvallen door een golf van paniek toen ze inzag dat het jonge meisje tegenover haar hun leven regelde. De grond onder haar begon te schudden en haar ademhaling werd oppervlakkig en hoog. 'Dat had ik zelf moeten doen,' kreeg ze nog net over haar lippen.

Aggie begon te blozen. 'O, het spijt me, maar ik was er toch, ik wist niet dat...'

Ruth ging met Betty op schoot in de stoel bij het raam zitten en haar ademhaling werd weer rustiger. Aggie had natuurlijk gelijk. Ze was er toch. Ruth moest ophouden zichzelf dit aan te doen, ze moest ophouden te denken dat alleen zij alles kon regelen, dat het alleen maar goed kwam als zij de leiding had. 'Het is al goed,' zei ze. 'Bedankt.'

'Ik vroeg me af of het misschien invloed op haar slaapgedrag heeft gehad,' zei Aggie nu. 'Bang zijn op school is niet erg goed voor de nachtrust.'

Ruth werd vervuld met liefde voor Aggie, het was alsof er aan alle kanten licht om haar heen straalde. 'Ik vermoed dat je wederom gelijk hebt,' zei ze. Ze leunde voorover met het stukje papier. 'Trouwens, hier is het lijstje.'

~

Agatha had de paniek op Ruths gezicht gezien toen ze haar over Megan had verteld, maar de vrouw was zo gestoord, dat ze het niet verdiende behoed te worden voor haar eigen tekortkomingen. Ze keek naar het smoezelige stukje papier dat Ruth haar had gegeven met de namen en aantallen erop gekrabbeld. Slechts naast een paar stonden vinkjes. 'Ik heb het aantal mensen dat komt naast hun namen gezet. Zoals je ziet, is het me nog niet gelukt om iedereen te pakken te krijgen, maar nu weet je in ieder geval wat je kunt verwachten als iedereen komt, wat natuurlijk niet zo is.'

Hoezo natuurlijk, vroeg Agatha zich af. Wat zou de reden kunnen zijn om niet naar een kinderverjaardag te gaan? Haar moeder had alles nooit goed genoeg geregeld om Agatha een echt verjaardagsfeestje te geven. Het was altijd op de dag zelf gevierd met een paar kinderen en vrienden van hun ouders, die allemaal een papieren bekertje kregen met een warme vloeistof en broodjes die te vroeg waren klaargemaakt en niet goed waren afgedekt, waardoor ze niet vers meer waren. Mam, had Louise tijdens een van deze halfslachtige bedoeningen geroepen, Agatha zegt dat je haar een pony hebt gegeven die in een stal in Langley staat en dat ik hem niet mag zien of aanraken en da's niet eerlijk want ik heb niet eens een konijn voor mijn verjaardag gekregen. Agatha had toegekeken hoe de glimlach van haar moeder van oprecht ijzig was geworden zonder echt te veranderen. Mijn hemel, dat is gul, had tante Kate gezegd. Een pony, Agatha, wat ben je toch een gelukkig meisje. En toen had haar moeder gelachen. Kunnen we dit straks misschien bespreken, Louise? had ze veel te vrolijk gezegd.

Als iedereen op Hals feestje zou komen, zouden er eenendertig mensen komen, eenentwintig volwassenen en tien kinderen. Er zouden geen warme vloeistoffen, kleffe broodjes of nepcadeautjes zijn. Ik moest wel liegen, had ze later tegen haar moeder geroepen, want wat jij me hebt gegeven was troep. Je bent gewoon ondankbaar, had haar moeder teruggeroepen, we doen ons best, je vader en ik, we doen ons best. Nou, doe dan maar beter je best, had Agatha willen zeggen, want je best is niet goed genoeg.

Ruth kwam naast haar staan en streelde Hals gezicht. 'En hoe gaat het met jou, liefje?'

Agatha voelde hoe Hal terugdeinsde. 'Met Hal gaat alles goed, hij is een beetje moe, hij heeft een drukke dag gehad.'

'Wat zijn je plannen voor het feestje? Kan ik iets doen?'

'Nee, nee, alles is geregeld,' antwoordde Agatha, de gedachte alleen al dat Ruth haar zou helpen maakte haar misselijk. 'Het is niets bijzonders. Nou ja, het is natuurlijk wel bijzonder, maar niet al te overdreven.'

Ruth keek haar net even te lang aan en Agatha voelde dat haar wangen begonnen te gloeien. 'Nou, doe niet al te gek en maak het jezelf niet te moeilijk, Aggie. We waarderen dit enorm, weet je, je doet het echt geweldig.'

Hal wilde niet dat Ruth hem naar bed bracht, dus ging ze alleen met Betty naar boven en heel even had Agatha medelijden met haar. Dat je zo onbekwaam bent dat zelfs je bijna drie jaar oude zoon je ziet zoals je bent, moet hartverscheurend zijn. Ze streek Hals haar glad tegen zijn perfecte hoofdje en knuffelde hem nog dichter tegen zich aan. Langzaam vormde zich een belangrijke gedachte in haar hart.

Christian deed erg zijn best erachter te komen wat hij wilde, maar er vormde zich niets concreets in zijn gedachten. Hij dacht er een paar keer over Toby te bellen, maar verbijsterend genoeg onthulde zijn Facebookpagina niet alleen dat hij op Ibiza zat, maar hij besefte ook dat hij niet wilde horen wat Toby te zeggen had. In plaats daarvan stuurde hij hem een berichtje over Hals verjaardag, omdat Ruth maar bleef aandringen. Hij zou vrijdag weer terug zijn. Misschien konden ze ergens even een rustig plekje vinden, zodat Christian hem om advies kon vragen. Verder had hij niemand meer. Alle vrienden van de universiteit was hij langzaam maar zeker kwijtgeraakt en als ze nu wel eens met andere stellen uitgingen, waren het meestal echtgenoten van vrouwen die Ruth kende. Zijn broer woonde in Australië en ze wisten echt helemaal niets van elkaar en zijn vader was een ex-soldaat, zeer recht door zee, heel hard en van de bewijs-dat-eerst-maar-eens-of-houd-anders-je-mond-generatie.

Eigenlijk was Ruth er altijd geweest. Ruth was zijn beste vriendin zolang hij haar kende. Ze was scherp, slim en grappig en kende hem beter dan hij zichzelf kende. Hij verlangde ernaar haar om advies te vragen, maar ergens was ze de weg kwijtgeraakt. Het voelde net alsof hij een heel lange autorit achter de rug had met de ramen open waardoor zijn hoofd vol aan-voelde en zijn oren zoemden van de onherkenbare geluiden. En toch was zij er altijd. Christian kon haar aanwezigheid voelen op een manier zoals hij nooit iemand anders had gevoeld. Ze leek zo lijfelijk en solide naast hem te staan dat er een golf van troost over hem heen kwam, alsof ze een krachtveld om zich heen had dat sterk genoeg was voor hen allebei.

Christian vroeg zich af of dit liefde was. De wetenschap dat iemand op je paste, dat er een persoon in die zee van mensen was die begreep wat je bedoelde en waarom je het zei. Die niet bang was om tegen je te schreeu-wen, die genoeg van je hield om de moeite te nemeh je op de proef te stellen en te veranderen. Christian moest denken aan een van de weinige keren dat hij brutaal tegen zijn moeder was geweest, een vrouw die zo hard was dat ze kil leek. Waarom ben je altijd zo gemeen tegen me, je hebt het altijd op me gemunt, had hij gejammerd toen hij een jaar of tien, elf was. Hij was geschokt door het antwoord dat ze had gegeven toen ze zich had omgedraaid van het fornuis met rode wangen en vochtige wangen van de stoom. Dat doe ik omdat ik zo veel van je hou, het zou makkelijker zijn om je met je mond open te laten eten en geen dankjewel te laten zeggen, want dan zouden we geen ruziemaken en zou mijn leven erg rustig zijn.

Maar ik zeg deze dingen om je te helpen straks de wereld in te kunnen, omdat mensen die met hun mond open eten of vergeten dankjewel te zeggen nooit erg geliefd zullen zijn. En ik wil dat je geliefd bent. Ik hou van je en ik heb het beste met je voor. Hij wist niet zeker of Ruth nog steeds zo veel om hem gaf.

Christian wist dat hij wilde dat mensen hem aardig vonden en van hem hielden, waarschijnlijk zo veel mogelijk mensen, maar vooral – en dat vond hij het allerbelangrijkst – Ruth en zijn kinderen. Alleen was het zo moeilijk om al het andere los te laten, aan jezelf toe te geven dat je nooit meer zou worden dan jij.

Ideeën kregen vorm om Christian heen, niet dat hij ze al vast kon grijpen, maar hij voelde hun aanwezigheid. Maar toen had Sarah hem gebeld, twee dagen nadat ze in het park bij hem was weggelopen. Ze klonk verdrietig en vroeg of ze elkaar na werktijd konden ontmoeten en hij kon niet weigeren omdat hij haar nog geen paar dagen geleden precies hetzelfde had gevraagd. Het water van het meer stroomde terug, maar deze keer zat hij aan zijn bureau en al vlug zat zijn hoofd onder water.

Hij belde Ruth op haar werk en zei dat Giles had gevraagd hem op een saaie plechtigheid te vervangen. Oké, had Ruth gezegd, wat denk je dat we Hal voor zijn verjaardag moeten geven? Ik weet het niet, had Christian geantwoord, ik zou me er niet zo druk om maken, hij is nog zo klein en hij krijgt hartstikke veel van alle anderen. Erg leuk, antwoordde Ruth, te druk om zelfs maar na te denken over je zoons verjaardag. Je kunt toch wel komen? Ik bedoel, je hebt toch niet plotseling een belangrijke plechtigheid waar je heen moet, omdat jij natuurlijk zo belangrijk bent? En toen had ze opgehangen en Christian durfde haar niet terug te bellen.

Sarah zat voor de pub toen hij eraan kwam, een onbekende pub deze keer, waar ze allebei nog nooit waren geweest. Hij dacht dat hij een vriendin van Ruth aan het tafeltje naast haar zag zitten en zijn hart maakte een sprong als een krankzinnig konijn. Hij ging binnen iets te drinken halen en hij deed zijn best niet aan Sarah te denken, die aan het tafeltje zat te grienen.

'Wil jij er een?' vroeg ze en haar hand trilde terwijl ze een sigaret opstak. Christian schudde zijn hoofd.

'Ik heb spijt van alles wat ik de vorige keer tegen je heb gezegd,' zei Sarah. 'Ik weet niet wat me bezielde. Soms maak je me zo boos dat ik je een koekje van eigen deeg wil geven.'

'Je hoeft je niet te verontschuldigen. Ruth en jij zijn gewoon allebei veel te goed voor me.'

Sarah inhaleerde diep. 'Ik neem het je niet eens echt kwalijk. Ik bedoel, wat had je dan moeten doen, je vrouw verlaten terwijl ze op het punt stond te bevallen?'

'Ik had er sowieso niet aan moeten beginnen. We hadden voorzichtiger moeten zijn. Ik had voorzichtiger moeten zijn.'

'Want dan had je gewoon kunnen weglopen, hè?'

'Nee, zo bedoel ik het niet.'

'Hoe dan wel?'

Iemand ging hem hier vast uit redden. 'Hoe bedoel je?'

'Wij. Wat was ik voor jou? Wees eerlijk, als ik gewoon makkelijk voor de seks was, dan kun je dat gewoon zeggen.'

Haar woorden lieten hem fysiek terugdeinzen, alsof ze hem had geslagen. 'Zo simpel was het nooit, Sarah. Ik ben er niet aan begonnen met het idee dat ik Ruth zou verlaten, maar het werd meer dan het had moeten zijn. Verdorie, ik weet het echt niet.'

'Waarom heb je voor Ruth gekozen?' Ze zei het zo bot dat hij even dacht dat hij het niet goed had gehoord.

'Mijn god.' Door de plotselinge behoefte weg te rennen trok zijn been zenuwachtig onder de tafel.

'Nee, Christian, God kan je nu niet helpen,' zei Sarah terwijl ze haar ogen samenkneep. Christian vroeg zich af of ze misschien gek was. Hij bedacht dat hoe sneller hij haar vragen zou beantwoorden, hoe sneller hij weg kon.

'Ik koos voor Ruth omdat ze mijn vrouw is en ze op het punt stond mijn kindje te krijgen.' Hij wist niet of hij verder moest gaan, maar iets aan dat jonge meisje tegenover hem dat zijn relatie beoordeelde, maakte hem kwaad. 'En omdat ik van haar hou. Weet je, we maken ruzie en vaak begrijpen we elkaar niet, maar ik hou wel van haar.' De aanwezigheid van die woorden die tot leven kwamen door zijn warme adem gaven Christian tijdelijk troost en overtuigden hem van zijn keuze. Maar Sarah keek ontredderd. Christian was bang dat hij haar hart had gebroken. 'Het spijt me, je vroeg het zelf, dit is de waarheid.'

'Je zou de waarheid nog niet herkennen als je ertegenaan zou botsen, Christian. Heb je ooit ook maar een moment aan mij gedacht?'

'Natuurlijk heb ik dat gedaan. Nog steeds. Daarom belde ik je ook. Ik zal me nooit genoeg kunnen verontschuldigen voor wat er is gebeurd, maar wat heeft het voor zin?'

Sarah pakte haar glas en heel even dacht Christian dat ze het naar zijn hoofd wilde gooien. Hij zag hoe het uit haar handen schoot en voelde de dunne scherven zijn gezicht verwonden. Hij vroeg zich af hoe hij dat aan Ruth zou kunnen uitleggen. Maar ze zette het terug op tafel zonder eruit te drinken. 'Het punt is dat het mijn beurt is.'

'Jouw beurt? Jouw beurt waarvoor?'

'Doe niet net alsof je het niet snapt, Christian. Het past niet bij je. Het is mijn beurt voor jou.'

Christian vroeg zich af alsof hij in een soort parallel universum was terechtgekomen waar mensen over elkaars leven onderhandelen alsof het schaakstukken zijn. Maar Sarah leek het serieus te menen. 'Waar heb je het over? Zo werkt het toch niet.'

'Jij heb je kans gehad, Christian. Ik heb onze baby voor jou vermoord. Je komt hier niet nog een keer mee weg.'

'Waarmee? We hebben niets gedaan.'

Zijn hoofd tolde, hij kon niet helder meer denken, het was een soort cliché. 'Wat bedoel je?'

'Ik bedoel dat het spelletje over is. Ze zal je geen tweede keer vergeven.'

'Begrijp ik je nu goed? Jij denkt dat je me kunt chanteren om bij je te blijven? Dat klinkt echt als het begin van een goede relatie.'

Sarah lachte en deze keer klonk ze gek. 'Een goede relatie? Ja, natuurlijk, alsof ook maar iemand die heeft.'

Christian had ongeveer eens per jaar migraine en dus wist hij wat hem te wachten stond toen het zweet over zijn rug begon te druppelen en hij vanuit zijn ooghoeken lichtflitsen zag. Hij moest vlug naar een donkere kamer, heel stil gaan liggen en heel veel pijnstillers slikken, die niets meer zouden doen dan het randje van de pijn wegnemen die zo intens was dat hij ervan overtuigd was dat hij dood zou gaan. 'Ik moet gaan,' zei hij. 'Dit is belachelijk, ik moet naar huis.' Hij ging staan, maar Sarah pakte zijn been vast.

'Ga alsjeblieft niet weg. Ga met me mee naar huis vanavond. Eén nachtje maar, ik meende niet dat ik het tegen Ruth zou vertellen.'

Hij moest bijna overgeven. 'Sarah, ik moet nu gaan. Ik voel me niet lekker. We spreken elkaar van de week nog wel, ik beloof het.' Het was net zo makkelijk als ademhalen.

'Echt? Bel je me morgen?'

Een klem had zich op zijn hoofd vastgezet en perste zijn hersens er aan de bovenkant uit terwijl er pijlen op zijn schouders werden afgevuurd. 'Ja, dat zal ik doen.' Hij struikelde de pub uit, dankbaar dat hij weg mocht, maar niet in staat zich op iets anders te concentreren dan naar huis gaan. Hij probeerde een taxi aan te houden, verlangend naar het moment dat hij achterin kon gaan zitten en de minuten kon aftellen tot het misschien iets beter zou gaan.

Agatha bestelde het eten op de website van Tesco. Het was veel makkelijker boodschappen doen sinds Ruth haar het paswoord had gegeven en ze kocht echt nooit iets wat niet voor het gezin was. Sommige nanny's zouden douchegel of hun lievelingskoekjes kopen of zo, maar Agatha zou nooit van iemand stelen.

Behalve die ene keer natuurlijk en dat was noodzakelijk geweest, dus je kon het niet echt stelen noemen. Zoals Agatha het zag, was het oorlog geweest en hoe gaat dat gezegde ook alweer? In liefde en oorlog is alles geoorloofd. Ja, het was eerder een geval van overleven geweest.

Agatha was veertien toen ze had beseft dat ze om weg te komen van die verachtelijke Harry en de apathie van haar familie dood moest gaan of iemand moest vermoorden. Hoe dan ook zou haar leven voorbij zijn en dat leek oneerlijk, gezien het feit dat zij helemaal niets fout had gedaan. Tegen die tijd was ze erachter dat wat Harry met haar deed verkeerd was. En niet alleen verkeerd omdat ze er ziek en misselijk van werd, maar verkeerd in de ogen van de wet. Om de een of andere reden was ze nooit in staat geweest dit aan Harry zelf te communiceren. Het was waar dat ze elkaar veel minder regelmatig zagen, maar als hij haar voor zich alleen had, duurde het nooit lang voordat ze naakt en kwetsbaar was.

Een van de dingen die Agatha het meest aan zichzelf haatte, was dat ze nooit schreeuwde of naar hem uithaalde. Ook had ze hem nooit gezegd dat hij moest oprotten of dat ze de politie zou bellen. Als ze bij hem was, kon ze nooit een woord uitbrengen en had ze totaal geen kracht. Elke keer werd ze mee teruggenomen naar die eerste keer en zolang dat duurde, was ze niets anders dan een trillend meisje van negen, dat niet zeker wist of het gewoon een afschuwelijk onderdeel van volwassen worden was.

Hij rolde van haar af en zei: 'Mijn god, meiske, volgens mij wordt het nog wel eens wat, ik zou haast denken dat je het lekker vond.' En in een flits had ze haar toekomst gezien, ze had beseft dat ze nooit vrij van hem zou zijn, tenzij hij dood zou gaan of zij zo ver bij hem uit de buurt zou kunnen komen dat hij haar nooit zou kunnen vinden. Want als ze hem nu de waarheid al niet kon vertellen, wanneer zou ze dat dan wel kunnen? Ze kon zijn kansen misschien beperken tot twee keer per jaar, maar omdat hij er altijd was, glurend over haar schouder als een personage uit een Grimm-sprookje, was het voor haar onmogelijk iets anders te doen. Het had achttien maanden geduurd om alles te plannen en genoeg geld uit haar moeders portemonnee te jatten om te kunnen vertrekken, maar op de dag van haar zestiende verjaardag was ze van huis weggegaan en nooit meer teruggekeerd.

Het was zo makkelijk geweest om weg te lopen, te beseffen dat ze het eindelijk zou doen. Haar ouders wisten niet of ze dood of levend was en soms beeldde ze zich in dat ze hen opbelde om alles uit te leggen. Maar wat was alles? Wanneer was het begonnen, was er wel een einde aan gekomen? Ze vroeg zich nu af of ze het hun ooit zou vertellen, als ze hen weer zou zien, of dat het verhaal ergens in de gangen van de tijd verloren zou gaan. Hoe dan ook, ze zou het hun nooit vergeven. Ze hadden het meest waardevolle geschenk ter wereld gekregen, een kind, maar hun eigen neuroses, slechte humeur en stommiteiten hadden hen belet hun kind veilig te houden.

Ruth deed Agatha heel sterk aan haar eigen moeder denken. Het waren geen slechte vrouwen en ze hielden van hun kinderen, maar ze leken niet te beseffen dat dat niet genoeg was. Betty, zo had Agatha besloten, zou het wel redden. Zij was net als Louise: knap, koppig en zelfverzekerd. Zij zou wel voor zichzelf opkomen en als ze dat deed, zou Ruth haar best doen om het goed te maken. Maar Hal. Kleine Hal. Hij zou in nog geen miljoen jaar voor zichzelf opkomen en Agatha rilde bij de gedachte aan alle dingen die hem zouden kunnen overkomen.

Hal had zijn mond gehouden en niemand had hem iets te eten gegeven. Kun je je dat voorstellen? Als iemand er ooit achter zou komen en haar zou vragen waarom ze het had gedaan, zou dat het eerste zijn wat ze zou zeggen. Ze gaven hem flesjes omdat hij niet om eten vroeg en dat lekker makkelijk was. Ja, zou ze zeggen, het was te gek voor woorden. Ik weet niet wat er zou zijn gebeurd als ik er niet was geweest.

Hal at nu eieren, kaas, cake en die biologische rondjes waar alle moeders in het park zo dol op leken te zijn, en verder alles wat Agatha hem al had laten proberen. Eigenlijk at hij min of meer als een gewone driejarige, behalve dat je alles fijn moest malen omdat hij niet gewend was te kauwen. 's Avonds werd het een beetje een beproeving, omdat ze moesten wachten tot er niemand keek voordat ze hem stiekem wat eten kon brengen. Tot dusver had Agatha hem verteld dat ze het feit dat hij nu at als verrassing voor zijn verjaardag zouden bewaren, maar nu dat al over achtenveertig uur was, begon ze zich steeds meer zorgen te maken. Hal was te veel een deel van haarzelf geworden om hem met anderen te delen. Hal zou gauw iets eten waar zijn ouders bij waren en dan zouden ze zijn geheim kennen en zou hij weer van hen worden. Bij die gedachte alleen al spanden haar spieren zich samen en voelde ze een bal in haar maag.

Toen Ruth donderdagochtend op haar werk kwam, stond iedereen behalve Bev om het bureau van de moderedacteur heen. Iedereen huilde, de een wat openlijker dan de ander.

'Wat is er gebeurd?' vroeg Ruth terwijl haar geest haar al meenam naar veel donkerdere plekken dan noodzakelijk.

Kitty antwoordde: 'Paul Rogers is gisteravond overleden.'

'Paul Rogers de fotograaf?'

'Ja, hij heeft een auto-ongeluk gehad.'

'O, mij god, Betty. Wat erg.'

Betty hoorde haar niet en Ruth nam aan dat ze genoeg schouders had om op uit te huilen, dus liep ze naar Sally's kantoor. Sally zat op haar toetsenbord te rammen. 'Shit, ik hoor net wat er met Paul is gebeurd.'

'Ik weet het. Erg, hè? Maar eerlijk gezegd was Bev de enige die hem goed kende. Als het niet zo politiek incorrect zou zijn, zou ik tegen iedereen zeggen dat ze terug naar hun bureau moesten.'

Ruth was in de war. 'Hij had toch kinderen?'

'Ja, twee.' Sally stopte met typen en keek op. 'Sorry, ik weet dat ik een kreng ben, maar ik kan het niet uitstaan wanneer iemand die doodgaat meteen heilig wordt verklaard. Als ik Paul tegenkwam, was hij altijd ladderzat. Het verbaast me dat hij zijn auto niet jaren geleden tegen een boom heeft gezet.'

De grond zakte onder Ruths voeten weg, alsof er een zwart gat was ontstaan. 'Ik kan maar beter aan de slag gaan,' zei ze terwijl ze naar haar bureau liep.

Ruth had Paul Rogers waarschijnlijk twee keer ontmoet, misschien drie keer, maar hij was vaak op kantoor, dan stuiterde hij rond, noemde iedereen 'schat', camera om zijn nek, filmrolletjes in zijn hand, t-shirts met stomme teksten op zijn borstkas. En ja, waarschijnlijk was hij een schoft en was hij meestal stoned, maar hij had wel erg levendig geleken. Ze kon niet geloven dat de aanwezigheid van een man van het ene op het andere moment was verdwenen. Ze stelde zich zijn lichaam voor, wit en levenloos, liggend op een tafel in het mortuarium, met alles wat van hem Paul had gemaakt in rook opgegaan. Een vriendin was bij haar vader geweest toen hij stierf en had Ruth verteld dat ze daardoor in de geest was gaan geloven. Het was anders dan dat je iemand in slaap zag vallen, had ze gezegd. Hij had nog een keer ademgehaald en zich opgericht alsof iemand hem naar voren trok, voordat hij achteroverviel en zich in zichzelf keerde. Er bestond geen twijfel over dat er iets was verdwenen, dat iets zijn lichaam had verlaten.

De dood, besefte Ruth zittend aan haar bureau, was de grote gelijkmaker. Het deed er niet toe hoe succesvol, slim, mooi of populair je was, we werden aan het einde allemaal gereduceerd tot vlees en botten. En als je dat begreep, wat had het dan voor zin om iets te doen of te zijn? Ruth kreeg er een leeg gevoel van, hol bijna, alsof iemand langzaam een ballon in haar buik liet leeglopen, waardoor ze alleen maar bedompte lucht kon proeven. Gedachten dansten door haar hoofd als kinderen die verstoppertje speelden. Stop, wilde ze roepen, langzamer zodat ik je kan vangen en grondig kan onderzoeken wat je bent.

Het enige waarvan je zeker kunt zijn in de dood, is het enige waar niemand zeker van is in het leven. Zodra je dood bent, beseffen mensen hoeveel ze van je hebben gehouden. Misschien besef je op het moment dat je doodgaat wel van wie je houdt. Ruth begon zich af te vragen of ze haar tijd verdeed en bij die gedachte moest ze zich vasthouden aan de rand van haar bureau om te voorkomen dat ze van haar stoel zou vallen. Wat gebeurde er met haar en waarom had ze het gevoel dat ze viel?

Ze probeerde zichzelf weer in de hand te krijgen, maar haar leeftijd bleef door haar hoofd spoken. Over achttien maanden zou ze veertig worden; ze zat nu dichter bij de vijftig dan bij de twintig, haar leven was waarschijnlijk al half voorbij, als ze geluk had. Misschien werd ze wel tachtig, maar als ze naar haar oma's keek, zouden deze jaren uiteenvallen in niets anders dan cirkeltjes van frustratie, pijn, verwarring, boosheid en betekenisloze taken.

Er moest voor alles en iedereen tijd zijn in de vele jaren dat de meeste mensen leefden. En toch leek het alsof dat niet zo was. Betty en Hal weigerden Ruths gedachten te verlaten. Ze stelde zich voor dat ze thuis waren, ze zag hen zo duidelijk voor zich alsof ze bij hen was, ze hoorde hun gebabbel en voelde hun kleine handjes in die van haar. Ze verlangde zo wanhopig naar hen alsof ze hen al een jaar niet had gezien, een verschrikkelijke leegheid verspreidde zich door haar lichaam en een vieze smaak weigerde haar mond te verlaten.

Kirsty kwam snotterend terug naar haar bureau. 'Ik kan het niet geloven, jij wel?'

'Het is afschuwelijk.'

'En zijn vrouw is zo aardig en zijn dochtertjes zijn nog maar zo klein.' Ze snoof opnieuw en gaf Ruth een stapel papier. 'De drukproef is er. Sally wil hem aan het einde van de dag afgetekend terug.'

Ruth probeerde zichzelf weer in de hand te krijgen door de mock-up van het tijdschrift open te slaan. Ze bladerde in het wilde weg door de opgemaakte pagina's. Zelfs in zwart-wit kon je zien hoeveel leugens de fotografen vertelden. Het deprimeerde haar vandaag uitermate. Ze bedacht zich dat het onbeduidende pornografie was. Wat voor zin hadden al die glanzende, opgeblazen, ongefundeerde nepbeelden? Natuurlijk stonden ze er alleen maar in om een niet te beheersen verlangen in de lezer op te wekken, hem hulpeloos te maken, hem te laten kwijlen, hem met afkeer te laten kijken naar wat hij had, zodat hij erop uit wilde en dingen wilde bezitten die niet binnen zijn bereik lagen. Zodat hij het blad de volgende maand weer zou kopen.

Bij de foto van Margo en haar kinderen stopte ze met bladeren. Ze hadden de titelpagina van het verhaal gekregen, dat fantasieloos 'Het goede leven' heette. Een misselijkmakend onderschrift liep over hun voeten en omlijstte de foto: *Als je ooit van plan bent geweest alles op te geven, wees dan gewaarschuwd, want de kans bestaat dat je na het lezen van dit artikel je ontslag indient, je huis te koop zet en een biologisch boerenbedrijf begint.* Ze haatte de montere toon van de artikelen in het blad. Er bestaat al genoeg rotzooi, had Sally gezegd tijdens een redactievergadering een paar maanden geleden, en het is nu officieel onze taak iedereen op te vrolijken.

Margo Lansford is een vrouw met een plan, alleen is het geen plan dat de meesten van ons zouden durven uitvoeren. Maar Margo is niet zoals wij. Zij haalt de moed uit haar overtuigingen en ze heeft genoeg wilskracht om alles door te zetten. Ruth wilde een rode streep door het woord 'wilskracht' zetten en het vervangen door 'geld'. *Margo was een investeerder met een salaris van zes cijfers en twee jonge kinderen, toen zij en haar man besloten alles op te geven voor een leven van plattelandsidealisme in landelijk Essex.* Jane, de corrector, had plattelandsidealisme doorgestreept en vervangen door 'gelukzalig zeep maken'. Tussen haakjes had ze erbij geschreven: laten we de lezer niet al te veel in verwarring brengen met moeilijke woorden. Ruths rode pen bewoog in haar hand, maar ze schreef niets op. Ze wist niet zeker wat het ware verhaal was of welke woorden ze ervoor zou gebruiken. *'We waren op vakantie in Griekenland,'* zei Margo terwijl ze nog een kop kamillethee inschonk in haar prachtige nostalgische keuken. *'Op een avond keek ik naar Charlie en zei: "Waar zijn we in hemelsnaam mee bezig? We zien de kinderen nooit, we hebben een huis waar we nooit zijn en we moeten tijd maken om een gesprek te kunnen voeren. Laten we ermee ophouden." Hij keek me aan en zei: "Wat een geweldig idee", en we hebben nooit meer achteromgekeken.'*

Kirsty verscheen weer. 'Sorry, ik ben vergeten je dit briefje te geven. Het is vanmorgen bij de receptie afgegeven.'

Ruth pakte de dunne envelop aan met daarop haar naam in een rond, meisjesachtig handschrift. Iets greep haar bij de keel en ze wachtte even voordat ze hem openmaakte.

Ruth, we moeten praten. Niemand kan zo verder. Ik zit in de bar tegenover je kantoor en blijf daar de hele dag zitten wachten. Sarah

Het draaien en tollen ging steeds sneller, een vogel fladderde hulpeloos haar keel in, haar ogen prikten en haar handpalmen begonnen te zweten.

Ruth had Sarah nog nooit gezien en iets dat op opwinding leek vergezelde haar haastige race de trap af. Dit was het dan, het moment waarop ze haar leven uit handen gaf. Ze wist het en ze keek toe hoe iemand anders de controle overnam. Want natuurlijk had Christian weer een relatie met haar, misschien was er nooit een einde aan gekomen. Wat het ook was, ze zou het hem nooit een tweede keer kunnen vergeven.

Ruth zag de enige vrouw die Sarah kon zijn vanuit de deuropening. Ze was niet anders dan Ruth had verwacht, wat haar op een raadselachtige manier teleurstelde. Ze liep naar haar toe met het voordeel dat zij degene was die haar naderde, zodat ze een paar minuten boven het meisje uit kon torenen, wat slechts een kleine overwinning was, maar in ieder geval iets.

Toen ze achter hun affaire was gekomen, had Ruth erover gefantaseerd Sarah te ontmoeten. Dan zou ze haar vertellen over zusters zijn, respect en karma en hoe Sarahs leven nooit bevredigend of gelukkig zou zijn tot ze zou ophouden te nemen wat niet van haar was. Maar nu ze tegenover haar zat, slopen al die gedachten weg als een blazende kat. Ze was nog maar een meisje, mager en bleek, gekleed in het zwart, zonder make-up met wallen onder haar ogen en verwarde haren. Ze zag er niet uit als een winnares, of misschien kwam het omdat winnen te veel strijd had gekost. Ruth voelde een onverwachte steek van sympathie voor haar.

'Ik ben blij dat je bent gekomen,' zei Sarah. 'Bedankt.'

'Je dacht toch niet dat ik je briefje zou negeren?' Nu ze stilzat, besefte Ruth dat haar hele lichaam trilde.

'Het spijt me dat het hiervan moest komen. Ik had gehoopt dat Christian de moed had gehad het je te vertellen, maar ik denk niet dat hij dat ooit zal doen.'

Spreek zijn naam niet uit. Spreek verdorie zijn naam niet uit. Toen ze dat dacht, vroeg Ruth zich af of ze hem nog steeds niet kwijt wilde. Ze sprak langzaam en rekte elk woord uit. 'Ik ben bang dat jij me op de hoogte moet brengen. Ik weet niet waar dit over gaat.'

Ruth zag dat Sarah de tafel zo stevig vasthield dat haar knokkels wit werden. 'Ik ben niet bereid nog langer te wachten. Dat heb ik hem verteld, ik heb zelfs gezegd dat ik het jou zou vertellen, maar het kan hem niet schelen.'

'Wat moet je me vertellen? Hebben jullie weer een relatie? Is er verdorie ooit een einde aan gekomen?'

'Ja, het is uit geweest. Toen hij jou niet wilde verlaten, omdat je op het punt stond te bevallen van jullie zoon, toen is het uit geweest. Ik ben naar Australië gegaan en heb daar een afschuwelijke tijd gehad en toen ik in Engeland terugkwam, heb ik naar een baan gesolliciteerd bij Christian op kantoor – bij toeval, ik wist niet dat hij daar werkte – en toen hebben we elkaar weer ontmoet...'

Er waren zoveel vragen die Ruth wilde stellen dat ze helemaal in de war raakte en zich nauwelijks haar eigen naam nog kon herinneren. 'Wanneer was dit?'

'Een paar maanden geleden.'

'En sindsdien zien jullie elkaar weer?'

Sarah knikte. 'Het spijt me, echt.'

Ruth was zich er vaag van bewust dat Sarah een spelletje speelde en ze voelde zich net een moeder, wat ze ook was, en ze was niet bereid het nog langer te pikken. 'Nee, je hoeft je tegen mij niet te verontschuldigen. Ik ben bang dat ik je sla als je dat doet. Ik hoef alleen de feiten maar te horen en dan verdwijn ik en dan mogen jullie doen wat jullie willen.'

Hoe oud was ze helemaal, drie-, vierentwintig? Wat zag hij in haar? Het was zo absurd. Betty en Hal verschenen in haar gedachten toen ze zich de gevolgen van haar nieuwe leven probeerde voor te stellen.

'Wat heeft hij je precies beloofd, Sarah?'

'Hij wil bij je weg, maar hij heeft het gevoel dat hij niet weg kan. Hij zegt dat hij van de kinderen houdt en dat hij ook nog steeds van jou houdt, maar niet op die manier. Hij heeft gezegd dat jullie altijd ruziemaken en nooit meer vrijen.'

'We hebben van het weekend nog gevreeën.' Zelfs toen ze die woorden zei, wist Ruth dat je nooit zulke gesprekken zou moeten hebben. 'Eigenlijk vrijen we altijd, maar natuurlijk kun je een leugenaar nooit vertrouwen, toch, Sarah?'

Het meisje keek somber en Ruth besefte dat ze fatsoenlijk en ingetogen wilde zijn. 'Het kan me niet schelen wat je zegt. Natuurlijk wil je voor hem vechten.'

Ruth lachte. 'Dat meen je toch niet? Denk je echt dat ik nog iets met hem te maken wil hebben? Je mag hem met alle plezier hebben.'

Sarah glimlachte als een kind, ze was net Betty wanneer ze twee ijsjes mocht. 'Echt?' Haar stem klonk opgewekt. 'Meen je dat? Je staat ons niet in de weg?'

Ruth zou nooit toestaan dat Betty dit monster van een vrouw zou ontmoeten. Ze voelde dat ze iets moest zeggen, een verlangen om Christian te beschermen overspoelde haar. 'We hebben het niet over een jurkje, hoor, dit gaan over een persoon.'

'Ik weet het, het spijt me.' Sarah leunde voorover en Ruth vroeg zich af of ze haar hand wilde pakken. 'Het komt gewoon omdat ik zo lang op deze woorden heb gewacht. Ik kan niet geloven dat het echt gebeurt. Ik kan niet geloven dat het zo makkelijk is en dat je zo redelijk bent. Ik had dit een hele poos geleden al kunnen doen en dan was alles geregeld geweest en konden we het opnieuw proberen.'

'Wat opnieuw proberen?'

'In verwachting te raken, de laatste keer zijn we het kwijtgeraakt.'

Gal en kots spoelden door Ruths darmen. 'Mijn god, meen je dat?'

'Natuurlijk.' Sarah hield haar handen nu beschermend voor haar buik.

'Ben je zwanger?'

'Nog niet, maar ik hoop het snel te zijn.'

Het was alsof iemand haar had verteld dat ze samenwoonde met een moordenaar. Haar man zou het ene gezin weggooien en verruilen voor het volgende. Alsof hij een kamer in de verkeerde kleur had geschilderd. Krijg de klere! Ik koop een nieuwe pot verf en schilder alles gewoon nog een keer. 'Ik moet gaan,' zei ze terwijl ze ging staan.

Sarah keek haar weer met grote Bambi-ogen aan. Het leek vergezocht te denken dat die blik haar man had betoverd. 'Sorry dat ik dit moest doen, Ruth, maar je kent Christian, hij is waardeloos.'

En dat was de druppel. Ruth boog over de tafel heen en Sarah kromp ineen. 'Eigenlijk ken ik Christian helemaal niet en dat is best eng, want ik heb de afgelopen tien jaar met hem samengewoond en ik ben er pas net achter gekomen dat ik geen flauw idee heb wie hij is. En ik kan me niet voorstellen waarom jij, of wie dan ook samen met iemand zou willen zijn die zo gemeen is als hij. En wat dat redelijk zijn betreft, je kunt Christian vertellen dat ik van plan ben zijn leven in een grote hel te veranderen.'

Ruth ging weg. De dag was te veel, veel te fel en veel te veel mensen hingen maar wat rond alsof ze niets beters te doen hadden en het gewoon zo'n plezierige dag zou worden die voorbij zou vliegen en waar niets meer van overbleef dan een vage indruk van waar je leven op lijkt, in plaats van een echte herinnering. Ruth voelde zich beledigd en ervan overtuigd dat ze flauw ging vallen en dat wilde ze niet in het openbaar doen. Ze hield een taxi aan en gaf hem haar adres. Onderweg had ze de tegenwoordigheid van geest naar kantoor te bellen en te zeggen dat ze was overvallen door een verschrikkelijke hoofdpijn. De vrouw die belde was vrij indrukwekkend. Ze had een rustige stem die de donderende oceaan in haar hoofd volledig tegensprak.

In de taxi wilde ze niet huilen, dus tegen de tijd dat ze de sleutel in het slot stak, deden haar ogen pijn van het in bedwang houden van haar tranen. Betty zou nog op school zijn en ze hoopte dat Hal haar niet zou zien. Er klonk gelach uit de keuken, maar de deur stond slechts op een kier, dus Ruth kon niet zien wat ze aan het doen waren. Ze dacht erover rechtstreeks naar boven te gaan, maar dat zou raar zijn, dus in plaats daarvan riep ze Aggie. Het gelach stopte onmiddellijk.

Aggies blozende gezicht verscheen om de deur. 'Ruth, is alles in orde?'

'Nee, ik heb barstende koppijn. Ik wilde je alleen even laten weten dat ik thuis ben, maar ik ga naar bed. Zou je Betty niet willen vertellen dat ik er ben en zou je Hal beneden willen houden? Het spijt me, maar ik moet gaan slapen.'

'Natuurlijk, geen probleem. Kan ik iets voor je doen?'

'Nee, nee.' Ruth had haar hand al op de leuning, ze was misschien maar een paar woorden van haar bed verwijderd. 'Ik heb boven alles wat ik nodig heb. Ik moet slapen. O, en als Christian belt, wil je hem dan zeggen dat ik niet aan de telefoon kan komen, dat ik slaap?'

'Oké, roep maar als je wat nodig hebt.' En toen trok ze haar hoofd terug naar binnen en Ruth vroeg zich af waarom ze de gang niet in was gekomen en waarom Hal niet had geprobeerd haar te zien.

Ruths slaapkamer zag er nu al anders uit en niet alleen omdat het er zo schoon en netjes was terwijl ze het die ochtend zo rommelig had achtergelaten, dat was ze intussen gewend. Aggie had haar een paar weken geleden gevraagd of het goed was dat ze hun bed opmaakte en de kamer schoonmaakte. 'Waarom zou ik dat erg vinden?' had Ruth gevraagd en: 'Waarom zou je dat willen doen?' Aggie had gelachen. 'Ik heb er een hekel aan om door het huis te lopen in de wetenschap dat het ergens een puinhoop is,' had ze gezegd. 'Ik weet dat het vreemd is, maar zo ben ik altijd geweest. Toen ik klein was ruimde ik ook altijd op voor mijn moeder.' Dus nu woonde Ruth in bijna een hotelachtig schoon en perfect huis en dat was natuurlijk fantastisch, maar tegelijkertijd ietwat... hoe zou ze het zeggen, vreemd, verontrustend, fout? Het gaf haar het gevoel dat ze Aggie iets verschuldigd was, dat het meisje te veel van haar wist, dat ze te diep naar binnen was gedrongen.

Ze liet haar tas op de grond vallen, schopte haar schoenen uit en liet zich op bed ploffen. Ze huilde met een ongeremdheid die Betty in de schaduw zou doen staan. Ik moet dit er gewoon uitgooien, dacht ze bij zichzelf, en dan kan ik er goed over nadenken. Alleen stopten haar tranen niet en haar genotzucht voelde deze keer terecht. Elke gedachte was een nieuwe en pijnlijke ervaring, die zout water uit haar nu waarschijnlijk opgezwollen traanbuisjes duwde. Ze vond het ellendig dat Christian haar blijkbaar zo onbelangrijk vond dat hij dit weer liet gebeuren, dat hij zelfs de behoefte niet had haar van zijn plannen op de hoogte te stellen. Ze haatte de gedachte dat haar kinderen zouden opgroeien zonder vader en hem slechts om het weekend zouden zien, dat ze broertjes en zusjes zouden hebben met wie ze geen band zouden hebben, dat ze zich altijd tweederangs zouden voelen en dat dit op de een of andere manier hun toekomstige relaties zou beïnvloeden. Ze wilde hen niet als een doos chocolaatjes met kerst, met verjaardagen en in de zomervakantie verdelen. Ze wilde hen nooit horen vertellen over het eten dat Sarah klaarmaakte of wat de kleur van hun slaapkamer was in het huis van haar man en zijn nieuwe echtgenote. Ze rouwde om het verlies van de liefde van haar leven. Ze zou het niet aankunnen zichzelf te vermannen en op te kalefateren voor een datingsite en weer te moeten epileren en waxen en lowlights moest nemen om naakt voor een andere man te kunnen staan. Of het lichaam van een andere man moest leren kennen zodat het warm en comfortabel aanvoelde. Ze wilde niets over andermans verleden weten, ze wilde geen ouders of vrienden meer ontmoeten of luisteren naar nog meer gezeik over banen die niet perfect waren.

Haar telefoon ging over in haar tas en ze vloog erop af. Christians naam knipperde op het scherm en ze wilde opnemen, maar ze was er nog niet klaar voor. Als ze nu tegen hem zou praten, zou ze allerlei scheldwoorden naar zijn hoofd slingeren, terwijl ze moest uit zien te vinden waarom hij dit had gedaan. Ze had waarschijnlijk nog maar een paar keer de kans hem als haar echtgenoot te spreken en in die gesprekken moest ze zo veel mogelijk zien uit te vinden. Ze wilde niet achterblijven met knagende vragen die haar vanbinnen op zouden vreten en haar een maagzweer of iets ernstigers zouden bezorgen. Want zodra hij weg was, was hij weg en dan zouden ze slechts korte, beleefde zinnetjes uitwisselen, wetende hoe het voelde, maar zonder het recht er nog aan terug te denken. Ze draaide het nummer om zijn bericht af te luisteren.

'Ruth, waar ben je? Ze is gek, echt waar. Ik had geen flauw idee dat ze naar je toe zou gaan. Ze liegt, we hebben geen relatie. Ruth, ik hou van je, ik ga nergens naartoe. Bel me alsjeblieft zodat we kunnen praten. We moeten met elkaar praten.'

In eerste instantie waren Christians woorden een soort zalf, als een hand die op haar rug krabt waardoor haar tranen werden gereduceerd tot een gestokte ademhaling in haar keel. Ze wilde zijn nummer draaien, maar vroeg zich toen iets af. Hij moest Sarah hebben gesproken om te weten dat zij bij haar was geweest. Dat betekende dat ze in ieder geval contact hadden. Hij had dit voor haar verborgen, hij had haar alleen al verraden door een woord tegen dat meisje te zeggen. Dus het kon niet allemaal onzin zijn. Ze hadden elkaar ontmoet, zelfs al was het niet zoals zij het zich had voorgesteld. En natuurlijk was de fysieke kant belangrijk voor Christian, maar voor haar betekende het niet zo veel. Het was het feit dat hij in staat was geweest haar lang genoeg te vergeten om een gesprek met Sarah te hebben, misschien iets met haar te drinken, te liegen en nog eens te liegen. Ze hoorde zijn pretentieuze stem in haar telefoon roepen dat hij van haar hield en niet bij haar weg zou gaan en zij wilde slechts zijn ogen eruit krabben. Het was niet voldoende om die woorden te zeggen, te roepen wat hij zou doen alsof zij er niets over te zeggen had of dat zij zo dankbaar zou zijn dat hij zijn secretaresse niet had geneukt dat ze zou gaan liggen en hem voor een tweede keer over zich heen zou laten lopen. Nu wist ze wat ze tegen hem wilde zeggen.

Hij nam op nadat zijn telefoon slechts één keer was overgegaan. 'Ruth, waar zit je? Ik ben doodongerust.'

'Ik ben thuis. Zo goed heb je dus niet gezocht.'

'Ik ben onderweg naar huis.'

'Nee, Betty komt zo thuis. Ik kom wel ergens anders heen. St. James Park, is dat goed? Dat is vlak bij je werk.'

'Oké, als jij hierheen wilt komen.'

'Ik wil niet in de buurt van ons huis afspreken. Ik wil nooit meer worden herinnerd aan het gesprek dat we nu gaan hebben.'

'Ruth er is niets gebeurd, ze is gek.'

'Ik meen het, Christian, hou je kop. Het is niet meer aan jou. Ik kom zo snel mogelijk.'

~

Aggie was geschrokken toen ze Ruths stem in de gang had gehoord. Het was een lichamelijke sensatie geweest, alsof iemand een steen in haar maag had laten vallen waardoor er kringetjes paniek door haar lichaam werden gezonden. Zo had ze zich lange tijd niet gevoeld en het was geen aangenaam gevoel. Hal was net aan zijn lunch begonnen, vissticks met worteltjes uit de tuin en een lepel vol doperwtjes zelfs, een nieuwe smaak die ze aan het uitproberen was. Ze lachten om het feit dat een groen, rond erwtje dezelfde kleur had als een bloem die je niet kon eten. Toen had ze Ruth horen roepen en heel even had ze zich afgevraagd of ze weer dingen hoorde die er niet waren, maar nee, Ruth riep opnieuw. Aggies eerste reactie was Hals bord in een kastje te verbergen, maar dat zou verwarrend kunnen zijn en een terugval kunnen veroorzaken. Zou ze naar de gang gaan en de deur achter zich dichtdoen, of zou Ruth dan argwanend en Hal nerveus worden? Ten slotte gebaarde ze Hal maar dat hij stil moest zijn en had ze haar hoofd om de deur gestoken alsof ze met iets belangrijks bezig was. Zodra ze Ruth zag, besefte ze echter dat ze zich geen zorgen hoefde te maken. Ze was duidelijk ziek, ze zag zo wit als een laken, haar ogen waren rood en doorlopen en ze had haar schouders opgetrokken alsof ze veel pijn had. 'Kan ik iets voor je doen?' had Agatha gevraagd. Maar Ruth wilde alleen maar met rust gelaten worden. 'Zeg maar niet tegen Betty dat ik thuis ben, had ze gezegd, en laat Hal niet naar boven komen.'

Agatha had de keukendeur voor haar neus dichtgedaan en Hal weer op schoot gezet om hem te helpen zijn eten in zijn mond te lepelen.

'Mammie,' zei hij, terwijl hij naar haar opkeek.

Ze gaf hem een kus op zijn kruin. 'Ja, liefje, dat was mammie, maar ze gaat even liggen, ze is niet zo lekker.'

'Mammie,' zei Hal opnieuw en hij verstopte zijn gezicht in haar hals.

Je besefte niet dat het breken van harten buiten liedjes bestond, tot je zelf kinderen had. Herinneringen kwamen naar boven van haar moeder in bed, de dikke gordijnen dicht tegen het daglicht terwijl Agatha stil moest zijn omdat haar moeder weer zo'n hoofdpijn had. En ze had alleen haar schoolfoto maar willen laten zien. Dit mocht Hal nooit gebeuren. Agatha voelde het als een ronde kei in haar maag. Hij was veel te lief, te goed van vertrouwen en te gevoelig, hij zou niet tegen al die teleurstellingen en afwijzingen kunnen.

'Hal,' zei Agatha nu, 'wat als je mij nou mammie noemt? Gewoon voor de grap als we samen zijn. We zouden kunnen doen alsof ik je mammie ben en dan hoef je haar nooit meer te missen.'

'Mammie,' zei Hal weer terwijl hij glimlachend naar haar opkeek. Het was duidelijk dat hij dat de hele tijd had bedoeld. Ze glimlachte, ze begrepen elkaar, Hal en zij, zoals niemand anders in deze wereld.

Hij lijkt sprekend op je, had een vrouw in het park vorige week gezegd en Agatha had geglimlacht en Hal nog wat hoger op de schommel geduwd. Het was makkelijk als je rustig en beleefd bleef en niemand ronduit een leugen vertelde of probeerde een gesprek aan te knopen met iemand die je zo doorhad. Het zouden alleen Hal en zij zijn, er zou geen ruimte voor iemand anders zijn, iemand die achter de waarheid zou kunnen komen en het zou afkeuren. Maar dat gaf niet. Agatha was zo lang alleen geweest dat het een genoegen zou zijn haar leven met iemand anders te delen en ze kon niemand bedenken met wie ze dat liever zou doen dan met Hal. En dat was vast niet iets wat Ruth ooit zou denken.

Sarah belde Christian om halftwaalf, net toen hij op het punt stond een vergadering in te gaan over het al dan niet ontslaan van een presentator die niet netjes genoeg leek te praten. Hij liet de oproep naar zijn voicemail gaan en dacht er pas tijdens de lunch aan naar het berichtje te luisteren.

'Ik heb het gedaan, Christian, en Ruth vond het prima. Ze leek niet eens geschokt te zijn, alleen zei ze wel dat ze je leven in een hel zou veranderen, maar dat was natuurlijk te verwachten. Maar eigenlijk doet dat er helemaal niet toe, want ze zei ook dat ze ons geen strobreed in de weg zou leggen. Is het niet geweldig? Bel me zodra je dit hoort.'

Ruth zei vaak raadselachtige dingen tegen Christian, zoals: ik voel me duizelig of: de wereld draait te snel of: ik lijk geen grip op het leven te kunnen krijgen. Op dit moment begreep hij niet alleen wat ze bedoelde, maar hij ervoer al die vormveranderende gevoelens zelf, waardoor je besefte dat het leven nooit meer hetzelfde zou zijn. Hij belde Ruth onmiddellijk op, maar Kirsty vertelde dat ze ziek naar huis was gegaan. Hij stond op het punt haar nummer te draaien toen hij besefte dat hij misschien beter eerst kon uitvogelen wat hem te wachten stond.

Hij liep naar buiten om Sarah te bellen.

'Christian, heb je mijn berichtje gekregen?'

'Ja, wat heb je tegen mijn vrouw gezegd?' Hij wilde haar slaan. Het gevoel kwam zo gewelddadig en onverwacht bij hem naar boven dat hij wankelde.

'Waarom klink je zo raar?' vroeg ze.

'Wat heb je gezegd, Sarah?'

Haar stem klonk onvast. 'Ik zei dat we het erover eens waren, je weet wel, dat het zo niet verder kan en dat jij je te schuldig voelt om bij haar weg te gaan, maar dat het nu mijn beurt is.'

Hij kon zijn geschreeuw niet in toom houden. 'Waar wij het over eens waren? Wanneer zijn we het daar verdorie over eens geworden?'

'De laatste keer dat we elkaar hebben gezien.' Ze huilde nu en hij walgde van haar. 'Ik heb je gezegd dat ik niet langer kon wachten, Christian. Ik heb gezegd dat ik het Ruth zou vertellen en toen zei jij dat je me de volgende dag zou bellen, maar dat heb je niet gedaan, dus heb ik gedaan wat ik heb gezegd.'

Christian trok aan zijn haar. De gekte was overal om hem heen, voelbaar verdorie. 'Hoe durf je mijn leven binnen te dringen en te denken dat je alles overhoop kunt gooien? Wij hebben niets gedaan. Verdomme, dit is te gek voor woorden.'

Ze huilde nu. 'Maar je had het beloofd. Je zei het zelf.'

'Ik heb helemaal niets beloofd. Verdorie, dit is zo'n puinhoop.'

'Ze gaat bij je weg en wat doe je dan?'

Christians hoofd werd slap. 'Ik laat haar niet gaan, en zelfs als ze vertrekt, kom ik niet naar jou.' Hij hing op, maar zonder enige overtuiging. Hij wist dat hij alles verkeerd had aangepakt. Sommige dingen die hij tegen Sarah had gezegd dwaalden door zijn lichaam als de rook van een sigaret die je aan het einde van de avond rookt en die weigert je lichaam te verlaten. Iets klopte er niet. Zijn gerechtvaardigde verontwaardiging voelde niet gerechtvaardigd.

Hij sprak een berichtje voor Ruth in en op een gegeven moment belde ze terug en stemde ze toe hem te ontmoeten, maar aan haar stem te horen had hij een heel lange strijd voor de boeg. Hij begon langzaam maar zeker te geloven dat hij het helemaal fout had en dat zijn leven als een emmer zand door zijn vingers zou glippen. Iets had hem erin geluisd, een externe, kwaadwillende kracht had hem laten geloven dat hij dingen wilde die zo broos waren als de staart van een vuurpijl. Hij was verblind door helder licht en gestruikeld over misvattingen die geen van alle waar waren.

Terwijl hij op een bankje op zijn vrouw zat te wachten, herinnerde hij zich dat hij als tiener eens per ongeluk was doorverbonden met een gesprek tussen twee vrouwen. Het had hem gebiologeerd. Hij was blijven zitten en had naar hun gesprek geluisterd dat van het ene naar het andere onderwerp was gesprongen en hij had zich afgevraagd hoe ze dat soort dingen wisten. Een recept voor een taart voor de verjaardag van een dochter, nieuws over de aambeien van de ander, een update over de hartaanval van een broer, de zorgen om een echtgenoot die het steeds moeilijker vond om uit bed te komen... Christian was toegelaten tot hun persoonlijke wereld, hij had een paar minuten deel mogen uitmaken van hun binnenste, deel van een ander mogen uitmaken. Maar toen had een van hen gezegd: 'Hoor jij ook iets?' En toen had de ander gezegd: 'Ja alsof ik iemand hoor ademen.' En toen had hij niet meer aan de lijn durven blijven en had hij opgehangen. En toen waren ze weg geweest. Hij had hun zelfs niets gevraagd, ze zouden nooit weten dat hij bestond. Deze vrouwen waren hem zijn hele leven bijgebleven en toch was het nu pas, terwijl hij toekeek hoe zijn leven een groot, zwart gat in werd getrokken, dat hij besefte dat hij hen nooit was vergeten. Had hij het maar eerder begrepen. Was hij maar slim genoeg geweest om die les te snappen. Had hij maar beseft wat ze hem hadden geleerd, dat het leven in het kleinste detail wordt geleefd. Dat elke emotie kan worden aangeraakt en zich onder de gootsteen, in de tuin of om de hoek verstopt. Al deze tijd had hij in de verte getuurd, terwijl het geluk vlak onder zijn neus ontsnapte.

Sarah bleef bellen, maar hij kon zijn telefoon niet uitzetten voor het geval Ruth hem probeerde te bereiken. Hij zou Sarah te zijner tijd wel bellen en zich verontschuldigen voor de manier waarop hij tegen haar had gesproken. Hij zou haar duidelijk maken dat hij van Ruth hield en dat hij niet samen met Sarah wilde zijn, maar hij zou ook zeggen dat hij haar slecht had behandeld en dat hij een lafaard was geweest en dat hij hoopte dat ze gelukkig zou worden. Het speet hem dat hij had geschreeuwd, dat hij haar gek had genoemd.

Ruth verscheen als uit het niets. Hij had het park naar haar afgespeurd, maar plotseling was ze er. Ze ging naast hem op het bankje zitten en zag eruit alsof ze had gevochten. Ze zaten een poosje in stilte naast elkaar, allebei geen zin om in de hoop stront aan hun voeten te duiken.

'Het spijt me,' zei Christian ten slotte.

'Wat spijt je? Wat je hebt gedaan of dat ik erachter ben gekomen?' Haar stem klonk te hard.

'Wat ik heb gedaan. Niet dat ik deze keer iets heb gedaan.'

Ze lachte. 'Weet je, ooit had ik je misschien geloofd. Maar je vriendin heeft tegenover me gezeten en verteld dat jullie gaan proberen een kindje te krijgen en dat maakt daar een einde aan.'

'Ze is mijn vriendin niet.'

'Maar blijkbaar heb je haar wel ontmoet.'

'Ik heb haar ontmoet, maar niet op die manier.'

Ze wierp een blik op hem. 'Welke manier dan ook is onaanvaardbaar, Christian. Snap je dat dan niet?'

Hij was wanhopig. 'Natuurlijk snap ik dat, daarom heb ik het je niet verteld.'

'Het niet vertellen is nog erger dan haar ontmoeten. Verdorie, je bent zo ontzettend dom.'

'Ik dacht dat ik het zou kunnen afhandelen.'

'Nee, je dacht dat je ermee weg kon komen.' Waarschijnlijk had ze gelijk. Hij voelde zich belachelijk.

'Ruth, er is niets gebeurd. Ik hou van je.'

'Het maakt niet uit wat er is gebeurd en je houdt niet van me. Als je van iemand houdt, respecteer je diegene.' Ze had overal een antwoord op en waarschijnlijk had ze nog gelijk ook. Hij voelde zich verslagen, alsof hij nooit zou winnen, en wat wilde hij trouwens winnen, wat was de prijs?

'Ze kwam solliciteren naar een administratieve functie. Carol had alles geregeld, ik had geen flauw idee dat ze zou komen tot ze door de deur kwam. En toen belde ze de volgende dag en ze vroeg of we iets konden afspreken.'

'Heb je geen enkel moment gedacht dat je dat misschien beter niet kon doen?'

Hij hoorde een addertje onder het gras en dat gaf hem de hoop dat ze in ieder geval nog een beetje gevoel voor hem had. Hij stelde zich haar liefde voor als een gloeilamp die op dit moment slechts een klein gloeidraadje heeft dat de werkende delen aan elkaar verbindt.

'Het spijt me, Ruth. Ik heb haar niet ontmoet omdat ik weer iets met haar wilde beginnen. Maar het was raar om haar te zien en ze klonk wanhopig aan de telefoon en ik weet dat ik het niet had moeten doen, maar ik dacht dat het gewoon om een allerlaatste drankje ging.'

'Vanwege de goede oude tijd?'

'Ik weet het, het was dom.'

'En wat is er toen gebeurd? Was het zo geweldig haar weer te zien dat je het toen steeds opnieuw wilde?'

'Nee, het was erg ingewikkeld. Ze vertelde me dat ze geen miskraam had gehad, maar abortus had laten plegen, dat ze depressief was geweest en naar Australië was gegaan. Verdorie, het klinkt nu zo ongeloofwaardig, maar ik had medelijden met haar. Ik voelde me verantwoordelijk.'

'Voor het eerst van je leven.'

'Wat?' Christian probeerde naar zijn vrouw te kijken, maar haar gezicht was zo hard dat hij haar nauwelijks herkende en hij werd er bang van.

'Verantwoordelijkheid is niet je sterkste kant, Christian. Natuurlijk, je hebt een goede baan en je bent een goede vader, voor zover mogelijk, maar je hebt geen flauw idee wat er echt met de kinderen gebeurt. Jij maakt je geen zorgen om de dingen zoals ik dat doe. Jij zeilt door het leven en zorgt alleen maar voor jezelf. Ik zeg niet dat je ons laat sterven van de honger of iets dergelijks of dat je je geen zorgen zou maken als er iets ergs zou gebeuren, maar je bereidt je nergens op voor. Het is net alsof je aan de oppervlakte leeft, maar vanbinnen ben je nog altijd achttien. Soms is het net alsof je ons iets kwalijk neemt.'

'Dat is niet zo, maar dat is niet...' Christian bedacht wat hij wilde zeggen, maar Ruths woorden staken hem alsof het spelden waren.

'Het was dom van me om je de vorige keer terug te nemen. Je bent nooit echt veranderd, dus dit zou zeker weer gebeuren.'

'Maar er is niets gebeurd.'

'Zeg dat niet de hele tijd, het klinkt zo dom. Je hebt haar ontmoet, je was ongetwijfeld aardig tegen haar, aardig genoeg om haar te laten denken dat je me zou verlaten...'

'Ze is gek.'

'Zeg dat niet steeds. Neem je verantwoordelijkheid toch.'

Christian leunde achterover op het bankje. 'Ruth, ik zal alles doen. Geef me alsjeblieft nog een kans.'

Ze lachte hem uit, een afschuwelijk geluid dat niet bepaald vrolijk klonk. 'Je klinkt net als Betty en nee, het antwoord is nee.'

'Ik weet dat ik het verkeerd heb gedaan.'

'Wil je soms een medaille?'

'Nee, ik heb het niet alleen over Sarah. Er waren eens twee vrouwen...'

'Waren er verdomme nog meer vrouwen?'

'Nee, toen ik nog jong was, aan de telefoon.'

'Ik hoef niets te horen over jouw tienertelefoonseksavonturen, Christian.'

'Ruth, hou op. Luister nou. Ik denk dat ik snap wat er mis met me is. Ik denk niet dat ik ooit eerder heb beseft wat we hadden, tot op dit moment.'

Ruth stak haar hand omhoog. 'Hou alsjeblieft op. Ik heb genoeg gelul gehoord voor één dag.'

Hij hield zijn hoofd in zijn handen in een gebaar dat nep leek, maar hij zag alles zo helder, hij was zo wanhopig op zoek naar een oplossing, wat dan ook. Hij zou sowieso voor Ruth kiezen, besefte hij, ze hoefde niet eens van hem te houden. 'Maar de kinderen dan?'

'Alsof je aan hen hebt gedacht.'

'Ruth, ik zal veranderen, ik beloof het. Ik zal je nooit meer verdrietig maken.'

Ze keek hem aan met een blik die ze doorgaans voor Betty's dwaze beweringen bewaarde. 'Blijf in ieder geval wel realistisch. We zijn getrouwd, het is onze taak elkaar verdrietig te maken.'

Hij wilde haar beetpakken, door elkaar schudden en diep in de ogen kijken zodat ze kon zien hoezeer hij het meende. Als ze het in films deden, werkte het, waarom in het echte leven dan niet? Want dat was wat dit was, besefte Christian, misschien tien jaar te laat. Het voelde zo echt als een pasgeboren baby, een auto-ongeluk of de dood van een vriend. Een moment dat je zo volledig opslokte in het hier en nu dat je het voor eens en voor altijd zeker wist. 'Nee, je weet wel wat ik bedoel, alsjeblieft, Ruth, doe dit niet.'

'Ik doe helemaal niets, ik reageer alleen maar en ik wil dat je weggaat, zo snel mogelijk.'

'Nee, echt, alsjeblieft.'

'Mijn god, wat ben jij arrogant!' Haar gezicht was rood en haar stem schoot omhoog. 'Dacht je echt dat je hiermee weg kon komen?'

'Dat dacht ik helemaal niet.'

Ze ging staan. 'Ik heb hier genoeg van. Je hebt mijn leven voor één dag genoeg verpest. Ik moet terug naar de kinderen.'

Hij ging ook staan en legde zijn handen op haar schouders. Heel even keken ze elkaar aan en allebei verlangden ze naar dingen die ze niet konden hebben. 'Ruth, Hal is zaterdag jarig. Geef me alsjeblieft tot het einde van het weekend. Dit is niet eerlijk voor hem.' Dat was een gemene streek, maar hij meende het en hij was wanhopig.

Ruth keek alsof ze wist dat ze niet anders kon. 'Goed,' zei ze, 'tot het einde van het weekend, maar alleen vanwege Hal.' Ze schudde zijn handen van zich af. 'Ik ga met een taxi naar huis, maar kom me niet achterna. Ik kan niet tegen de gedachte om met jou in één ruimte te moeten zitten.'

Hij keek haar na terwijl ze wegliep en besefte dat zijn zoon hem voor de tweede keer in zijn korte leventje had gered. Hij voelde zich smerig, waardeloos, beschaamd en schuldig, het totaal niet waard om een gezin te hebben dat een paar dagen geleden nog een last had geleken. Durfde hij dat aan zichzelf toe te geven en mocht je dergelijke dingen denken?

Christian keek naar het landschap van zijn leven en hij besefte dat het hem niet veel vreugde had gebracht. Hij had zelfs niet veel relaties van betekenis. Natuurlijk had hij Ruth en de kinderen, maar ze had gelijk, hij dreef met hen mee, hij deed niet mee. En Toby, Toby natuurlijk. Maar hoeveel had dat met het verleden te maken en hoeveel met wat Christian voor hem deed? Zijn ouders sprak hij nooit echt, ze wisselden alleen beleefdheden uit en hij had geen flauw idee waar zijn broer was. Er waren genoeg mensen op kantoor die leuk genoeg waren om na het werk een biertje mee te drinken, waar Ruth een enorme hekel aan had omdat het betekende dat hij niet op tijd thuis was om de kinderen in bed te stoppen. Maar als je het goed bekeek, waren ze bijna allemaal tien jaar jonger dan hij, hij was hun baas en ze ontspanden zich waarschijnlijk pas als hij weg was. Een gevoel van misselijkheid viel als een sluier over hem heen.

∽

Ruth redde het maar net tot de straat en de taxi. Een pure vermoeidheid overviel haar en ze vroeg zich afwezig af of ze echt ziek was in plaats van emotioneel ontwricht. Het korte respijt omdat Betty beter sliep was zo snel als stoom van een kokende ketel vervlogen. Ze vroeg zich af of haar vermoeidheid hier altijd om had gedraaid, een diep gevoel van wanhoop in een leven waarvan ze bang was dat het niet goed was.

Haar lichaam hing uitgewrongen als wasgoed aan de lijn, ze voelde zich zo doorzichtig en ongerijmd als een kanten nachtjapon. De komende paar dagen strekten zich voor haar uit als een oneindige Amerikaanse snelweg en ze wist niet zeker of ze het zou redden. Ze wist niet zeker of ze zich zo hard zou kunnen blijven opstellen als nodig was om zich tegen Christian te beschermen. Want één moment van zwakte, één dag met PMS, één slapeloze nacht, één glas wijn te veel en ze zou zitten janken en willen dat hij zijn armen om haar heen zou slaan.

Eén dag zou ze mogen rouwen om alle verloren momenten en de dagen waarvan ze zo dom had gedacht dat ze aan haar en de kinderen zouden toebehoren. Ze zag zichzelf tijdens de eindeloze weekends die voor hen lagen: weer een afgematte vrouw in het park met twee ruziemakende kinderen, een slecht in elkaar gezette picknick aan haar voeten, wachtend... wachtend waarop? Tot de tijd voorbij zou gaan, de kinderen groter zouden zijn, en dan...? De eenzaamheid van een diner voor één persoon, de pogingen iets voor zichzelf te vinden, een hobby te vinden die meer dan een verplichting was, en uitnodigingen voor de feestdagen van aardige vrienden bij wie ze zich altijd te veel zou voelen.

Ruth kon zich elk detail herinneren van de eerste keer dat Christian haar wereld had laten instorten. Ze was de dag ervoor met zwangerschapsverlof gegaan en had de eerste dag met een fijn gevoel samen met Betty doorgebracht. Ze had haar in bed gestopt, het huis was redelijk aan kant, ze was een salade aan het maken en op een vreemde manier tevreden met zichzelf, alsof de wereld een orde had en zij er deel van uitmaakte. Toen was Christian thuisgekomen.

Ruth had geweten hoe dronken hij was door de manier waarop hij de deur had dichtgedaan. Ze had het ook al uit zijn sms-berichtjes kunnen opmaken. Soms vond ze het niet zo erg en soms leek het net een misdaad tegen de menselijkheid. Die avond was het een misdaad. Ze was geschokt dat hij niet had beseft dat het een speciale dag was. Wat als de bevalling zou beginnen en hij te dronken was om haar naar het ziekenhuis te brengen? Ruth had al die argumenten op het puntje van haar tong liggen, klaar om te beginnen, tot hij de keuken in strompelde en ze wist dat er iets helemaal mis was.

'Verdorie, wat is er aan de hand?' had ze gevraagd en op dat moment had ze alleen maar gedacht aan iets als een ontslag of een ongeluk, wat erg genoeg leek tot hij begon te praten.

'Ik ga weg,' had Christian geantwoord.

'Weg? Waarheen?' De baby zat vast onder haar ribben en het was moeilijk samenhangende gedachten te hebben.

Christian keek haar niet aan en bleef als een klein kind heen en weer schuifelen. 'Ik ga bij je weg, het huis uit.'

'Hoe bedoel je?' Ze moest gaan zitten, haar benen hadden het begeven, zoals je wel eens in films ziet.

'Het spijt me, Ruth. Ik kan zo niet doorgaan. Ons leven is een grote leugen, we houden niet van elkaar, we houden niet van dezelfde dingen, we doen nooit meer iets samen, jij bent altijd doodmoe en we vrijen nooit meer.'

'Maar ik ben acht maanden zwanger.' De woorden klonken zo weerloos als de baby waarvan ze op het punt stond te bevallen.

'Dat weet ik, maar dat is het niet alleen. Dit is al jaren gaande.'

'Jaren? Waarom heb je niets gezegd dan? Waarom heb je me zwanger laten worden?' Ergens zat de boosheid in haar verborgen, maar nu had ze het gevoel dat ze aan het verdrinken was.

'Ik weet het niet. Ik zeg niet dat ik niet van je hou of dat het altijd even slecht is geweest. Maar je kunt mij niet vertellen dat je echt gelukkig bent, of wel?' Hij liet zich in de stoel tegenover haar vallen.

'Christian, ben je stoned? Ik moet over drie weken bevallen. Denk je echt dat dit het moment is om dit gesprek te hebben?' En toen had ze begrepen wat het echte probleem was, zo duidelijk alsof ze naast hem had gestaan. 'O mijn god, je hebt zeker iemand anders?'

Hij was in huilen uitgebarsten op een manier zoals hij waarschijnlijk sinds zijn jeugd niet meer had gedaan en ze had van hem gewalgd. 'Ze heet Sarah en ze is ook zwanger.'

De lucht werd de kamer uitgezogen. 'Dit moet een grap zijn.'

'Nee. Het was niet de bedoeling, ze heeft het me vandaag pas verteld.'

'Jij vuile, vieze rotzak.' Het was niet genoeg, maar het was alles wat ze zeggen kon.

'Ik weet het,' had hij gezegd en dat was bijna nog het ergste geweest.

Ze hadden in stilte aan de keukentafel gezeten, allebei geprobeerd te bevatten wat er was gebeurd. Ruth wist niet zeker of ze kon bevallen en alleen voor een pasgeboren baby kon zorgen. Ze wist dat veel vrouwen het deden, maar ze dacht niet dat ze sterk genoeg zou zijn. Maar toen had Christian plotseling aan haar voeten gelegen, hij knielde bij haar neer en probeerde zijn armen om haar buik te slaan, die zo rond als de wereld was. 'Ruth, het spijt me. Ik wil eigenlijk niet bij je weg. Je moet me helpen, ik weet niet wat er is gebeurd. Hoe is dit gebeurd?'

En zelfs terwijl ze aan zijn gezicht krabde, alsof het gevoel van vlees onder haar nagels genoeg zou zijn, was ze al overstag gegaan. Ze wist vanaf dat moment dat ze hem zou vergeven. Als hij er niet om had gevraagd, had ze hem waarschijnlijk gesmeekt te blijven. Dit was de eerste keer dat ze dat gevoel aan zichzelf toegaf, in de taxi op weg naar huis, en die herinnering dwong nog meer tranen uit haar prikkende ogen. Ze was zwak en belachelijk en misschien was het haar eigen schuld wel.

~

Agatha wist dat er iets aan de hand was. Het ene moment lag Ruth in bed, te ziek om de kinderen te zien, en het volgende moment rende ze de deur uit om Christian te ontmoeten. Het was erg verwarrend voor de kinderen, vooral omdat ze Betty nog niet eens had verteld dat Ruth boven was. Agatha ergerde zich aan Ruth en ze hoopte dat ze morgen niet nog een dag vrij zou nemen, omdat ze voor alles wat ze nog voor het feestje moest doen een specifieke planning had gemaakt en Ruth deed niet aan specifiek.

Betty's onderlip begon te trillen terwijl ze toekeek hoe haar moeder zich de deur uit haastte. Agatha trok haar op haar schoot, omdat ze zelf maar al te goed wist hoe het was om een verwarrende moeder te hebben. Ze wou dat ze het meisje mee kon nemen, maar feitelijk was Betty al te ver heen, ze zou haar moeder missen en te veel vragen stellen en hen mogelijk allemaal verraden. Bovendien zag Agatha trekken van Ruth in Betty, en niet alleen uiterlijk. Ze weigerde het haar van haar poppen te borstelen en vond het prima om ze allemaal in een doos te smijten nadat ze met ze had gespeeld zonder zich druk te maken of ze wel lekker lagen. 's Ochtends kleedde ze zich soms wel drie keer om, ze trok alle kleren uit de lade en propte ze dan weer terug zonder rekening te houden met Agatha's nette vouwwerk. Eén keer, slechts één keer had Agatha in Ruths laden gekeken. Niet omdat ze iets weg wilde nemen, maar om te zien of ze gelijk had en natuurlijk had ze dat. Niets was netjes opgevouwen of lag op kleur. Er leek geen enkel systeem in te zitten en in haar ondergoedlade lagen zelfs stukjes gebroken sieraden en een lekkende pen.

Hal zou mettertijd meer op haar gaan lijken, dat wist Agatha zeker. Erfelijkheid, zo had ze besloten, was niet van belang. In het leven draaide het erom wie er van je hield, niet wie je had gemaakt. Ze stelde zich voor hoe Hal en zij op een dag als twee druppels water op elkaar zouden lijken, identiek qua lichaam en geest.

Ze had zijn paspoort al, dat was niet moeilijk te vinden geweest. Ruth en Christian hadden een kamer, die ze kantoor noemden, maar die niets meer was dan een grote kast die in de ruimte onder de trap was gepropt. Er stond een rommelige, vrijstaande dossierkast en de paspoorten zaten in een van de laden. Agatha was niet bang dat ze zouden merken dat dat van Hal ontbrak en zelfs als ze erachter zouden komen, zouden ze elkaar de schuld geven. Hals kleren waren bijna allemaal gewassen en lagen netjes opgevouwen in de kast.

Wat ze zouden doen als ze weg waren, was problematischer, dat moest Agatha toegeven. Over een jaar of zo zou alles wel in orde zijn, dan kon ze hem naar school doen en zou zij kunnen gaan werken, maar in het begin zouden ze het erg krap hebben. Ze zou niet voor een uitkering in aanmerking komen en ze ging ervan uit dat Hal voorpaginanieuws zou zijn. Ze zou niet kunnen werken en ze zou hem op de een of andere manier moeten vermommen. Ze had een doosje bruine haarverf gekocht en ze wilde hun haar verven nog voordat ze bij de trein waren. Maar ze was bang dat het niet genoeg zou zijn. Ze had Ruths laptop gebruikt om informatie te zoeken over communes en dat klonk goed. Terwijl ze erover las, had ze zichzelf ervan overtuigd dat ze in een commune was opgegroeid en als je er goed over nadacht was dat ook zo. Ze integreerde overal altijd erg goed en ze zou haar organisatorische talenten kunnen gebruiken om echt een verschil te maken, om alles gladjes te laten verlopen zodat Hal en zij vlug een onmisbaar deel van de groep zouden worden. Ze hoopte alleen dat het zo makkelijk was als op een commune afstappen en vragen of je erbij mocht komen. Zo werkte het vast, toch?

Het verbaasde Ruth dat ze de volgende ochtend om vijf uur wakker werd, want ze had het gevoel dat ze helemaal niet had geslapen. Haar hele lichaam deed pijn, maar vooral haar ogen en haar hoofd. Het voelde alsof ze een kater had, hoewel ze de vorige avond geen druppel had gedronken. Ze was naar huis gegaan en had zich in de slaapkamer opgesloten. Ze had Christian ongeveer een uur later thuis horen komen, maar hij was zo slim geweest niet naar haar toe te komen. Ze had geen flauw idee waar hij had geslapen en het kon haar niet schelen ook.

De nacht was zwaar geweest, zoals nachten dat vaak zijn. Als je problemen had, vond Ruth, vermenigvuldigden ze zich in de donkere uren als bacteriën en doemden ze dreigend als tekenfilmmonsters op. In gedachten had ze een huilende Betty getroost terwijl ze toekeken hoe Christian wegging, de bruiloft van Sarah en hem bijgewoond in het belang van de kinderen, ruziegemaakt over geld en hem op een bepaald moment een klap in zijn gezicht gegeven. Het leek wreed te beseffen dat dit slechts boosaardige fantasieën waren en dat alles in werkelijkheid nog moest gebeuren. Liggend in bed, in een al lichte slaapkamer, voelde ze zich er niet tegen opgewassen. Ze had zin om de dekens over haar hoofd te trekken en toe te geven dat ze verslagen was. Ze zou de kinderen aan Aggie geven, haar ontslag indienen en nooit meer tegen Christian praten. Het was een keuze, besefte ze, om op te staan en door te gaan.

Maar Hal was morgen jarig en zo was er altijd wel iets. Er zou de rest van haar leven wel een reden zijn om op te staan en dat klonk erg vermoeiend. Blijf niet je hele leven dingen wensen, had een leraar ooit tegen haar gezegd toen ze naar de klok had gekeken en ze had geen idee gehad wat hij bedoelde. Een jaar later viel hij dood neer, net toen zij op het punt had gestaan aan de eindexamenklas te beginnen. Het probleem was niet haar lichaam, dat wist ze nu zeker.

Christian had haar hart gebroken. Hij had het net zo goed uit haar lichaam kunnen rukken en het voor haar ogen kunnen vertrappen. Het leek veel te tienerachtig, te romantisch om dat over haar eigen echtgenoot te denken en toch was het de waarheid.

Maar de waarheid zat ook veel dieper. Dieper dan haar gedachten in de taxi de avond ervoor, dieper dan haar dromen, dieper zelfs dan haar boosheid. In het kille licht van de ochtend wist Ruth dat ze hier een rol in had gespeeld. Ze besefte dat ze zichzelf altijd als slachtoffer had gezien, maar het leven was maar zelden zo eenvoudig. Ze vergaf het Christian niet, dat zou ze misschien nooit kunnen, maar ze vond het wel tijd om toe te geven dat zij er ook een zooitje van had gemaakt. Soms had ze het gevoel dat ze er niets aan kon doen dat ze het leven zo zwaar vond en andere keren dacht ze weer van wel. Sinds ze kinderen had, had ze een muur om zichzelf en haar gevoelens heen gebouwd. Ze hield zo intens veel van hen dat ze niemand anders kon toelaten, ze maakte zich onophoudelijk zorgen om haar keuzen en ze voelde zich constant schuldig en afgeleid. Het jaar na Betty's geboorte had haar geleerd hoe broos de geest feitelijk is, hoe makkelijk en vlug je kunt instorten, waardoor je jezelf en de mensen om je heen nauwelijks meer herkent. Sinds die tijd was het enorm belangrijk voor haar om de touwtjes in handen te houden, ze kon zich niet laten gaan want ze wist waartoe dat kon leiden. En op een gegeven moment was ze haar vermogen om plezier te hebben kwijtgeraakt. Angst was haar leven onherroepelijk binnengedruppeld en ze was bang dat haar geest nu een soort mixer was die alle informatie met dezelfde moorddadige intensiteit verwerkte.

Het leven vrat aan haar als een rups aan een blaadje. Ze stak haar arm omhoog en in het licht dat door het raam naar binnen scheen, zag ze hoe doorzichtig ze was geworden en bijna verdween. Het moest moeilijk zijn om van iemand te houden die van zichzelf walgde, besefte ze. Haar huwelijk was waarschijnlijk nog te redden, maar Ruth kon niet beslissen of het voor haar te laat was. Ze vroeg zich af of ze ooit in staat zou zijn al haar gedachten tegen Christian uit te spreken, of hij ze zou begrijpen, of hij in staat zou zijn er iets mee te doen als hun liefde uiteindelijk niet genoeg zou blijken te zijn.

Ze huilde weer, dus besloot ze als een soort tegenaanval te gaan douchen. Het water voelde warm en troostend aan op haar huid en het had het gewenste effect voor de paar minuten dat het duurde voordat ze zich herinnerde dat haar ouders er over een paar uur zouden zijn. Haar hoofd voelde te zwaar om op haar nek te rusten.

Toen Christian Ruth boven hoorde rondlopen, stond hij op van de bank. Hij wilde niet dat Aggie of de kinderen hem daar zouden aantreffen, dus ging hij naar hun slaapkamer om in ieder geval zijn kleren uit te trekken. Het bed leek bijna onbeslapen, hij zag slechts een kleine, nette afdruk op de plek waar Ruth had gelegen. Het verbaasde hem, haar gebrek aan onrust, en hij was bang dat zijn vrouw hem al had afgeschreven. Het was niet meer dan hij verdiende, nam hij aan, maar het leek ook erg oneerlijk.

Christian had het grootste gedeelte van de nacht wakker gelegen om iets te bedenken wat Ruth ervan kon overtuigen hem te laten blijven. Er was niet veel waar hij zich niet uit kon praten en toch had hij voor de belangrijkste deal van zijn leven geen ideeën. Christian had ooit eens gehoord dat iemand hem als karakterloos omschreef, wat net zo stompzinnig had geklonken als iets wat een deelnemer van een realityshow zou zeggen, want zonder karakter was je niets anders dan een omhulsel. Maar nu vroeg hij zich af of hij misschien inderdaad karakterloos was, of zijn betekenis was verdwenen of er misschien zelfs nooit was geweest.

Toen hij Ruth voor het eerst had ontmoet, had hij zich erover verbaasd hoe serieus ze was. Hij besefte dat hij zich aangetrokken had gevoeld door iets in Ruth waarvan hij had verwacht dat Ruth het af zou schudden als hun levens samen zouden komen. Kon het echt zo'n grote schok voor hem zijn dat een vrouw die zo veel nadacht als zij het moederschap zo overweldigend vond? Hij besefte dat hij er niet in was geslaagd haar te begrijpen of op de juiste manier van haar te houden. Wat Ruth nodig had was bevestiging, maar wat ze had gekregen, waren zorgen.

'Hoe laat ga je van je werk weg?' had ze hem meestal rond drie uur gevraagd en soms had hij expres gelogen om haar een lesje te leren. 'Wie is dat?' zei ze als zijn BlackBerry in het weekend piepte en dan haalde hij mysterieus zijn schouders op en zei 'niemand', hoewel hij wist dat ze er paranoïde van zou worden. Hij deed het niet omdat hij gemeen wilde zijn, maar soms gaf ze hem het gevoel dat hij een stout kind was. Donder op, wilde hij dan roepen, ga je ergens anders druk om maken. Maar natuurlijk was dit niet goed geweest, dat besefte hij nu ook terwijl hij nerveus op de rand van het bed zat, dat misschien algauw niet meer van hem zou zijn. Als hij op tijd thuis was gekomen, het tweede drankje had afgeslagen of haar had verteld dat het een spamberichtje was, zou ze gerustgesteld zijn geweest en had ze het waarschijnlijk de keer daarna niet meer gevraagd.

Ruth schrok toen ze hem zag en hij voelde zich verantwoordelijk voor het feit dat ze er zo slecht uitzag.

'Sorry,' zei hij, 'maar ik wilde niet dat Aggie of de kinderen me op de bank zouden vinden.'

Ze haalde haar schouders op, maar ontweek zijn blik.

'Ga je vandaag werken?' vroeg hij.

'Nee, ik meld me ziek.'

'Ik ook.'

'Nee, doe maar niet. Mijn ouders komen over een paar uur en ik denk niet dat het me lukt de schijn een seconde langer dan nodig op te houden.'

Wat Christian had willen doen, was Ruth naar zich toe trekken terwijl ze nog nat van het douchen was. Dat ze op bed zouden gaan liggen om te vrijen, echt goed, zoals ze nooit meer leken te doen. Zijn woorden zouden nooit voldoende zijn en hij wilde haar laten voelen wat hij bedoelde. Maar ze had een krachtveld om zich heen; hij had het gevoel dat hij een elektrische schok zou krijgen als hij zou proberen haar aan te raken.

'Denk je dat er een kans is dat we van het weekend nog even kunnen praten?' waagde hij te vragen.

'Dat betwijfel ik. Ik heb niets meer te zeggen.'

'Alsjeblieft, Ruth. Wat er ook gebeurt, we moeten wel blijven praten.'

Ze draaide zich om, haar borstel als een wapen naar hem uitgestrekt. 'Waarom heb je me verdorie niet verteld dat je haar weer hebt gezien?'

'Ik weet het niet, ik wou dat ik het wist. Ik werd overrompeld en toen belde ze en vertelde ze me over de abortus en ik werd meegezogen. Maar er is niets gebeurd, er zou ook nooit iets zijn gebeurd.'

Betty verscheen in de deuropening, slaperig en met haar haar nog in de war.

'Hé prinsesje,' zei hij terwijl hij haar oppakte, 'jij bent vroeg op.'

'Ik heb honger,' antwoordde ze. 'Mammie.'

'Mammie is zich nog aan het aankleden. Ik ga wel met je mee naar beneden.' Iedereen leek verbaasd over zijn aanbod, dus liep hij met zijn dochtertje weg en hij vroeg zich af of alle ouders hun gevoelens wegstopten en wachtten op het juiste moment.

Er is een liedje, van wie was dat verdorie ook alweer? Christian pijnigde zijn hersens, hij kon zich zelfs de exacte woorden niet meer herinneren. Iets over hoeveel spijt de zanger had van al die verpeste ontbijten omdat hij moe was terwijl hij tijd met zijn dochter had kunnen doorbrengen. Schaamte overspoelde hem en hij besefte dat het Abba was. Het kon zelfs van Betty's *Mamma Mia*-dvd zijn. Hij probeerde niet te huilen om zijn belachelijke, pas ontdekte zelfmedelijden en probeerde in plaats daarvan de schok op zich in te laten werken. Betty en Hal waren nooit echt van hem geweest. Of misschien was dat te hard, maar het kon zijn dat hij slechts in theorie van hen had gehouden, eerder van de gedachte aan hen dan van hun realiteit. Maar ze waren er, kleine mensjes die opgroeiden, ze veranderden en waren er gewoon. Hij wilde geen seconde meer missen – en dat was een verschrikkelijk liedje, toch? Misschien was dit het moment waarop je besefte hoe slecht het was als je leven opging in verschrikkelijke, door clichés ingegeven regels van liedjes die je liever nooit had gehoord.

Agatha was niet blij toen ze in de keuken kwam en Christian en Betty daar zag zitten. Betty zat cornflakes te eten en Ruth stond, gekleed in een spijkerbroek, tegen de gootsteen geleund een kop thee te drinken. Laat haar vandaag alsjeblieft niet thuisblijven.

'Aggie,' zei ze, veel te vrolijk, 'ik ga vandaag niet naar mijn werk, dus je kunt me inzetten voor het feestje.'

'Ben je nog steeds ziek?' Agatha hield zich aan de laatste strohalm vast, ze wilde niet dat Ruth zich met Hals feestje bemoeide.

'Het gaat wel, maar de gedachte aan de ondergrondse staat me tegen. O, en mijn ouders zijn hier tegen lunchtijd, dat je het weet.'

'Ik wist niet dat ze vandaag zouden komen.' Agatha liep naar de fluitketel om haar frustratie te verbergen. Niemand kon zo vergeetachtig en dom zijn als Ruth. Eerder die week hadden ze de aanwezigheid van Ruths ouders op het feestje besproken en Agatha had er in haar ogen heel vriendelijk op gestaan dat ze in haar kamer zouden slapen in plaats van in de vrij kleine rommelkamer. Ze was ervan uitgegaan dat ze zaterdag zouden komen en slechts één nachtje zouden blijven. Nu zou ze vlug al haar spullen moeten verzamelen en ervoor moeten zorgen dat het er niet uitzag alsof ze er over twee dagen vandoor zou gaan, naast de dingen die ze nog voor het feestje moest doen.

'Sorry,' zei Ruth nu. 'Ik weet zeker dat ik het heb gezegd. Hoe dan ook, mijn moeder is superefficiënt, ze lijkt in het geheel niet op mij en ze zal je graag willen helpen.'

Tranen prikten in Agatha's ogen bij het horen van deze nieuwe informatie. Een bemoeizieke oma en een waardeloze moeder, die haar zorgvuldig uitgestippelde plannen volledig gingen verpesten. Hal begon boven te roepen en dus antwoordde ze.

Ruth legde een hand op haar arm. 'Maak je geen zorgen, Aggie, ik ga wel. Zo vaak krijg ik de kans niet om mijn kinderen hun ontbijt te geven.'

Agatha's mond viel open als een vis die naar zuurstof hapte, maar wat kon ze ertegen inbrengen?

Ruth ging naar boven, op het geluid van haar zoon af. Het had haar moeite gekost die paar minuutjes vrolijk te doen en ze vroeg zich af hoe ze de dag door moest komen. Ze keek op haar horloge, het was pas even na zevenen. Waarom was Aggie al op? Maar misschien was ze dat altijd wel, besefte Ruth. Als zij om halfacht de keuken in vloog, lag alles altijd al netjes klaar, dan zat Betty te eten en was de thee gezet. Hoe vlug had ze dit laten gebeuren? Ze vroeg Aggie nooit het ontbijt te maken of de kinderen aan de kleden, maar op de een of andere manier was het iets geworden wat ze elke dag deed. Ruth werd bang van de gedachte dat ze Aggie zo makkelijk zo'n belangrijk deel van de dag van haar had laten overnemen.

Hals kamer was donker door het verduisterende rolgordijn, hij zat rechtop in zijn bedje met zijn haar rechtovereind en schreeuwde iets onduidelijks. Ruth ging naast hem zitten en snoof zijn bedompte slaaplucht op. Ze legde haar hand tegen zijn wangetje.

'Hallo, schatje, heb je lekker geslapen?'

Hal keek haar stomverbaasd aan. Hij riep weer iets, maar ze wist niet wat. Ruth probeerde hem op schoot te trekken, maar hij duwde haar weg. Het klonk als 'die', maar toen wist ze zeker dat hij 'mammie' zei.

'Ik ben hier, liefje,' zei ze en haar hart begon sneller te kloppen. Ze was altijd bang geweest dat Hal op een dag wakker zou worden en dat ze zouden moeten erkennen dat hij een beetje vreemd was.

Hij duwde haar weer weg. 'Mammie.'

'Hal,' zei ze en ze pakte hem bij zijn schouders. 'Ik ben het. Ik ben hier. Mammie is hier.'

Christian stak zijn hoofd om de deur. 'Wat is er aan de hand?'

'Ik weet het niet, hij heeft een beetje een vreemde bui. Hij roept me, maar het is net alsof hij me niet kan zien.'

Christian kwam naar hen toe en voelde aan Hals hoofdje. 'Hij is warm.' Hij ging op zijn hurken zitten. 'Wat is er, ventje? Mammie is hier.'

Hal schopte Christian in zijn gezicht. 'Ga weg. Mammie.'

'Laten we maar naar beneden gaan,' zei Christian. 'Misschien wordt hij dan een beetje wakker.' Hij pakte hem schoppend en schreeuwend op en ze liepen naar de keuken. Aggie stond toast te smeren en haar gezicht was zo gespannen als een veer. Zodra Hal haar zag, stormde hij op haar af en hij duwde Christian met al zijn kracht uit de weg.

'Mammie,' riep hij steeds weer. Het geluid weerkaatste tegen de muren en drong hun hoofden binnen.

Aggie ging naar hem toe en het was alsof alles in slow motion gebeurde, hij sprong in haar armen en liet zich huilend tegen haar schouder vallen. 'Ssst,' zei ze, 'wat is er allemaal aan de hand, gekkie?'

Ruth stond te trillen op haar benen. Ze wist niet wat ze had gezien of hoe ze erop moest reageren. 'Noemde hij jou nou mammie?' vroeg ze zo kalm mogelijk.

Aggie keek op. 'Nee toch? Ik heb het niet gehoord.' Maar ze zag lijkwit en Ruth wist dat ze loog.

'Ik heb het gehoord,' zei Betty. 'Hij zei mammie.'

'Heeft hij dat wel eens eerder gezegd, Betty?' vroeg Ruth.

Betty lepelde wat cornflakes op de tafel en haalde haar schouders op. 'Ik weet het niet. Hij is niet zo slim, hij haalt van alles door elkaar.' Alle volwassenen negeerden dit.

Ruth keek Aggie recht aan en ze wist dat ze nog iets ergers had ontdekt dan Sarah. 'Heb je hem dat wel eens eerder horen zeggen, Aggie?'

'Nee, echt niet, weet je zeker dat je het niet verkeerd hebt gehoord? Aggie en mammie lijken erg op elkaar.'

'Nee, ik heb het ook gehoord,' zei Christian. Ruth keek naar haar man, die daar in zijn pak van gisteren stond en eruitzag alsof hij niet had geslapen en ze vroeg zich af hoe diep ze in de problemen zaten. Je denkt dat er maar één ding is en dan besef je dat je er tot over je oren in zit, zo hoog als een berg.

'Heus, er is niets aan de hand. Als ik het hem weer hoor doen, zal ik er iets van zeggen, maar hij is vaak bij me en hij is net wakker. Misschien was hij gewoon in de war.' Ze verplaatste Hal naar haar heup en Ruth kromp ineen bij het gemak van dat gebaar. 'Ik zal ze gaan aankleden. Kom op, Betty, anders komen we te laat op school.'

Ruth liet hen weggaan, omdat ze niet zeker wist wat voor keuze ze had. 'Wat was dat, verdorie?' vroeg ze aan Christian.

'Waarschijnlijk niets, ik weet zeker dat Aggie gelijk had.'

'De weg van de minste weerstand, Christian.'

'Hoe bedoel je?'

'Onze zoon noemt zijn nanny mammie en draaide helemaal door toen we hem probeerden vast te pakken en jij vindt het niet erg om het weg te moffelen, omdat dat voor jou makkelijker is.'

'Wat denk jij dan dat er aan de hand is?'

'Ik weet het niet.' Ruth ging zitten, ze was uitgeblust. 'Hij zou waarschijnlijk willen dat zij zijn moeder is of misschien is ze zo gestoord dat hij haar mammie moet noemen als wij er niet zijn. Ik weet het niet.'

Christian probeerde zijn hand op haar schouder te leggen, maar ze schudde hem van zich af. 'Ach, we zijn allebei erg moe en emotioneel. Waarom proberen we niet gewoon door het weekend heen te komen en dan bespreken we het volgende week met Aggie. Er zal tussen nu en dan niets gebeuren, ze is zelfs niet alleen met hem.'

Ruth was te moe om te huilen. 'Goed dan, maar ga nu alsjeblieft werken, want ik kan je niet luchten of zien.'

Agatha zag sterretjes en haar adem stokte. Ze leunde voorover tegen Hals ladekastje en probeerde weer lucht in haar longen te krijgen. Iemand zat achter haar aan en had haar bijna te pakken. Ze sprong op, proefde haar eigen hartslag en een schreeuw vormde zich op haar lippen, maar het was slechts de kat. Ze moest zichzelf weer onder controle zien te krijgen, Ruth kon elk moment naar boven komen.

Ze keek naar Hal, die op de grond onschuldig met zijn autootjes zat te spelen, en ze wilde hem door elkaar schudden, maar hem tegelijkertijd ook in haar armen nemen. De liefde die hij haar liet zien, de behoefte die hij aan haar had en zijn voorkeur voor haar boven zijn eigen moeder, waren hartverscheurend mooi, maar tegelijkertijd eng. Hij zou hen elk moment kunnen verraden, misschien had hij dat al gedaan. Aan Ruths gezicht had ze kunnen zien dat ze het wist, ze wist het, maar durfde het niet toe te geven. Ze had die blik al eens eerder gezien.

Toen ze elf was, was Harry weggegaan, niemand had haar verteld waarheen, maar het waren zes gelukzalige maanden geweest waarin Agatha zichzelf had toegestaan te geloven dat hij niet meer terug zou komen. Het voelde als een kalmte na een grote storm, al had ze die zin pas een paar jaar daarvoor voor het eerst gehoord, maar ze had die wel onmiddellijk herkend als iets wat zij had ervaren. Maar niets is veranderlijker dan het weer en een storm komt altijd weer terug.

Ze had in haar kamer gezeten toen er iemand op de deur had geklopt. Ze had luchtig 'binnen' geroepen, want ze was gewend niet langer op haar hoede te zijn. Maar toen had hij daar gestaan, verlekkerd kijkend met zijn hoofd om de deur, zijn weerzinwekkende geile lach om zijn mond. Hij kwam binnen, deed de deur achter zich dicht en leunde er met zijn enorme gewicht tegenaan, waardoor hij haar enige ontsnappingsweg versperde. Agatha kon het zweet op zijn gezicht zien, zijn T-shirt spande strak om zijn buik en de voorkant van zijn spijkerbroek was vuil. Het was vreemd hoe ze zich die details en zo vele andere nog zo duidelijk kon herinneren alsof fel licht alles te hard had verlicht. Maar het was ook vreemd hoe dat beeld door de jaren heen was veranderd. Ze zag dezelfde dingen, maar keek er anders naar. Ze ging ervan uit dat dit weer zou veranderen, dat het beeld van Harry en wat hij had gedaan steeds weer zou veranderen, zou transformeren en vervagen, zodat ze het voor de rest van haar leven steeds opnieuw zou moeten beleven.

'Heb je me gemist, prinsesje?' had hij gevraagd en nu ze eraan terugdacht, zag ze dat hij zenuwachtig was geweest, hoewel hij op die dag een enorme en krachtige aanwezigheid had geleken, iets wat niet kon worden ontkend. Ze had hem geen antwoord gegeven, maar toch was hij verdergegaan. Mijn god, wat heb ik je gemist, had hij gezegd, het is daar zo eenzaam en jij bleef maar door mijn hoofd spoken. Agatha had haar boek neergelegd bij het horen van deze informatie. De hele tijd dat zij had gedacht dat ze vrij was, had ze door zijn hoofd gespookt? Misschien had Harry wel gelijk gehad en wilde ze het even graag als hij, hield ze wel van hem.

Hij kwam dichterbij, hij verduisterde al het beschikbare licht en torende dreigend boven haar uit. Hij legde zijn hand op haar wang en veegde een traan weg waarvan ze niet wist dat ze hem had geplengd. De deur ging open en haar moeder kwam binnen.

'Wat zijn jullie hier aan het doen?' vroeg ze veel te luchtig. 'Ik dacht dat je naar de wc moest, maar toen ik boven kwam om mijn vestje te halen, was er niemand in de badkamer.'

Dat was het moment, het moment waarop Agatha haar moeder de waarheid had kunnen vertellen. Haar moeder zou haar hebben geloofd en dan had Harry naar de gevangenis gemoeten.

'Ik wilde Agatha even gedag zeggen,' zei hij. 'Wat is ze toch groot geworden sinds ik haar voor de laatste keer heb gezien.'

Agatha's moeder zette een stap dichter naar het bed. Haar ogen schoten zenuwachtig heen en weer tussen haar dochter en de beste vriend van haar man. 'Ja, vind je ook niet? Ze wordt al een heuse jonge dame.'

Harry en haar moeder hingen dreigend over haar heen. Agatha keek op naar de vrouw die haar zou moeten beschermen en dwong haar terug te kijken. Hun ogen ontmoetten elkaar, maar haar moeder keek krampachtig weg. Het is waar, dacht Agatha, alles wat je hebt gezien en nog veel meer, het is waar. Het is erger dan je je in je ergste nachtmerrie kunt voorstellen.

'Nou ja, kom nu maar naar beneden, Harry,' had haar moeder gezegd. 'Peter komt zo thuis en ik wil je de foto's nog laten zien voordat jullie tweeën op dreef komen.'

Ze liepen samen weg, maar voordat ze wegging keek ze nog een keer achterom. Agatha had zich vaak afgevraagd wat ze had gezien. Hoe ze naar het bange meisje op bed had kunnen kijken en ervoor had gekozen haar niet te redden. Want toen haar moeder de deur dichtdeed, haar alleen achterliet en het zachte gemompel van hun gesprekken omhoog dreef, dat was het moment dat ze wist dat haar moeder haar niet zou redden, dat ze er alleen voor stond.

Agatha had altijd verwacht dat moeders een soort instinct hadden, dat als je een kindje hebt gekregen sterker wordt, beter, en dat je ervoor kunt kiezen dat gevoel te gebruiken of te negeren. De meeste moeders die ze had ontmoet, negeerden het en dat leek hen ellendig te maken en vooral hun kinderen.

Ze pakte Hals korte broek en zijn t-shirt, knielde naast hem neer en trok voorzichtig zijn pyjamaatje uit. 'Nog maar een dagje, liefje,' zei ze, 'en dan zal alles goed zijn.'

Ruth was dertien geweest toen ze haar ouders op een zomeravond na het eten in hun tuin op het platteland had gevraagd wat sterren waren. Ze wist niet wat voor antwoord ze had verwacht, maar zeker niet dat het iets te maken had met al lang dode, opgebrande planeten waarvan het vuur was uitgeblust. Ze zou zich altijd herinneren wat haar vader had gezegd: 'Alles wat we zien, is het beeld van hun laatste explosie, dat miljoenen lichtjaren heeft afgelegd om aan onze hemel te verschijnen. Wat jij een ster noemt, is niet echt, er is niets, het is als het licht dat je ziet wanneer iemand van te dichtbij een foto neemt en de flits in je gezicht afgaat.'

'Waren er ook mensen op die planeten?' had ze gevraagd.

'Dat weten we niet,' had haar vader geantwoord, 'maar het lijkt erg onwaarschijnlijk dat dit er allemaal alleen voor ons is, denk je ook niet?' Het was de eerste keer dat Ruth heel sterk het gevoel had dat ze viel terwijl ze stilzat; er suisde een geluid door haar hersens terwijl ze iets probeerde te begrijpen wat groter was dan haar verstandelijke vermogen. Nu had ze dat gevoel de hele tijd, tijdens redactievergaderingen, bij het kiezen van de yoghurt in de supermarkt en 's winters in verlaten speeltuinen.

Haar moeder had de betovering die avond verbroken door te zeggen: 'O, George, ik vind het soms echt gemeen om te eerlijk te zijn. Mijn vader heeft me verteld dat het glitters op de jurk van een enorme ballerina waren en dat heb ik jarenlang geloofd.' Ruth had niet geweten welk verhaal absurder was.

Sindsdien gaf de hemel Ruth 's avonds een ongemakkelijk gevoel. Niet dat ze er bang van werd en er gingen soms maanden of zelfs jaren voorbij dat ze er niet aan dacht. Maar als ze omhoog staarde en het was helder en ze zag al die prachtige schitterende lichtjes, voelde ze een vlaag van paniek als ze besefte dat hun hele wereld werd omringd door dood en verderf. Die kennis was als de definitie van het woord bitterzoet, iets wat zo oprecht magisch en toch zo verschrikkelijk triest kon zijn. Dat de visie die dichters en geliefden overal ter wereld had geïnspireerd niet eens bestond. Ze had op de universiteit een vrij goede verhandeling geschreven over hoe ironisch dit was en hoe je de hele metafoor als een beschrijving van liefde kon interpreteren, wat op zich al ironisch was. Ze zou nu een veel betere verhandeling kunnen schrijven.

Toen ze bijna twintig was, kreeg ze kort interesse in astronomie. Ze bestudeerde de posities van de sterren en de formaties die ze vormden en kon de meeste constellaties herkennen. Voor haar achttiende verjaardag had ze een goede telescoop gevraagd, die haar ouders haar prompt hadden gegeven en die nu ongebruikt op de overloop lag. In die korte periode had ze een broos gevoel van vrede gehad, omdat zoveel sterren zo goed beschreven leken. De lijnen tussen de sterren waren recht en definitief en de wiskundige berekeningen zeker en waar. Het probleem met wiskunde is echter dat wanneer je er goed in wordt, je algauw beseft dat het even lyrisch en denkbeeldig is als de woorden op een bladzijde, waar Ruth zich op de universiteit toe wendde omdat dat veiliger leek. Iedereen verwacht dat woorden meer dan één betekenis hebben, dat ze zoekraken in een vertaling, dat ze veranderen door ervaring en inzicht, dat ze samendrijven en glijden in zinnen waarvan je de draad kwijtraakt of die juist iets interessants duidelijk maken. Woorden waren van nature onberekenbaar en daar kon Ruth mee leven. Waar ze niet tegen kon was de gedachte dat cijfers ook nauwelijks betekenis hadden. Daardoor leek de wereld veel te onwerkelijk.

Gisteravond, toen ze niet kon slapen, was ze opgestaan en had ze naar de sterren gekeken. Lichtvervuiling had de meeste doen verdwijnen, maar ze kon een aantal bekende patronen onderscheiden en heel even gaf haar dat een gevoel van troost. Ze had verwacht dat het haar zou verbijsteren, maar in plaats daarvan stelden ze haar gerust met hun vaste posities. Niets wat jou of wie dan ook overkomt, zal ons ooit ook maar een milliseconde beïnvloeden, leken ze te zeggen, het is allemaal zo onbelangrijk. En natuurlijk, als je haar scheiding vergeleek met soldaten die aan de andere kant van de wereld werden weggevaagd of kinderen die door hun ouders in hun eigen huis dood werden geslagen of de halve wereld die stierf aan geneeslijke ziekten, dan ja, dan was het onbelangrijk. Alleen... alleen, wat betekende dat voor haar? Wat maakte het uit? Beelden op tv, woorden in de krant, ze dreven in en uit haar gedachten, raakten een gevoelige snaar, maar ze daalden niet neer in haar hart. Alleen Christian en haar kinderen waren in staat de koers van haar leven te veranderen, haar geluk of verdriet te brengen, haar geliefd en waardig te doen voelen. Het was, zo voelde ze, een vrij laat besef.

Ze ging terug naar bed en terwijl ze in slaap viel, vroeg ze zich af of haar vader gelijk had gehad dat ze niet alleen in het universum waren en of dit al dan niet goed of slecht was. Het was waar dat als deze schepping voor de mens alleen was, de last van de verantwoordelijkheid erg groot was, maar als dat zo zou zijn, dan was er in ieder geval niemand getuige van de zooi die ervan werd gemaakt.

Christian zette zijn mobiel pas weer aan toen hij in Green Park uit de ondergrondse stapte. Hij had zevenendertig gemiste oproepen, allemaal van Sarah. Hij luisterde naar de eerste paar. Het ging van wild schreeuwende beschuldigingen tot smekende onzin. Hij verwijderde er tweeëndertig zonder ernaar te luisteren, omdat hij niet dacht dat het goed voor hem was. Hij had iets van gisteren geleerd, en dat was een gevoel dat hij al heel lang niet meer had gehad.

Hij sloeg af, liep het park in en draaide Sarahs nummer. Hij ging een paar keer over en toen werd er opgenomen door een mannenstem.

'Ben jij dat, Christian?'

Twee dagen geleden zou hij hebben opgehangen. 'Ja.'

'Ik ben Sarahs vader en ik snap niet waar jij verdorie het lef vandaan haalt haar te bellen.'

'Het spijt me, maar ik belde om mijn excuus aan te bieden.'

'Waarvoor precies? Omdat je haar leven opnieuw hebt verpest, voor het doen van beloften waar je je niet aan houdt of omdat je je als een enorme zak hebt gedragen?'

'Voor dat alles.'

'Heb je je al opnieuw tegen je vrouw verontschuldigd?'

'Meneer Ellery, ik denk niet dat u het begrijpt, er is deze keer niets tussen Sarah en mij gebeurd. We hebben elkaar toevallig ontmoet en toen zijn we gaan lunchen en heeft zij me over de abortus verteld. Ik voelde me verantwoordelijk en het was dom van me, maar ik heb haar niets beloofd, we hebben elkaars hand niet eens vastgehouden.'

'Praat geen onzin, Christian.' De woede in de stem van de man was van vulkanische proportie, Christian had iemand nog nooit zo kwaad horen zijn. Hij probeerde zich voor te stellen hoe hij zich zou voelen als iemand zich ooit zo tegen Betty zou gedragen en hij begreep het. Deze man vertellen dat zijn dochter het bij het verkeerde eind had, was zinloos. 'Ik hoop dat je weet dat je haar nooit meer zult spreken.'

'Natuurlijk. Ik wil bij mijn vrouw blijven. Ik belde om me te verontschuldigen voor de manier waarop ik me heb gedragen.'

'Nou, dat is erg grootmoedig van je. Het is jammer dat je niet zo fatsoenlijk was toen je mijn eenentwintigjarige dochter de eerste keer hebt verleid, toen ze zwanger werd en je haar hebt verlaten.'

'Ik weet het, ik ben...'

'Houd verdorie je kop en luister eens voor één keer in je pretentieuze leventje. Weet je hoe lang het heeft geduurd voordat ze over je heen was? Aan wat voor schooier ze zich in Australië heeft vastgeklampt omdat ze zich zo waardeloos voelde? En toen je haar opnieuw ontmoette, was je niet eens mans genoeg om te zeggen: we hebben deze fout al eens eerder gemaakt, ik wil niet dat jij of mijn vrouw dit nog eens meemaakt, laten we elkaar een hand geven en elkaar het beste wensen. Nee, je moest haar nog een laatste keer zien, uit nieuwsgierigheid. Niet te geloven! Jij zegt dat er niets is gebeurd, dat je geen interesse had in een avontuurtje? Nee, je wilde alleen dat ze je ego nog een keer zou strelen om je eigen belachelijke schuldgevoel te verzachten.'

Hij pauzeerde even, dus besloot Christian iets te zeggen, hoewel zijn mond aanvoelde alsof er zand in zat. 'U hebt gelijk.'

'Natuurlijk heb ik verdorie gelijk. Ik heb je altijd doorgehad, Christian. Ik heb genoeg mannen zoals jij ontmoet en ik dank God op mijn blote knieën dat ik niet zo ben. Je denkt dat je zo bijzonder bent omdat je mensen aan het lachen maakt, veel geld verdient, een prachtige vrouw en twee perfecte kinderen hebt, maar het is allemaal niet echt. Dat is niet wie je bent. Diep vanbinnen ben je een hardvochtige zak, die niet verdient wat hij heeft. Met Sarah komt alles goed. Ze zal nog een poosje moeten uithuilen en haar moeder zal weer bij haar op de kamer moeten slapen, maar met haar komt alles goed. Op een dag ontmoet ze een aardige vent, trouwt ze en krijgt ze kinderen en zul jij niets meer dan een slechte herinnering zijn. Maar als je ooit, en ik bedoel echt ooit probeert contact met haar te zoeken, dan zal ik je opsporen en persoonlijk je lul eraf hakken, begrijp je dat?'

'Dat zal ik niet doen.'

'Ik hoop dat je vrouw je verlaat, dat je je ellendig zult voelen en dat je de rest van je leven eenzaam blijft.'

De verbinding werd verbroken, maar Christian kon zich er niet toe zetten het gesprek van zijn kant te beëindigen. Zijn telefoon leek net een ontplofte bom en het verbaasde hem dat het om hem heen geen rotzooi en een bloedbad was. Niemand was ooit zo onbeschoft tegen hem tekeergegaan en toch was hij niet verontwaardigd. Hij wou dat Sarahs vader door was gegaan, want hij verdiende het. Hij voelde zich te groot voor zijn huid, alsof het besef dat zijn acties consequenties hadden zijn lichaam als een buitenaards wezen probeerde uit te kruipen. Hij deed zijn telefoon terug in zijn zak en liep naar het grote kantoor, waar hij aan zijn belangrijke bureau ging zitten en gewichtige beslissingen nam. Alleen voelde alles vandaag nep. Hij kon zijn eigen onwaardigheid als een rauwe ui proeven, hoeveel dubbele espresso's hij ook dronk.

～

Tegen de tijd dat Agatha Betty naar school had gebracht, was ze weer gekalmeerd. Ze was onderweg terug naar huis met Hal naar het park gegaan en hij was zo blij geweest dat er een last van haar schouders was gevallen. Zo zou het altijd moeten zijn, besefte ze. Als ze bedroefd was en naar hem keek, was alles weer goed en dat was net zo mooi als het ideaalbeeld in haar hoofd. Agatha nam het lijstje door met dingen die ze nog moest doen terwijl ze Hal op de schommel duwde of onder aan de glijbaan op hem wachtte, en die orde kalmeerde haar.

Ze wilde de koekjes en de taart bakken, en de afscheidscadeautjes en Hals verjaardagscadeautje inpakken. Ze zou het meeste speelgoed opbergen en alleen de spullen die makkelijk in elkaar te zetten en niet breekbaar waren eruit houden. Het huis glom al, dus morgen hoefde ze alleen nog maar even vlug op te ruimen en dan hoefde ze alleen de taart en de koekjes nog maar te glazuren en de broodjes klaar te maken. Ze had een paar spelletjes voor het feestje van internet gedownload, omdat het niet leek alsof Ruth over het vermaak had nagedacht. Ze had de meubels in de woonkamer anders willen zetten, maar ze betwijfelde of Ruth en Christian dat zouden willen.

Agatha gaf Hal onderweg terug naar huis een zakje biologische knabbeltjes, omdat ze niet zeker wist of ze hem stiekem zijn lunch zou kunnen geven. Ze was bang dat het Ruth misschien zou opvallen hoe weinig flesjes hij nu dronk, maar zo nodig zou ze zeggen dat hij zich de laatste tijd niet zo lekker voelde.

Toen ze door de voordeur kwamen, ving Agatha een glimp van Ruth aan de keukentafel op voordat die besefte dat ze terug waren, en ze had geweten dat Ruth ergens anders over piekerde, iets wat veel belangrijker was dan Hals feestje en dat Agatha daardoor vandaag met de meeste dingen weg zou kunnen komen. Ze vroeg zich even af wat het kon zijn, maar eigenlijk kon het haar niet schelen. Als ze erom zou moeten wedden, zou ze zeggen dat Christian er iets mee te maken had, het zou haar niets verbazen als hij vreemdging. Hij leek zelfingenomen genoeg om het te doen. Agatha vroeg zich af wat voor lage eigendunk iemand moest hebben om met een man als Christian te eindigen, of zelfs met haar eigen vader. Mannen gaven je het gevoel dat je zwak was, zelfs als ze het niet probeerden. In een ideale wereld zou Agatha ver uit de buurt van het mannelijke geslacht blijven; ze dacht niet dat ze lesbisch was, maar ze vond mannen walgelijk. Ze was er altijd van uitgegaan dat ze een man in ieder geval een keer nodig zou hebben om het kind te krijgen zonder wie ze zich het leven niet kon voorstellen. Nu leek het erop dat dit niet nodig zou zijn. Geduld is een schone zaak, zei ze tegen zichzelf terwijl ze haar hand uitstak om de laatste kruimels van Hals mond te vegen en hem uit de buggy te halen.

'O, hallo,' riep Ruth vanuit de keuken. Hal liep naar zijn moeder en Agatha liep achter hem aan en ze zag dat Ruth haar masker van geluk als toneelmake-up weer had opgedaan.

'Wij naar park geweest,' zei Hal. 'Woesj, glij.'

Ruth lachte en trok hem op schoot. 'Echt waar, schatje? Wat leuk.'

Agatha voelde een pijnlijke scheut van jaloezie en moest zich afwenden om zich in te houden. Doordat Hal zo makkelijk met zijn moeder babbelde, borrelde er een woede in haar buik op als een vallende lift. Hou daarmee op, wilde ze roepen, je bent van mij, niet van haar, dat heb je me beloofd. Ze hoorde Hal giechelen en Ruth hem kussen en ze wist precies wat Ruth voelde en rook. Ze werd er misselijk van. Ze zou hen allebei wel neer willen steken. Rustig blijven, Agatha, zei een stemmetje in haar, hij is nog maar klein, hij reageert slechts op zijn natuurlijke instinct.

Het verhaal van Hals geboorte, hoe zijn vader Agatha en hem had verlaten toen hij nog maar een paar weken oud was, de strijd en ellende die ze hadden doorstaan, het kwam zo vlug dichterbij dat Agatha voelde hoe de knop in haar hersens omging, waardoor ze vergat dat ze het had verzonnen en het werkelijkheid werd. Nog maar vierentwintig uur, zei ze tegen zichzelf terwijl ze met haar rug naar Hal stond. Nog maar vierentwintig uur en dan kunnen we zijn wie we horen te zijn.

Er stonden vaak gevallen in de krant van kinderen die werden geslagen en mishandeld en zelfs vermoord door mensen die voor hen zouden moeten zorgen. Soms werd Agatha er lichamelijk ziek van op een van de wc's die ze aan het schrobben was bij de Donaldsons. Soms kon ze de hele nacht niet slapen en fantaseerde ze over de gezichten van de kindertjes die steeds opnieuw werden gemarteld. Toch was er altijd wel iemand die getuigde hoeveel het kind van zijn kwelgeest had gehouden, hoe hij zijn armpjes naar hem had uitgestoken.

Agatha bleef nooit te lang stilstaan bij de zwakzinnigheid van de verzorgers. De ouders en de mensen die daarbij hoorden waren vaak gewoon slecht en konden de verwachtingen niet waarmaken. Dit was niets nieuws. Wat haar wel verontrustte, was het feit dat baby's zich tot hun kwelgeesten aangetrokken voelden. Ze wisten dat deze mensen hen pijn deden, maar toch stelden ze zich open. Het bewees voor Agatha twee belangrijke dingen: ten eerste dat kinderen zo'n behoefte aan liefde hebben dat ze het van iedereen aannemen en ten tweede dat je een kind alles kunt laten doen. Natuurlijk zou ze Hal nooit pijn doen of hem iets slechts laten doen, maar toch maakte dit alles een stuk duidelijker.

'Wat zijn je plannen voor vandaag?' vroeg Ruth terwijl Hal van haar schoot gliptte en naar zijn plastic huisje liep.

'Ik wil nog een paar dingen voor het feestje doen, ik moet de taart en de koekjes nog bakken en ik wil misschien het speelgoed opruimen.'

'Je hoeft geen koekjes te maken, Aggie, dat is veel te veel werk en wat is er mis met het speelgoed?'

Ruth was een slons en gewoon lui en fantasieloos. Als je nog geen moeite deed voor de derde verjaardag van je kind, wanneer dan wel? Natuurlijk vond ze niks mis met het speelgoed, want zij hoefde de komende maand niet op haar handen en knieën op zoek naar de laars van Betty's nieuwe Brat omdat een of andere driejarige niet wist wat het was. Maar als ze er eens goed over nadacht, Agatha hoefde dat ook niet te doen, als haar plan zou slagen. Maar de gedachte alles ongeordend achter te laten beviel haar niet. Nee, ze zou zich ervan verzekeren dat Betty's spulletjes opgeruimd waren, dan zou ze in ieder geval beseffen dat ze geen hekel aan haar had en dat dat niet de reden was dat ze haar niet had meegenomen. 'Het is geen enkele moeite,' antwoordde ze. 'Ik vind het leuk.'

'Als jij het zegt.' Ruth klonk gefrustreerd. Het was vreemd hoe alle vrouwen in het begin dol waren op haar vlijt, maar er uiteindelijk een hekel aan kregen. Ze had niet kunnen geloven dat Jane Stephenson boos op haar was geworden omdat ze de badkamer van de kinderen had gedesinfecteerd toen ze een weekendje weg was geweest. Een weekend waar ze eigenlijk geen zin in had gehad, omdat ze nergens kon slapen behalve in een vieze B&B. Denk je niet dat ik in staat ben mijn eigen kinderen schoon te houden? had ze zo dicht bij Agatha's gezicht geroepen dat ze haar spuug op haar wangen had gevoeld. We hebben verdorie niet allemaal de behoefte om in een operatiekamer te wonen en nu we toch bezig zijn, kun je ophouden mijn bed op te maken? Ik maak mijn eigen bed wel op als ik dat wil en als ik dat niet doe, blijft het de hele dag onopgemaakt. Twee dagen later had ze Agatha verteld dat ze kon vetrekken, haar handen hadden getrild terwijl ze haar een envelop met geld had overhandigd, maar ze had Agatha niet recht aan gekeken.

'Ik zal in ieder geval Hal bij je uit de buurt houden,' zei Ruth terwijl ze achter haar zoon aan naar de huiskamer liep.

Agatha luisterde naar Ruth die Hal uit zijn huisje probeerde te lokken, terwijl ze suiker en meel afwoog en de boter en eieren mixte. Het was eigenlijk best grappig dat Ruth haar zoon helemaal niet kende. Hal dingen beloven of hem bedreigen hielp niet, je moest net doen alsof je iets enorm interessants aan het doen was aan de andere kant van de kamer en dat het je niet kon schelen of hij wel of niet mee zou doen. Daar trapte hij binnen een minuut of vijf in. Even later hoorde Agatha de tv aangaan, en het bekende begin van *Thomas de Stoomlocomotief*. Ze glimlachte.

~

Ruth lag te dutten en werd wakker van de deurbel tijdens de vijfde *Thomas*-aflevering. Ze had gezegd dat Hal er drie mocht kijken en ze voelde zich belachelijk. Ze wist dat Agatha meeluisterde en ze haatte haar erom. Ze haatte het feit dat ze haar zoontje niet in de hand kon houden, zijn belangstelling niet kon opwekken of zelfs de energie niet had om op te staan. Christian had twee keer naar haar mobiel gebeld, maar ze had niet opgenomen want ze had geen idee wat ze tegen hem moest zeggen. De eerste felle boosheid die ze had gevoeld, was overstemd door een wanhopige droefheid die haar kwetsbaarder maakte. Ze hadden er een zooitje van gemaakt en waarom? Ze geloofde best dat er met Sarah niets was gebeurd in lichamelijk opzicht, maar ze was ook van mening dat hij nooit echt zou begrijpen hoezeer hij haar had bedrogen door het meisje alleen maar te ontmoeten. Bovendien was ze zo jong en beschadigd, bijna van een andere generatie. Als Christian vijf jaar ouder was geweest, had men hem een vies oud mannetje gevonden. En als zij met een vies oud mannetje was getrouwd, wie was zij dan wel?

'Kom op, Hal,' zei ze nu terwijl ze opstond en de tv uitzette. 'Dat zijn oma en opa.'

Ruth kon de silhouetten van haar ouders door het gebrandschilderde glas van de voordeur zien en heel even kon ze het niet opbrengen open te doen, ze was bang dat ze in zou storten en dat ze hun niet kon geven wat ze nodig hadden. Maar ze had niet veel keuze. Als je bepaalde dingen niet deed, zoals de deur opendoen voor je ouders die drie uur onderweg waren geweest en zo dichtbij stonden, dan was je waarschijnlijk gek en had je een grens bereikt. Ruth was bang dat ze die grens al had overschreden, maar ze was nog niet bereid het toe te geven.

Haar ouders waren nog bruin, wat Ruth eraan herinnerde dat ze pas een paar weken terug waren uit Portugal. Ze glimlachten naar haar en zij glimlachte terug, omdat het leven nu eenmaal zo in elkaar stak. Haar vader stak zijn armen uit naar Hal. 'Kom hier, jongeman,' zei hij, 'wat ben je groot geworden.' Hal wrong zich los uit Ruths armen en rende gillend weg. Ruth haalde haar schouders op. 'Sorry, de leeftijd.' Ze ving de blik in haar moeders ogen op en ze vroeg zich af of dat wat zij zei ooit een goede reden was.

'Je ziet er goed uit, mam,' zei Ruth om van onderwerp te veranderen.

'Portugal was geweldig, lekker zonnig. We hebben elke dag aan het zwembad gezeten.'

'Dat is zo lekker als je elk jaar teruggaat naar dezelfde plek,' zei haar vader. 'Je kunt niets doen zonder het gevoel te hebben dat je een of andere stomme kerk zou moeten bezichtigen.'

Ruth probeerde zich een tijd voor te stellen dat zij zomaar aan een zwembad zou kunnen liggen, al was het maar voor een uur, laat staan een hele vakantie. Ruth en Christian maakten op vakantie altijd ruzie omdat de kinderen hen voor de voeten liepen en smeekten of ze die dag voor de dertigste keer mochten gaan zwemmen. Ze weigerden het lokale voedsel te eten en bleven elke avond tot tien uur op, om vervolgens in het restaurant in te storten. Vaak kwam ze vermoeider terug dan ze was gegaan. Ze begon deze vermoeidheid te herkennen als de rode draad in haar leven. Tijd voor een nieuw hoofdstuk, zoals er in een *Viva*-artikel zou kunnen staan.

'Dus waar is de jarige job?' zei haar vader. 'Wij zijn helemaal hierheen gekomen en hij verstopt zich in de keuken.'

Ruth wist wat ze zouden aantreffen nog voordat ze in de keuken waren, maar bij de aanblik van Hal om Aggies been gewikkeld hield ze haar adem in.

'Kom op, tijger,' zei Ruths vader. 'Kom hier en geef je oude opa eens een knuffel.'

'Nee,' gilde Hal. 'Aggie, wil Aggie.'

Ruth keek toe hoe Aggie hem oppakte en zijn haar gladstreek. 'Sorry, hij is niet zo goed met vreemden.'

'Vreemden? Ik zou zijn grootouders geen vreemden willen noemen, jij wel?' antwoordde Ruths vader.

'Ma, pa, dit is Aggie, onze eigen supernanny. Aggie, dit zijn mijn vader en moeder, George en Eleanor.' Ze zou hier straks maar over na moeten denken.

Ruths moeder deed een stap naar voren en stak haar hand uit. 'Agatha, ik heb al zo veel over je gehoord.' Aggie leek uit het veld geslagen. 'Ben je iets aan het bakken? Het ruikt hier verrukkelijk.'

'Ja, koekjes voor Hals feestje.'

Ruths moeder keek verbaasd. Ruth nam dit op als een teken dat zij had moeten staan bakken. 'Wat geweldig van je. Ik hoorde dat je jouw kamer ook al aan ons hebt afgestaan.'

'O, geen probleem, hoor.'

'Nou, ik vind het erg aardig van je.'

Ze hadden een ongemakkelijke lunch aan de keukentafel, omdat Hal weigerde te gaan zitten. Uiteindelijk nam Aggie zijn bordje mee naar het plastic huisje en ging daar bij hem zitten. Toen ze terugkwamen was het bordje leeg, maar Aggie schudde haar hoofd naar Ruth. 'Sorry, weer niet gelukt. Ik heb het opgegeten, ik vond het zonde om het weg te gooien.'

'Eet hij nog steeds niet?' vroeg Ruths moeder.

Ruth voelde zich voor dit soort dingen niet sterk genoeg vandaag. 'Nee, geen enkele vooruitgang. We zijn naar een voedingsdeskundige geweest, maar dat heeft niet geholpen.'

'Waarom niet. Wat zei hij?'

'Hetzelfde als de huisarts. We moeten beginnen met dingen als chocoladekoekjes en snoepjes en hem dan andere dingen gaan geven.'

'Dat klinkt me verdraaid verstandig in de oren,' zei haar vader terwijl hij zijn bord van zich af duwde.

'Nee, dat is het niet.' Ruth probeerde niet zeurderig te klinken, omdat ze dan net veertien leek. 'Iedereen weet dat kinderen zeer speciale smaakpapillen hebben. Als ze ergens aan gewend raken, duurt het eeuwen voordat ze er weer vanaf zijn. Hij kan wel verslaafd aan zoetigheid raken en dan eet hij nooit meer iets gezonds.'

'Dat lijkt me niet erg waarschijnlijk,' zei haar moeder. 'Kinderen ontgroeien alles op den duur. Er zijn niet veel zestienjarigen die nog aan een flesje lurken, alleen maar chocoladekoekjes eten, met hun lievelingsbeer knuffelen en bij hun moeder op schoot zitten.'

Ruths glimlach was gespannen. 'Misschien niet.' Of misschien had haar moeder een dergelijk probleem nog nooit bij de hand gehad. Misschien wist haar moeder niet waarover ze het had. Ze veranderde van onderwerp. 'Hebben jullie geen zin om met Hal naar het park te gaan? Dan kunnen we daarna Betty uit school halen.'

'Geweldig,' zei haar moeder.

'Hoeft Hal niet te slapen?' vroeg Aggie.

'Ik weet zeker dat hij ook wel een keer zonder kan,' antwoordde Ruth.

'Maar hij is morgen jarig, we willen toch niet dat hij dan moe is?'

Ruth ging staan. Ze voelde dat ze haar geduld elk moment kon verliezen, wat dit ook was, waarschijnlijk was het de moeite waard eraan vast te houden. 'Maak je geen zorgen, Aggie. Als hij moe is, dan bedenk ik wel wat.' Niemand zei iets terug deze keer.

Christian kon zich niet op zijn werk concentreren. Zijn gedachten bleven afdwalen en hij twijfelde over de dingen die hij deed. Algauw werden zijn gedachten te veelomvattend en twijfelde hij aan elk aspect van zijn leven. Hij besefte dat Ruth dit al een paar jaar tegen hem riep. Al die keren dat ze had gevraagd of hij het misschien mis had, had hij er verbijsterd om gelachen. Nu begreep hij het en hij zag in hoe geduldig ze was geweest. Het moet hebben gevoeld alsof ze met iemand van een Amazone-stam probeerde te communiceren. Hij kon niet geloven dat ze het zo lang met hem had uitgehouden.

Hij probeerde haar om halfelf te bellen, maar ze nam niet op. Een uur later probeerde hij het opnieuw, maar nog steeds nam ze niet op en hij sprak een onsamenhangend berichtje in. 'Het spijt me, Ruth. Niet dat gedoe met Sarah, hoewel dat me natuurlijk ook spijt. Maar dat ik er al die tijd niet voor je ben geweest. Dat ik niet begreep wat je zei en waar je behoefte aan had. Misschien had je gelijk. Ik weet het niet. Misschien hebben we het bij het verkeerde eind. Bel me alsjeblieft als je dit berichtje hoort. Ik wil je stem graag even horen, ik voel me zo vreemd.'

Hij voelde zich inderdaad vreemd. Onzeker en hulpeloos. Zijn hoofd voelde te groot voor zijn lichaam en zijn hersens leken geen controle over zijn handelingen meer te hebben. Als hij zeker had geweten dat hij thuis welkom was, zou hij ziek naar huis zijn gegaan. In plaats daarvan belde hij Toby, die tot zijn verbazing opnam.

'Ik stap net uit het vliegtuig uit Ibiza. Ik wilde je nog bellen over morgen. Hoe laat worden we verwacht?'

'Geen idee, een uur of drie denk ik. Wie zijn we?'

'O, verdorie, dat wilde ik nog vragen. Is het goed als ik Gabriella meeneem? Ik heb haar op Ibiza ontmoet, ze is echt fantastisch.'

Christian zag het tienermodel voor zich met wie hij ongetwijfeld zou komen opdagen en voor het eerst van zijn leven wilde hij niet dat hij zelf iemand anders was. 'Yep, tuurlijk. Luister, heb je even, ik moet je wat vragen.'

'Wat?'

'Ik ben een lul geweest.'

'Dat is geen vraag.'

'Ik heb Sarah een paar keer ontmoet. Niet op die manier. Er is niets gebeurd, maar zij had alles verkeerd geïnterpreteerd en heeft Ruth verteld dat ik bij haar weg zou gaan.'

'Kut.'

'Ik weet het.'

'Wanneer is dit gebeurd?'

'Gisteren. Verdomme, het lijkt wel een week geleden.'

'Hoe reageerde Ruth?'

'Zoals je zou verwachten.'

'Je bent een rotzak, man.'

'Dat weet ik.'

'Valt er nog iets te redden, denk je?'

'Ik weet het niet. Het moet wel. Ik zou niet weten wat ik zonder haar zou moeten.' Het verbaasde Christian dat hij zijn stem hoorde haperen. Hij had al jaren niet meer gehuild. Niet sinds de vorige keer.

'Nou, ik zal je niet de les gaan lezen, want het klinkt alsof je het jezelf al moeilijk genoeg maakt, maar verdorie, wat dacht je nou helemaal zelf?'

'Ik dacht verdorie helemaal niet. Toby, ben ik echt zo'n rotzak?'

'Bel je me om me dat te vragen?'

'Yep. Ben ik een egoïstische rotzak? Ik heb eens nagedacht over mijn leven en sommige dingen die ik heb gedaan, zijn echt verbazingwekkend. Ik herken mezelf niet. Ik ben echt walgelijk tegen Ruth geweest en dan bedoel ik niet alleen dat gedoe met Sarah. Ik heb totaal geen respect voor haar gehad, niet naar haar geluisterd of haar geholpen. Ik weet echt niet wat ze nog bij me doet.'

'Ze houdt van je en je hebt gewoon enorme mazzel.'

'Hoe weet jij dat nou?'

'Ik heb genoeg tijd met jullie doorgebracht. Jij houdt ook van haar.' Christian hoorde door de telefoon dat Toby een sigaret opstak. 'En je bent geen egoïstische zak of een enorme lul, maar soms lijk je een gebrek aan, hoe noem je dat ook alweer, inlevingsvermogen te hebben. Ik heb me wel eens afgevraagd of je lichtelijk autistisch bent.'

'Wat?'

'Vat het niet verkeerd op, maar Hal doet me zo aan jou denken. Soms lijken jullie geen van beiden de nuances van het leven te snappen. Toen we met elkaar in de pub hadden afgesproken net nadat Sarah contact met je had gezocht, wist ik dat je haar weer zou ontmoeten en ik wist ook dat je niet inzag wat daar mis mee was.'

'Ja, maar nu weet ik dat wel.'

'Maar ik durf te wedden dat je dat tegen Ruth hebt gezegd. Ik durf te wedden dat je maar bleef herhalen dat er niets was gebeurd, alsof het dan niet zou uitmaken.'

'Je hebt gelijk.'

'En ze ging zeker door het lint?'

'Yep. Echt, ik snap het nu, ik meen het.'

'Oké dan. Als je mijn advies wilt, moet je haar dat blijven vertellen. Je moet haar laten geloven dat je het deze keer snapt en dat je niet alleen maar zegt wat ze wil horen. Ze heeft je er toch nog niet uitgeschopt?'

'Nee, maar alleen maar omdat Hal jarig is. Ze wil dat ik volgende week vertrek.'

'Wil je dat ik haar bel?'

'Nee, haar ouders zijn er nu.'

'Goed, misschien lukt het me morgen om haar even terzijde te nemen. Ga na je werk rechtstreeks naar huis en gedraag je, meer kun je niet doen.'

'Oké. Luister, bedankt, je bent altijd een goede vriend van me geweest, je...'

Toby lachte. 'Zo is het wel genoeg. Je hoeft bij mij niet te slijmen. Het komt wel goed. Ruth en jij zijn voor elkaar gemaakt, op de een of andere trieste manier.'

Agatha had niet alleen hoeven worden gelaten. Dacht Ruth nou echt dat ze er geen rekening mee had gehouden dat ze op Hal en Betty moest passen? En nu was Ruth weg en had ze alles verpest. Reken niet op ons, had ze gezegd toen ze wegging, misschien nemen we de kinderen wel mee voor een pizza of zo. Waarom ga je niet ergens heen? Wij redden ons wel.

Maak je over ons niet druk? Was ze gek geworden? Agatha's hele lichaam, elke porie van haar lichaam krioelde van de denkbeeldige insecten als Hal met Ruth op stap was. Ze was zo afwezig dat Agatha zich kon voorstellen hoe ze hem in het park uit het oog zou verliezen of zijn hand niet stevig genoeg vasthad als ze overstaken. Haar maag draaide zich om alsof ze in een auto zat die te snel reed. En dan nog alle manieren waarop Hal haar zou kunnen verraden. Gelukkig had ze hem nog nooit pizza gegeven, dus zou hij dat vast niet willen eten. Maar hij zou haar wel weer mammie kunnen noemen of moeten huilen omdat hij haar miste of zo-iets.

Waarschijnlijk was het niet handig geweest om voor het feestje te blijven. Agatha stond zichzelf toe dit te denken terwijl ze de wc beneden voor de tweede keer die dag schrobde. Ze had het alleen maar voor Hal gedaan, maar nu vroeg ze zich af of het niet juist gemeen was, of het straks de enige herinnering zou zijn die ze niet zou kunnen uitwissen en die hem misschien in de toekomst naar de waarheid zou leiden.

Agatha probeerde haar theorie op de proef te stellen door zich haar eigen verjaardag te herinneren. Het probleem was alleen dat ze de dingen die zo lang geleden waren gebeurd niet goed van elkaar kon onderscheiden. Ze herinnerde zich verhalen en herinneringen op dezelfde manier. Het waren chaotische beelden uit haar jeugd met taart en ballonnen en troep en eten en drinken en Harry, vaak Harry ergens op de achtergrond, maar ze kon er geen leeftijd aan vastplakken. Avonden uit met vrienden, maar waar waren die nu? Had een vriendje haar echt mee naar Monaco genomen die zomer, zoals ze Laura van het uitzendbureau had verteld? Was het zilveren kettinkje met het klavertjevier om haar hals echt een cadeautje van haar overleden oma geweest?

Agatha had het warm. Ze ging staan en vermeed zichzelf in de spiegel aan te kijken. Ze schudde haar hoofd, maar de beelden wilden niet komen. Haar gedachten voelden verward en verhaspeld. Ze had Hal nodig. Ze ging naar de keuken, nam twee aspirientjes en ging in de rommel-kamer even op bed liggen met het kussen over haar hoofd in een poging het lawaai te overstemmen.

Sally belde Ruth onderweg naar het park en dat gaf haar een goed excuus om zich afzijdig te houden en niet tegen haar moeder te hoeven praten.

'Sorry, Ruth,' zei Sally, 'ik weet dat je niet lekker bent. Wat heb je eigenlijk?'

Niemand wilde het antwoord op die vraag horen, dus zei Ruth tegen Sally wat ze wilde horen. 'O, het is niets, ik kom maar niet van mijn hoofdpijn af.'

'Goed. Luister, ik wil dit nummer vandaag naar de drukker sturen, maar ik kreeg net een belachelijk telefoontje van Margo Lansfords advocaat...'

'Haar advocaat? Dat meen je niet.'

'Ja, niet te geloven, hè? Nou ja, hij zegt dat ze de kopij eerst wil goedkeuren. Blijkbaar zit de zeepbusiness in een kritiek stadium. Ik wilde alleen maar even weten of jij haar had beloofd dat ze mocht zien wat je hebt geschreven voordat het ter perse zou gaan.'

'Natuurlijk niet. Echt niet te geloven dat ze een advocaat heeft laten bellen. Haar man vertelde Christian dat ze met de zeepbusiness geen cent verdient en dat haar vader stinkend rijk is en eigenlijk alles betaalt.'

'Wat een verrassing.'

'Om eerlijk te zijn, Sally, was ze echt verschrikkelijk nep. Ze is zo iemand die het leuk vindt een ander een slecht gevoel te geven, omdat ze zo belachelijk perfect is. Ze geeft je de indruk dat ze alles goed voor elkaar heeft: kinderen, man, baan, droom.'

'Hoe bedoel je, geloof je haar niet dan?'

'Nee, Christian zei dat haar man echt helemaal geflipt was, hij had niet veel aardigs over d'r te zeggen.'

'Dat blijkt niet uit je stuk.'

Ruth schrok van Sally's toon. 'Nou, nee. Ik dacht niet dat je dat zou willen, het is niet erg *Viva*.'

Toen Sally weer begon te praten, klonk ze weer normaal. 'Nee, natuurlijk niet. Je hebt gelijk. Het is super, ik vond het geweldig. Ik bel die stomme advocaat wel terug en zeg dat hij op moet zouten.'

'Er staat toch niets in waaraan ze zich kan ergeren.' Zowel Ruth als Sally verzette zich tegen de drang erover door te gaan.

'Nee, ik weet het, het gaat nergens over.'

'Goed dan, ik neem aan dat je morgen op Hals verjaardag komt?'

'Natuurlijk. Wat wil hij eigenlijk hebben?'

'Jemig, geen idee. Hij is dol op *Thomas de Stoomlocomotief,* dus wij hebben een treinset voor hem gekocht.'

'Zit hij nog steeds vaak in dat plastic huisje?' Ruth verbaasde zich er altijd over wat andere mensen zich allemaal herinnerden. 'Ik was van plan een theeserviesje of iets dergelijks voor in zijn huisje te kopen.'

'Dat vindt hij vast geweldig. Tot morgen dan.'

Ze waren bij het park tegen de tijd dat Ruth ophing.

'Ik kan wel een kop koffie gebruiken,' zei Ruths moeder. 'Waarom gaan jullie niet naar de speeltuin, dan gaan Ruth en ik in dat café daar even koffie halen,' zei ze tegen haar man.

'Oké,' zei Ruths vader terwijl hij de buggy vastberaden voortduwde. 'Vergeet de suiker niet.'

Ruth wist dat ze zou moeten protesteren, ze zag dat ze met open ogen in de val werd gelokt, maar iets hield haar tegen.

'Was dat je werk?' vroeg haar moeder toen ze afsloegen naar het café.

'Ja, het is een slechte dag om vrij te zijn. De laatste dag voor het volgende nummer.'

'Je hebt helemaal niet gezegd dat je hoofdpijn had. Ik dacht dat je een dag vrij had genomen.'

'Niets aan de hand.'

'Gaat alles wel goed op je werk?'

'Jawel hoor.'

Haar moeder zuchtte en Ruth wist dat het haar niet was gelukt de juiste hoeveelheid enthousiasme aan de dag te leggen.

'Als je het niet leuk vindt, Ruth, waarom doe je het dan?'

'Ik zei niet dat ik het niet leuk vond en trouwens, we moeten de rekeningen betalen.'

'Je hebt altijd een keuze. Ik weet zeker dat jullie het met alleen Christians salaris ook zouden redden.'

Ze waren bij het café, maar alle twee leken ze geen zin te hebben om naar binnen te gaan.

'Je hebt het nooit leuk gevonden dat ik werk, of wel?' vroeg Ruth, hoewel ze niet wist waarom ze dit zei. 'Jullie vonden zeker dat ik had moeten stoppen, zoals een goede echtgenote betaamt.'

'Doe niet zo belachelijk, Ruth. Het kan me niet schelen of je werkt of niet. Ik denk niet dat iemand er wat aan heeft als je thuis ongelukkig zit te zijn, ik ben juist trots op wat je hebt bereikt. Ik wou dat ik zulke kansen had gehad, maar ik wil dat je gelukkig bent en dat lijk je niet te zijn. Bovendien ben je broodmager.'

Ruth moest in een fractie van een seconde een beslissing nemen. Normaal gesproken zou ze dit hebben ontkend en het café zijn binnengestormd. Maar vandaag was het de dag na de vorige avond en ze wist niet goed hoe ze moest liegen. Ze liet zich neerslachtig op een van de houten bankjes zakken, zodat haar moeder naast haar kon gaan zitten.

'Ik voel me een beetje verloren, mam.'

'Verloren?'

'Ik weet dat je het niet snapt. Ik durf te wedden dat je je nog nooit verloren hebt gevoeld, maar sommige vrouwen zouden dit allemaal heel zwaar vinden.'

Haar moeder hield even haar mond, wat op zich al vreemd was. 'Natuurlijk begrijp ik het. Weet je wat het eerste was wat ik tegen je vader zei nadat ik van jou was bevallen?'

'Nou?'

'Ik zei dat ik dacht dat we een enorme fout hadden begaan, maar je vader lachte alleen maar en zei: we kunnen haar nu niet meer terug stoppen, hè? Op dat moment besefte ik dat ik nooit ergens met hem over zou kunnen praten.'

Ruth keek naar haar moeder. Zo had ze haar nog nooit horen praten. Ze leek zo veel milder. 'Wat heb je toen gedaan?'

'Ik ben naar huis gegaan en ben gewoon doorgegaan, want ik had niet veel keus. Maar dat betekende niet dat het gevoel wegging. Ik ging elke dag met je naar het park omdat ik zo stom was te geloven dat baby's frisse lucht nodig hadden. Ik duwde je de heuvel op en had het gevoel dat ik steeds kleiner werd, waardoor ik uiteindelijk zou verdwijnen en dan zou er niemand meer zijn om jou te duwen.'

Ruth wist niet hoe ze moest reageren, ze had het gevoel dat ze op onbekend terrein was en ze wist niet in hoeverre ze haar in vertrouwen kon nemen. Natuurlijk had haar moeder zich niet net zo gevoeld als zij, natuurlijk kon ze haar moeder niet vertellen dat ze bang was dat haar botten week werden. 'Ik wist niet dat je je ooit zo had gevoeld.'

'Je bent niet de eerste vrouw die het moederschap zwaar vindt, Ruth. Dat vinden we allemaal, maar jouw generatie denkt dat je alles tegelijk kunt doen en dat is echt klinkklare onzin. We moeten allemaal keuzes maken, jij moet keuzes maken.'

'Je bedoelt tussen mijn kinderen en mijn carrière?'

'Zo letterlijk bedoel ik het niet, maar Christian en jij lijken te denken dat jullie alles in kunnen passen, terwijl dat niet zo is. Jullie zouden makkelijk van één salaris kunnen leven als jullie bepaalde dingen zouden opgeven. Wij gingen nooit op vakantie, we kochten geen nieuwe auto's en we aten geen dure dingen. Zo overleefden we.'

Ruth wist dat dit argument logisch klonk, maar ze kon het niet echt plaatsen. Dit zou waarschijnlijk een goed moment zijn om haar moeder te vertellen over haar twijfels over Aggie, misschien zelfs over wat er met Christian aan de hand was, maar ze wilde haar niet te veel informatie geven. In plaats daarvan zei ze iets stoms. 'Sommige vrouwen hebben het wel allemaal.'

'Wie dan?'

'Ik weet het niet. Eh, Nigella Lawson.'

Haar moeder lachte. 'Alsjeblieft, zeg. Dat meen je toch zeker niet? Je denkt toch niet dat haar leven echt is zoals op tv? En zelfs al was dat zo, wie denk je dan dat er op haar kinderen past als zij op tv cakejes staat te bakken? Het is allemaal niet echt, weet je?'

'Ik weet niet wat je bedoelt, mam.'

'Ik zeg dat je te veel verwacht. Je bent altijd zo geweest en de wereld waarin we leven helpt daar niet bij. Laat je niet zo meeslepen. Laat alles een beetje los. Neem een poosje vrij en kijk eens om je heen, misschien is er iets waar je wel gelukkig van wordt. En voor je me ervan beschuldigt dat ik seksistisch ben, ik bedoel zowel Christian als jij.'

Ruth leunde achterover. De huid van haar gezicht voelde gespannen. 'Maak je je zorgen om mij, mam?'

'Niet echt, maar je vader en ik vinden dat je er moe uitziet en het lijkt net alsof je geen plezier hebt. Het leven is niet iets wat je moet doorlopen, het is geen test voor je uithoudingsvermogen.'

Ruth had het gevoel dat ze zou gaan huilen, maar dat wilde ze niet. 'Niet dan?'

Haar moeder drong nu echt aan: 'Nee, Ruth, dat is het niet. Wees niet bang iets op te geven als het niet werkt.'

'Zelfs al is dat mijn huwelijk?' Ruth wou dat ze het niet had gezegd zodra de woorden uit haar mond vlogen.

Maar haar moeder klonk verbazingwekkend optimistisch. 'Wat het ook is, schat. Neem alleen geen overhaaste beslissingen. Wat in eerste instantie het probleem lijkt, kan makkelijk iets anders zijn. Ons is alles ook niet altijd voor de wind gegaan, maar we hebben het opgelost en ik ben blij dat we dat hebben gedaan. Ik zeg niet dat dat voor iedereen de juiste manier is, maar ik denk wel dat iedereen het tegenwoordig gauw opgeeft. Jouw generatie vervangt alles, zelfs als het niet stuk is. Je wilt iets en je koopt het. Het is onmogelijk dat dit geen invloed heeft op hoe je relaties ziet. Wij lapten het weer op en deden het ermee, en ik weet dat dit gek klinkt, maar dat geeft ook een soort voldoening. Nieuw kan soms een beetje eng lijken en het voelt in ieder geval niet vertrouwd.'

'Vertrouwd klinkt als pantoffels.'

'Ik ben dol op mijn pantoffels.'

Ruth glimlachte naar haar moeder. Ze had overal een antwoord op, maar haar moeder had haar wel een lichter gevoel gegeven, als dat het juiste woord was. 'Kom op, mam. Laten we nu die koffie maar gaan halen anders verdrinken we nog in de clichés.'

~

Ze waren niet voor halfzeven thuis. Halfzeven! Agatha had zo vaak uit het raam gekeken dat ze niet meer zag wat er op straat te zien was. Alles daarbuiten was slechts een beeld van de werkelijkheid en totdat Hal er weer zou zijn, zou dat zo blijven. Ze had de telefoon talloze keren gepakt om Ruth te bellen, maar ze had het niet gedurfd omdat ze bang was dat ze boos zou worden. Ze wist niet eens zeker of iemand haar zou bellen als ze een ongeluk zouden krijgen. Natuurlijk zouden ze het haar uiteindelijk wel laten weten, maar in de haast om het ziekenhuis te bereiken zou een telefoontje naar Agatha heel laag op de prioriteitenlijst staan. Het was een van de vele redenen waarom ze de volgende ochtend moesten vertrekken. Ze wilde niet zo laag op de lijst blijven staan.

Agatha had gemerkt dat er tijdens het wachten een moment kwam waarop je niet meer geloofde dat hetgeen waarop je wachtte ook echt zou gebeuren. Aan wachten kwam geen einde, zei haar moeder altijd. Mensen, aan de andere kant, kwamen en gingen en gedroegen zich volledig onvoorspelbaar, hoe goed je hen ook in de gaten hield of hoezeer je ook je best deed hen te negeren.

Het was haar niet gelukt te slapen, maar de aspirine, haar kussen of het rusten had gewerkt want langzaam maar zeker was haar lichaam tot rust gekomen, was het lawaai verstomd en was ze in staat geweest weer op te staan. Ze had de afgekoelde koekjes in een trommeltje gedaan, de taart gebakken, opgeruimd en Betty's speelgoed opgeborgen. Ze had zelfs kans gezien haar kamer nog een keer te inspecteren, Hals spullen uit te zoeken en hun tas te verstoppen in de droogkast naast de slaapkamer op zolder. Zelfs de brief had ze geschreven. Hij was erg netjes geworden. Nu was het wachten op Hal.

Agatha was in de keuken toen ze eindelijk de sleutel in het slot hoorde en Betty's opgewonden gebabbel hen naar binnen begeleidde. Ze ging naar de gang, niet in staat haar verlangen te beteugelen om het jongetje aan wie ze haar hart had verpand weer te zien. Hij lag bijna in zijn buggy te slapen, zijn gezichtje was vies.

'Je gelooft het nooit, Aggie, Hal heeft een beetje chocolade-ijs gegeten,' zei Ruth.

Agatha glimlachte op een neutrale manier. 'Echt waar? Wat geweldig.'

'Hij vond het heel lekker,' zei Betty.

Agatha probeerde Ruth te peilen, maar ze leek verstrikt te zitten in de chaos van het moment. 'Vandaag ijs, morgen groente,' zei ze tegen haar ouders, die lachten omdat ze zo stom waren. Agatha was vervuld van haat voor hen allemaal.

'Zal ik hen in bad doen? Ze zijn vast doodmoe.'

'O, zou je dat willen doen, Aggie. Hij is natuurlijk morgen wel jarig,' zei Ruth.

Ja, dom wijf, dacht Agatha, waarom heb je hem dan meegenomen en helemaal uitgeput? Ze maakte Hal los en hij glimlachte naar haar. Ze tilde zijn vermoeide lijfje op, hij viel tegen haar aan en ze rook zijn geurtjes. Hij legde zijn hoofdje tegen haar aan. Ze voelde dat er een last van haar schouders viel en dat ze voor het eerst sinds hij die middag was weggegaan weer makkelijk kon ademen. Het werd steeds duidelijker dat Hal en zij een band hadden, dat ze voor elkaar waren gemaakt.

Ruth voelde zich licht in haar hoofd. Ze zou zich verschrikkelijk moeten voelen, maar op de een of andere manier voelde ze zich uitgelaten, al snapte ze niet waarom. Misschien kwam het doordat Hal ijs had gegeten, omdat Betty zo blij was geweest haar opa en oma te zien of door het zeer ongebruikelijke gesprek dat ze met haar moeder in het park had gehad. Of misschien kwam het door het berichtje dat Christian die ochtend had ingesproken. Ze had er niet naar geluisterd totdat Betty in het restaurant naar de wc had gemoeten. Toen ze voor het hokje stond te wachten, had ze haar telefoon gecheckt en het knipperende berichtje gezien.

Ruth luisterde er achteloos naar, want ze verwachtte weer zo'n halfslachtige verontschuldiging in de trant van 'ik was het niet' waarin Christian zo goed was. Maar wat hij zei, klonk verbazingwekkend geruststellend. Ze had het twee keer moeten beluisteren. Het speet hem dat hij niet beter had begrepen wat ze had gezegd en misschien hadden ze het bij het verkeerde eind? Zelfs zijn stem klonk anders, alsof hij milder was. Was het mogelijk dat hij eindelijk snapte waar het leven om draaide? Of in ieder geval hoe zij het zag. Dat was natuurlijk niet per se juist, maar misschien juister dan zijn manier.

Ruth draaide zich om en keek in de spiegel, terwijl ze voor de tweede keer naar haar man luisterde. Ze zag er grauw uit, maar er zaten twee rode blosjes hoog op haar wangen. Ze woelde door haar haar en probeerde zich vastberaden te voelen. Ze had een besluit genomen over Christian en ze wilde bijna niet dat hij zich weer naar binnen zou wurmen. Ruth vermoedde dat er waarschijnlijk een vreemd gevoel van bevrediging in schuilde om alles alleen te doen. Om alles netjes en in balans te houden zodat iedereen naar je keek en zich afvroeg hoe je het toch voor elkaar kreeg. Ruth vermoedde dat je uiteindelijk toch een zenuwinzinking zou krijgen, omdat te veel zelfopoffering nooit goed voor de ziel kon zijn.

Christian was nog niet thuis en Ruth merkte dat ze er voor het eerst in jaren naar uitkeek hem te zien. Ze wilde erachter komen of zijn berichtje een afdwaling was of dat haar man fundamenteel was veranderd. Maar zelfs al was dat zo, ze wist niet of ze erop kon vertrouwen of er zeker van kon zijn dat hij over een jaar of twee niet weer in zijn oude onbeschaamde zelf zou veranderen.

Ruth ging naar de keuken om aan het avondeten te beginnen, toen Aggie de kinderen mee naar boven had genomen en haar ouders veilig met een groot glas wijn in de tuin zaten. Ze kon goed koken, maar deed het bijna nooit meer. Ze flanste nog wel eens een pastasaus of een saladedressing in elkaar, maar dat was makkelijk. Sinds Aggie er was, had ze zelfs dat bijna nooit meer gedaan en koken leek wat dat betreft wel een beetje op het zorgen voor je kinderen: je verleerde het erg snel. Terwijl ze de kruiden fijnhakte en in de zalm wreef, besefte ze dat ze het had gemist. Routine en ritueeltjes waren goed voor je, ze hielden je met beide benen op de grond en gaven je een plekje in de wereld. Eén gedachte bleef maar door haar hoofd vliegen, als een vogel tegen een raam: maakten alle dingen die het leven zogenaamd makkelijker maakten, het eigenlijk juist zwaarder?

De deur sloeg dicht en ze draaide zich om. Christian kwam de keuken in en zag er even uitgeblust uit als hij door de telefoon had geklonken. Alsof hij was afgevallen sinds ze hem die ochtend had gezien, wat natuurlijk niet mogelijk was. Hij zag wit en de wallen onder zijn ogen waren donker en duidelijk zichtbaar.

'Hallo,' zei hij en terwijl hij sprak wist ze wat het was wat ze zag. Christian was zenuwachtig, oprecht bang en misschien was dat wel voor het eerst van zijn leven.

Ruths eerste reactie was hem een beter gevoel te geven, maar ze riep zichzelf tot de orde. 'Hoi.' De opwinding van even geleden fladderde weer door haar borstkast, maar iets wat op verlegenheid leek weerhield haar ervan iets te zeggen. Als ze beiden vandaag iets nieuws hadden beseft, waren ze dan andere mensen?

'Heb je een leuke dag gehad?'

Ruth probeerde te antwoorden, maar ze begon te blozen en ze draaide zich om.

'Ik ga eerst de kinderen even welterusten zeggen voordat ik naar je ouders ga.'

Ruth liet hem weglopen en vroeg zich af wat er aan de hand was.

Christian had geen flauw idee wat hem te wachten stond terwijl hij onderweg was naar huis. Ruth had niet teruggebeld, wat waarschijnlijk niet meer was dan hij verdiende, maar het deed wel pijn. Het besef dat zijn vrouw waarschijnlijk niet meer van hem hield, gaf hem het gevoel dat hij een steen had ingeslikt. Hij had onderweg naar huis een paar speeches ingestudeerd, maar zelfs toen hij ze in zijn hoofd doornam, wist hij dat hij ze niet kon gebruiken. Hij zag er tegenop met Ruths ouders aan tafel te zitten alsof er niets aan de hand was. Hij nam aan dat het nog erger zou zijn als Ruth het hun had verteld, maar hij kende zijn vrouw goed genoeg om te weten dat dat vrij onwaarschijnlijk was.

Christian draaide de knop van zijn dochters kamerdeur om en hij zag dat Betty al sliep. Ze zag er zo mooi uit, ze lag zo vol overgave in haar bed, dat hij glimlachte. Hij wilde haar een kus geven, maar hij was bang dat ze wakker zou worden, dus deed hij de deur weer dicht en nam hij een kijkje bij Hal, die ook al sliep. Hij ging naar de slaapkamer om zich om te kleden.

Het was onmiskenbaar vreemd, zijn leven. Waar was het allemaal goed voor, als je je kinderen niet eens één keer per dag kon zien? Als je slechts één keer per jaar echt tijd met hen doorbracht tijdens een vakantie van twee weken in een veel te duur Europees land en je jezelf opnieuw bij hen moest introduceren?

Terwijl hij zich omkleedde, keek hij naar de boom die majestueus voor het huis stond en constant door het uitzicht van het slaapkamerraam heen en weer zwaaide. Het was er een van de vele, die als soldaten in de straat waren geplaatst en de tijd bewaakten. De boom was enorm en waarschijnlijk honderden jaren oud. Christian zat op bed, zijn sokken slap om zijn voeten en de vetrollen van zijn buik over elkaar heen. De boom zou er zo veel langer zijn dan hij, zou zelfs zijn kinderen overleven en misschien zelfs het huis. Voor het eerst was hij zich bewust van de anderen die tussen deze muren hadden gewoond, de geesten van alle voorbije levens in dit huis. Hij voelde zich even vluchtig als een verdampende plas in het bos. Hij viel, maar er was niemand om hem op te vangen.

Uiteindelijk ging Christian naar beneden om zijn schoonouders te begroeten. Ruth zat buiten bij hen en hij rook iets lekkers in de warme lucht. Ze begroetten hem uitbundig, ze had het hun in ieder geval niet verteld.

'Ga zitten,' zei zijn schoonvader, 'dan zal ik je een glas van deze mooie rode wijn inschenken die ik heb meegebracht.'

'Nee, dank je, George. Ik neem een sapje.'

Ruth draaide zich om. 'Een sapje?' herhaalde ze en het beledigde hem dat ze zo verbaasd was. 'Ben je ziek?'

'Nee, ik heb geen zin om te drinken.' Dat was nog iets wat Christian die dag had besloten, hij zou gaan minderen of misschien wel helemaal stoppen met drinken. En absoluut stoppen met roken. Hij kon deze gedachtegang niet verklaren. Hij was er vast van overtuigd dat hij nergens verslaafd aan was, maar hij gebruikte het wel om zichzelf in de hand te houden. Of misschien zat het anders, misschien gebruikte hij het om op legitieme wijze de controle te verliezen, zijn verantwoordelijkheden uit de weg te gaan. Het hield verband met wat Ruth hem de vorige avond had gezegd. Het was mogelijk nog iets waarover ze gelijk had. Dat moest hij nog beslissen.

Het diner zou plezierig zijn geweest als er de hele avond geen strop van een beul boven zijn hoofd had gehangen. Ruth zag er onlogisch ontspannen uit en ze dronk meer dan haar gebruikelijke twee glazen, waardoor zelfs haar schouders iets leken te ontspannen. Maar ze zag er ook onmiskenbaar moe uit en Christian was opgelucht toen ze om tien uur aankondigde dat ze naar bed ging en hen allemaal verloste. Het duurde nog twintig minuten voordat hij besloot naast zijn vrouw te gaan liggen, die al leek te slapen. Hij lag op zijn rug met zijn armen achter zijn hoofd en wilde ontzettend graag iets zeggen, maar hij wist niet goed wat.

Maar Ruth begon te praten, met haar rug nog altijd naar hem toe. 'Dat was een vreemd berichtje dat je hebt ingesproken.'

'Ik voel me vreemd.'

'Wat bedoelde je precies?'

'Wat ik zei.' Hij staarde in de blauwachtige, veranderende duisternis en liet zijn ogen eraan wennen. 'Ik heb spijt, Ruthie, van alle dingen die ik heb gezegd. Ik weet dat het onzin is me maar te blijven verontschuldigen over Sarah, hoewel het me echt spijt. En ik snap wel dat het er niet toe doet of ik fysiek iets met haar gedaan heb. Als je me nog een kans geeft, zal ik ervoor zorgen dat je iets dergelijks nooit meer hoeft mee te maken. Ik zal echt veranderen, dat beloof ik je.'

'Dat heb ik je al eerder horen beloven.'

'Dat weet ik en ik zie nu in dat ik het niet meende. Ik dacht dat het zo was, maar het was niet zo.' Ruth gaf geen antwoord en hij probeerde in te schatten of hij het volgende tegen haar zou zeggen. 'Ik heb Sarah vandaag gebeld om mijn verontschuldigingen aan te bieden voor alle dingen die ik tegen haar heb gezegd en het feit dat ik haar op sommige punten in de waan heb gelaten. Haar vader nam op en noemde me een opgeblazen lul. Hij hoopte dat jij bij me weg zou gaan en dat ik eenzaam en ellendig zou eindigen.'

'Moet ik nu medelijden met je hebben?' Christian hoorde dat Ruth haar best deed om haar stem neutraal te laten klinken.

'Nee, natuurlijk niet. Nou ja, ik weet het niet, ik probeer gewoon eerlijk te zijn. Je te laten zien dat ik niets meer verborgen voor je zal houden.'

Ruth ging rechtop zitten, ze sloeg haar armen om haar knieën en trok ze tegen zich aan. Christian vond dat ze er zo broos uitzag dat hij haar waarschijnlijk met één hand in tweeën zou kunnen breken. 'Je verwacht toch niet dat ik je vanavond al vergeef?'

'Nee, maar stuur me alsjeblieft niet weg, Ruth. Ik kan er niet tegen 's avonds niet naar jou en de kinderen te gaan. Laat me blijven, dan zal ik het bewijzen.'

Ze draaide zich naar hem toe en hij zag dat ze huilde. Hij wilde haar heel graag vasthouden, maar dat durfde hij niet. 'Ik ben zo moe, Christian, ik ben uitgeput en ik weet dat ik dat heel vaak zeg. Jij bent niet de enige die heeft nagedacht.' Ze ademde diep in. 'Het spijt mij ook. Ik weet dat het niet allemaal aan jou ligt, maar ik weet niet of ik je een tweede keer kan vergeven, ik weet niet wat dat over mij zou zeggen. Er gaat zo veel in mijn hoofd om op dit moment en niet alleen maar over jou...'

'Wat nog meer dan?'

'Mijn baan, maar vooral Hal. En Aggie. Ik kan niet precies zeggen waarom, maar ik mag haar niet.'

'Echt niet?'

'Nee, ik denk dat ik haar ga vragen te vertrekken. Ik weet dat het belachelijk klinkt, vooral nu, maar het voelt niet goed hoe ze met Hal omgaat en hij met haar.'

'Waarom heb je dit niet eerder gezegd?'

'Ik heb het geprobeerd, maar je bent altijd zo afwijzend. Je geeft me het gevoel dat ik gek ben.'

'Het spijt me.' Christian wist dat dit een legitieme beschuldiging was, maar toch vroeg hij zich af of het verstandig was op dit moment een bekwame nanny de laan uit te sturen.

'Natuurlijk kunnen Aggie en jij niet tegelijkertijd vertrekken, dat zou te verwarrend voor de kinderen zijn.'

'Ik denk dat we alles eens goed moeten bekijken. Ik weet niet zeker of we wel op de goede manier leven.'

'De goede manier?' Ruth klonk hol. 'Je klinkt als een kop uit de *Viva*.'

'Je weet wel wat ik bedoel.'

'Niet echt. Als je weet hoe je op de goede manier moet leven, zijn al onze problemen opgelost.'

'Ja, maar heb jij dan niet het gevoel dat we het misschien bij het verkeerde eind hebben?'

'Je weet dat dat zo is, dat roep ik al jaren.'

'Ruth, geef me alsjeblieft nog een kans. Laten we proberen dit samen op te lossen.'

Ruth plofte zo hard achterover als haar magere lichaam toestond en de sfeer veranderde. Christian wist dat hij een aspect van hun gesprek verkeerd had beoordeeld. 'Mijn god, wat ben jij irritant,' zei ze. 'Het gaat verdorie niet om een of ander tv-contract. Je kunt je hier niet uitlullen.'

'Ik probeer me nergens uit te lullen, Ruth. Ik probeer het goed te maken.'

'Denk je niet dat dat een beetje laat is?'

'Ik hoop het niet.'

'Al jaren zwem ik verdorie alleen tegen de stroom in. Ik sleep alles achter me aan terwijl jij dom rondhangt en plezier hebt en nu ben je plotseling heel serieus, alsof jij alle antwoorden hebt en je verwacht dat ik zeg: o, goed, Christian, blijf maar, help ons maar om deze puinhoop te boven te komen. Hoe lang is het nou helemaal, een paar uur, sinds je grote bewustwordingsmoment en nu verwacht je dat ik geloof dat je helemaal veranderd bent.'

'Ik verwacht niet...'

'Hou alsjeblieft je kop.' Ruth klonk boos. 'Ik ben moe en onze zoon is morgen jarig. Ik moet slapen.'

Christian liet haar wegrollen. Hij wist dat het geen zin had om de ruzie vanavond voort te zetten. Hij had in ieder geval een deel gezegd van wat hij zeggen wilde.

Agatha was gespannen toen ze de volgende ochtend om zes uur wakker werd. Het grootste gedeelte van de nacht in de rommelkamer had ze steeds opnieuw alle voorbereidingen doorgenomen. In gedachten pakte ze de rugzak die ze in de droogkast had verstopt steeds weer in, met al haar bezittingen en de meeste kleren van Hal, plus hun paspoorten. Ze wist niet zeker hoe waterdicht haar plan was en ze maakte zich er zorgen over hoe lang de media erover zouden berichten. Ze stelde zich voor dat ze zich maanden schuil zouden moeten houden. Maanden waarin ze de mensen niet kon aankijken, over moest steken voor onderzoekende blikken, over haar schouder moest kijken voordat ze naar binnen gingen, in de nacht moesten vertrekken en op moest springen elke keer als er een agent de hoek om kwam. En dat allemaal terwijl ze Hal gelukkig hield.

Het was niet goed geweest om tot zijn verjaardag te blijven. Agatha vond het verschrikkelijk dat ze dit verkeerd had ingeschat. Ze dacht dat ze jaren geleden was opgehouden verkeerde beslissingen te nemen en ze was er trots op hoe ze een situatie in kon schatten en zichzelf op een succesvolle manier kon aanpassen. Natuurlijk had deze manier van leven altijd een beperkte duur, maar doorgaan was nooit moeilijk geweest. Agatha voelde niets dan minachting voor de Donaldsons. Ze herinnerde zich met ongeloof wat ze van hen had gedacht toen ze hier pas was, hoe ze zichzelf had laten geloven dat ze niet net zo gestoord waren als de anderen, hoe ze er zelfs over had gefantaseerd dat ze zo onmisbaar zou worden en bij het gezin zou gaan horen dat ze zich een leven zonder haar niet meer zouden kunnen voorstellen. Maar niemand was onmisbaar en dat was nog een reden waarom het niet uitmaakte dat ze Hal morgenochtend zou meenemen.

Nu haar gedachten beter geordend waren, voelde Agatha dat de spanning minder werd en was ze in staat op te staan. Het was tegen zevenen toen ze in de keuken kwam en het huis was nog in diepe rust. Ze was van plan de volgende ochtend om zes uur te vertrekken en tegen Hal te zeggen dat het een verrassingsuitje voor zijn verjaardag was. De stilte gaf haar een vlaag van zelfvertrouwen, ze zou minstens een uur voorsprong hebben, waarschijnlijk zelfs meer. In die tijd kon je makkelijk een trein naar de kust pakken. Ze konden misschien zelfs al op een ferry zitten voordat de politie werd gebeld.

Agatha zat aan de keukentafel en wachtte tot iedereen wakker werd. Het maakte haar ziedend dat iedereen hier deze ochtend zou rondhangen, alsof er om drie uur niets belangrijks zou gebeuren. Ze wist dat Ruth en Christian niets zouden doen om te voorkomen dat de kinderen cornflakes zouden morsen en dat ze koffieprut op de grond zouden laten vallen en toastkruimels op tafel. Agatha zou hier moeten blijven zitten en haar boosheid in moeten houden, terwijl zij alles wat ze had schoongemaakt zouden verpesten zonder zich zelfs maar te verontschuldigen. Als het binnen haar vermogen had gelegen, had ze hen allemaal uit huis verbannen tot vijf minuten voor het feestje.

Betty was de eerste die verscheen. Agatha vond haar het leukst vroeg in de ochtend, dan was ze nog rustig en veel liever dan 's middags. Ze pakte een bakje cornflakes en een glas jus d'orange voor het meisje en voor zichzelf maakte ze een kop thee, en zo zaten ze samen zonder iets te zeggen. Agatha besefte dat ze Betty zou missen, maar niet zoals ze haar eigen zus Louise miste. Weggaan bij haar ouders was makkelijk geweest, maar Louise was bijna reden genoeg geweest om te blijven. Niet dat haar zus dat gevoel had gedeeld. Ze was drie jaar ouder dan Agatha en had meestal niets anders gedaan dan zeggen hoe stom ze was. Harry had ooit eens tegen Agatha gezegd dat hij haar had verkozen boven Louise omdat Louise te pittig was. Ze had het woord destijds niet begrepen, maar ze wist wel genoeg van het leven om in te zien hoe ironisch het was dat het eerste waarmee ze Louise ooit versloeg, het winnen niet waard was.

Agatha had Louise het jaar ervoor gegoogeld en het had haar verbaasd dat haar zus op Facebook zat. De kennis was als een worm die zich in haar hersens verstopte, want ze kon slechts een foto van haar zus en een paar regeltjes tekst zien. Agatha kon niet op Facebook, hoewel ze het een fantastisch medium vond, de enige manier waarop ze in verbinding met de buitenwereld kon blijven en zich net als alle andere mensen achter hun computer te voelen, die hun leven veranderden en net alsof deden. Op de foto stond Louise voor een glazen deur van wat Agatha een belangrijk kantoor leek. Ze droeg een roze jas en haar haar was lang genoeg om voor haar gezicht te waaien, en ze glimlachte naar degene met het fototoestel. Agatha had heel wat uurtjes doorgebracht om meer in de foto te zien, maar het was moeilijk haar zus in zo'n andere omgeving zo gelukkig en succesvol te zien.

Ze keek nog steeds zo vaak mogelijk naar Louise, maar de foto joeg haar nu angst aan, omdat ze besefte dat haar familie al deze jaren door was gegaan met leven. Ze had niet verwacht dat ze zich zouden opsluiten, maar toch was het kwetsend om haar zus zo overduidelijk vol levensvreugde te zien. Op een dag, over een aantal jaren, zou ze Hal meenemen en hun de schok van hun leven bezorgen. Agatha had voor een keer eens iets goeds gedaan.

Toen Agatha zeven jaar geleden in Londen was aangekomen, met niets meer dan de kleding die ze droeg en de paar honderd pond die ze bij elkaar had gespaard en gestolen, bekeek ze elke vermist-poster die ze tegenkwam. Ook keek ze naar die programma's op tv waarin mensen op zoek gingen naar familieleden, alsof iedereen gevangenzat in een kolkende werveling waardoor je werd weggetrokken van de mensen van wie je hield. Ze verlangde ernaar haar eigen gezicht op tv te zien, haar ouders te horen smeken contact met hen op te nemen, dat haar moeder te zwak was om iets te zeggen en haar vader met rode ogen een verklaring van hen beiden voorlas. Zelfs Louise zou erbij zijn, met haar armen om hun moeder, en ze zou zeggen dat het leven niet hetzelfde was zonder haar zus en dat ze er alles voor over zou hebben haar terug te vinden. Wat je ook hebt gedaan of wat voor problemen je ook hebt, het maakt niet uit, kom naar huis, we lossen het wel op. Dat waren de woorden die andere ouders gebruikten in hun oproepen. Ze kon zich niet voorstellen dat haar ouders zoiets zouden zeggen. En als ze naar Louises foto op internet keek, besefte ze dat haar hoop verspilde moeite was geweest, omdat ze waarschijnlijk nooit de moeite zouden nemen of zich zelfs maar zouden afvragen waar ze zou zijn. Waarom kun jij niet aardig zijn, Agatha, riep haar moeder vroeger tegen haar, niemand houdt van leugenaars. Waarschijnlijk waren ze allemaal opgelucht toen ze eindelijk weg was.

Ruth liep de keuken in met Hal in haar armen en heel even wist Agatha niet waar ze was. Waarom had ze hem niet gehoord? Betty begon meteen op en neer te springen en 'Er is er een jarig' te zingen, maar Hal keek verdwaasd.

'Kunnen we zijn cadeautjes nu openmaken?' riep Betty.

'Ik zie niet in waarom niet,' zei Ruth. 'Ze liggen in de huiskamer. Ga papa maar halen.'

Agatha was blij met haar cadeautje. Ze had uren nagedacht over wat ze hem moest geven en toen ze het eindelijk bedacht had, had ze het perfect gevonden. Ze was naar het Early Learning Centre gegaan en had een tentje voor hem gekocht dat automatisch uitvouwde. Het was precies goed, omdat Hal dan zijn eigen ruimte zou hebben en zich altijd terug zou kunnen trekken. Het was een van de dingen aan Hal die Agatha meteen was opgevallen en een van de eerste dingen die haar had geraakt. Vaak leek het leven te veel voor Hal te zijn en daarom bracht hij zoveel tijd in het plastic huisje in de speelkamer door. Ruth en Christian dachten dat het iets met het huis te maken had, maar Agatha had hun kunnen vertellen dat het niets met de plek te maken had, maar dat Hal behoefte had aan afzondering. Sinds ze hem toestond zijn leven iets meer te regelen en hem weghield van situaties met te veel lawaai of chaos, had hij niet meer zo'n behoefte aan zijn huisje. En dat was nog een reden waarom ze niet voor zijn verjaardag hadden moeten blijven.

Tegen de tijd dat Agatha beneden was met haar cadeautje had de hele familie zich al in de huiskamer verzameld, in hun nachtkleding, en ze keken toe hoe Betty Hals cadeautjes opende. Hal zat bij Ruth op schoot, tegen haar aan gekruld, en was niet in staat de juiste of welke reactie dan ook te geven op de cadeautjes die Betty in zijn gezicht duwde. Volgend jaar zou alles anders zijn. Agatha probeerde Hals blik te vangen om hem dit te laten weten, maar hij keek niet op.

Nadat alle cadeautjes waren uitgepakt, stapte Agatha naar voren en gaf hem dat van haar.

'O, Aggie, wat aardig van je,' zei Ruth. 'Dat had je niet hoeven doen.'

Ze haatte Ruth. Hoe kon dit stomme mens nou denken dat ze geen cadeautje voor Hal zou kopen? Het liefst had ze tegen haar geschreeuwd: ik breng meer tijd met hem door dan wie dan ook, hij vindt mij het leukst.

Betty graaide het cadeautje uit Agatha's hand en scheurde het open. 'Kijk, Hal,' riep ze, 'het is een tent die je zelf kunt opzetten.'

'Je kunt hem overal mee naartoe nemen.' Agatha voelde haar stem wegsterven en ze moest haar hand even tegen haar hoofd leggen om het draaien te stoppen. Ruths vader ging staan om een foto te maken, waardoor hij haar zicht blokkeerde en een lichtflits de kamer in stuurde die er doorheen leek te dansen. Agatha hoorde een plop en gelach terwijl de tent opsprong. Betty zat er als eerste in en riep Hal. Ruths vader nam nog meer foto's en Ruth en haar moeder spraken hard over de nieuwe gordijnen die Ruth een paar weken daarvoor had opgehangen. Toen begon Hal te huilen, maar niemand leek het te merken. Het is te veel voor hem, wilde Agatha zeggen. Ze deed een stap naar voren, maar Christian deed hetzelfde. Hal keek op, hij zag hen allebei en stak zijn armpjes uit naar zijn vader, die hem oppakte en mee de kamer uit nam.

Agatha glipte achter hen aan de kamer uit. Christian nam Hal mee naar boven en hij leek al iets rustiger. Ze draaide zich om en ging naar de keuken, maar het was er te benauwd en ze kon nog steeds de geluiden uit de andere kamer horen. Agatha deed de achterdeur van het slot en liep op blote voeten de tuin in, over het nog vochtige gras, en ging bij het groentetuintje staan. De groenten schoten omhoog, ze aten ze bijna dagelijks en ze smaakten naar de zon die hen had verwarmd. Agatha bestudeerde de stevige planten die uit de aarde omhoog barstten en ze herinnerde zich de dag dat ze de zaadjes hadden geplant. De dag waarop ze echt verliefd op Hal was geworden, waardoor alles wat met hem te maken had relevant werd en zijn hele wezen haar gedachten beheerste. Ze bleef staan staren tot haar ademhaling weer normaal werd en ze geen lichtflitsen meer uit haar ooghoeken zag. Het komt goed, zei ze tegen zichzelf, het komt goed. Nog één dag en dan zijn we weg en hoeven we ons hiervan niets meer te herinneren als we niet willen.

Het lukte Christian maar een paar minuten met Ruth alleen te zijn tussen het moment dat Betty hem opgewonden wakker maakte en de eerste gast die om drie uur aanbelde. Hij zette zijn laptop van het werk in de slaapkamer en zij was zich net aan het omkleden.

Ze gaf hem het gevoel dat hij weer vijftien was. 'Ik ben dol op die jurk,' zei hij.

'Leuk geprobeerd.'

'Nee, ik meen het.' Ruth keek in de spiegel en wreef met haar vingers onder haar ogen. Dat deed ze vaak en toch besefte Christian dat hij geen idee had waarom, hij had het haar nooit gevraagd. Hij wilde heel graag iets zinvols zeggen voordat ze weer verdween en hij haar de komende paar uur kwijt was. 'Ik vond het fijn om hier vandaag te zijn.'

Ruth keek stomverbaasd. 'Echt? Ik vind verjaardagsfeestjes een ramp.'

'Je weet wel wat ik bedoel. Natuurlijk zijn feestjes een ramp. Ik bedoel alleen dat ik normaal gesproken een excuus zou zoeken om weg te komen.

Of zou bedenken hoeveel ik kon drinken voordat jij boos zou worden, maar vandaag is alles anders. Ik weet het niet, het is leuk om bij jou en de kinderen te zijn.'

Ze draaide zich om en spottend zei ze: 'Je klinkt als een zelfhulpboek.'

'Sorry, ik lijk maar niet te kunnen zeggen wat ik bedoel.'

Hij zag dat Ruths gezicht milder werd en dat ze dichterbij kwam. 'Ik weet het. Ik snap hoe dat voelt en ik snap wel wat je bedoelt.'

Christian strekte zijn arm en pakte de hand van zijn vrouw. Hij wilde haar naar zich toe trekken, maar ze was te ver weg. 'Ruthie, het spijt me zo. Stuur me alsjeblieft niet weg.'

Ruth keek omlaag. 'Christian, ik hou echt van je, maar ik weet niet of ik je weer kan vertrouwen. Ik weet zelfs niet of ik je geloof.'

'Dat snap ik, maar kan ik niet blijven om het te bewijzen? Geef me zes maanden of iets dergelijks en als het niet gaat, dan vertrek ik.'

Ruth trok haar hand terug. 'Ik weet het niet, ik kan op het moment niet goed nadenken. Laten we vandaag eerst maar eens door zien te komen, voordat we belangrijke beslissingen nemen.' En toen liep ze de kamer uit.

Christian ging bij het raam staan en slikte de emoties weg die hij al jaren niet meer had gevoeld. Alles wat hij tegen Ruth zei, was echt waar en toch had hij de betekenis van zijn woorden ontkracht door wie hij was of wie hij was geweest. Hij vond het schokkend dat hij vergeten was hoeveel hij van zijn vrouw hield. Hoe haar aanwezigheid hem een vals gevoel van veiligheid had gegeven. Het tijdschrift waar Ruth werkte zaagde altijd maar door over tijd voor elkaar nemen, over gedeelde ervaringen, over hoe je gezamenlijke interesses moest ontwikkelen en minstens één keer per maand samen uit eten moest om je relatie levendig te houden. Maar natuurlijk was dat waar hij in was getrapt niet meer dan gelul voor de consument dat hun levens beheerste. Liefde draaide niet om samen naar een toneelstuk kijken, het houden van dezelfde muziek of het delen van een bord spaghetti. Het was een oergevoel, wat waarschijnlijk ook de reden was waarom het zo moeilijk was het vast te houden. Christian zag in hoe het in een volledig beredeneerde wereld voor de mens moeilijk was om een emotie zonder kop of staart of zelfs enige substantie te begrijpen.

Was het mogelijk om in één nacht te veranderen? Hij had gelezen over mensen die een openbaring hadden gehad, maar waren die normaal gesproken niet religieus? Wat dit ook was, het voelde niet zo gedenkwaardig. Wat hij voelde, leek eerder op je jas uittrekken als je het erg warm had en de opluchting daarna als het gewicht en de warmte weg waren terwijl de koele lucht over je huid blies. Negenendertig was onmiskenbaar te oud om volwassen te worden, maar zo voelde het. Hij wist met een ongebruikelijke overtuiging dat hij na zijn werk niet op jacht zou gaan naar het volgende biertje of avondje stappen met zijn vrienden en ook niet naar een promotie of geld. Hij wist dat hij ernaar zou uitkijken Betty een verhaaltje voor te lezen voor het slapengaan, Hals tanden te poetsen of zelfs samen met Ruth naar onzin op tv te kijken. Dat Betty en Hal zouden opgroeien en hem even saai en onbelangrijk zouden vinden als hij zijn eigen ouders had gevonden. Dat ze in hun slaapkamer zouden luisteren naar gedownloade muziek en zich afvroegen hoe hun ouders het hadden overleefd terwijl ze zo ouderwets waren. Van die gedachte moest hij glimlachen. Op een vreemde en onbekende manier sneed het hout.

Ruth had er een hekel aan feestjes te geven. Ze werd er zenuwachtig van en ze gaven haar het gevoel dat ze nutteloos en burgerlijk was, hoewel het vast belachelijk was te denken dat ze die dingen niet was. Vandaag was het zelfs nog erger, want elke keer als ze iets nuttigs in de keuken probeerde te doen, voelde ze dat Aggie zich ergerde en de sfeer werd zo gespannen dat ze uiteindelijk maar wegging.

Dus ging ze met Hal in de huiskamer zitten en las ze hem de boeken voor die hij van haar ouders had gekregen. Zijn lijfje nestelde zich in haar schoot en ze pakte zijn vinger en trok een spoor over zijn blauwe schoenen, zijn gele korte broekje en zijn rode T-shirt.

'Blauw,' zei ze tegen Hal. 'Zeg eens blauw?'

Maar hij verstopte zijn gezicht in haar arm en de kracht van haar liefde greep haar bij de keel. Ze werd getroffen door het besef dat het niet uitmaakte of er iets mis met hem was. Ze zou alleen maar meer van hem houden en hem beschermen tegen een wereld waarin goed en fout slechts een concept waren.

Betty drentelde de kamer binnen. Ze kwam op de leuning zitten en legde haar hoofdje tegen Ruths schouder.

'Hallo, liefje,' zei Ruth. 'Ik probeerde Hal kleuren te leren.'

Voor de verandering zei Betty eens niet dat Hal niet kon praten omdat hij stom was en ze schreeuwde ook niet tegen Ruth. Ze pakte Hals handje vast en vertelde hem over de kleuren in de wereld. Ruth leunde achterover, haar hart fladderde nog steeds. Het beste van perfecte momenten was dat ze zo onverwacht kwamen.

De volgende keer dat ze bij Aggie ging kijken, was het glazuren van de koekjes net mislukt. Aggie schraapte het eraf en begon te blozen. Ruth zei dat ze zich niet druk moest maken, maar Aggie keek alsof ze in huilen zou uitbarsten, dus ging ze weer weg.

Ruth ging in de tuin zitten met haar moeder en een glas wijn. Ze voelde zich door elkaar geschud en de wijn steeg rechtstreeks naar haar hoofd. Christian deed erg raar. Ze durfde niet te geloven dat als ze hem zou laten blijven hun leven anders zou worden. Ze wist niet eens zeker of anders beter zou zijn. Ze had het gevoel dat haar kijk op het leven makkelijk oplichterij kon zijn, dat ze Christian een nepwerkelijkheid voorhield. Zij wist in ieder geval niet helemaal zeker of ze gelijk had. Ze zag absoluut in dat zij ook schuldig was aan deze puinhoop. Maar tegelijkertijd leken ze allebei iets los te laten en dat voelde goed.

De gedachte was bedwelmend. Haar man houden, haar gezin weer aan elkaar lijmen, een goede relatie hebben, de last niet in haar eentje hoeven dragen en iemand hebben om tegen te praten. Maar konden mensen wel veranderen? En als hij het alleen maar deed om te kunnen blijven en het niet meende, dan zou het niet werken en de derde keer zou vast veel pijnlijker zijn dan de tweede keer, die erger was geweest dan de eerste keer omdat ze het zichzelf ook aanrekende. Maar als hij het niet meende, waarom deed hij dan zo veel moeite? Ze had de deur wijd opengezet en hij kon zo op weg naar een leven vol avondjes uit, jonge vrouwen en talloze feestjes. Ze dacht dat hij dat altijd had gewild, dus ze begreep niet waarom hij de kans nu niet met beide handen aangreep.

'Heeft Aggie alles onder controle?' vroeg Ruths moeder.

'Wat vind je van haar, mam?'

'Ik ben niet haar grootste fan.' Haar moeder lag in een stoel met haar gezicht naar de zon.

'Nee,' zei Ruth. 'Zo voel ik het ook, maar ik kan niet precies zeggen waarom.'

'Nou, gewoon, ze is te beleefd en te perfect. Niemand is zo. Iemand die nooit eens iets verpest of tegen iemand zegt dat hij moet oprotten, is per definitie niet te vertrouwen.'

Ruth lachte. 'Dat zou ik in de *Viva* moeten zetten.'

'Maar het is echt zo, schat. Ik zag dat je aanbood haar in je eigen keuken te helpen, dat is toch belachelijk. En ik zag hoe ze naar je keek toen ze Hal vanmorgen zijn cadeautje gaf. Echt, ik vind haar vreemd.'

'Ik denk dat ik haar moet ontslaan en dan hebben we geen nanny meer. Ik raak waarschijnlijk mijn baan kwijt als ik nog een dag vrij moet nemen en de volgende is ongetwijfeld even slecht.'

Bij deze woorden ging Ruths moeder rechtop zitten. 'Hou daarmee op, Ruth. Het lijkt wel of je op hol bent geslagen, het ene probleem escaleert in het volgende. Als ik net zo zou denken als jij, zou ik nooit iets voor elkaar krijgen, dan zou alles veel te overweldigend zijn. Er is vast wel een oplossing. Je vader en ik zouden het helemaal niet erg vinden een paar weken hierheen te komen als je geen vrij kunt krijgen.'

'Zouden jullie dat echt doen?'

Maar op dat moment werd er aangebeld en moest Ruth open gaan doen en binnen twintig minuten waren er minstens dertig mensen.

~

De vriendin van Toby was prachtig, zoals Christian had gedacht en het kon hem net zo weinig schelen als hij had gedacht.

'Gewoon pure interesse, maar hoe oud is ze eigenlijk?' vroeg Christian terwijl ze bij het groentetuintje stonden en toekeken hoe Gabriella zijn vrouw hielp met een niet in de hand te houden spelletje stoelendans.

'Zevenentwintig.'

'Zo ziet ze er niet uit. Ik dacht dat je zeventien zou zeggen.'

'Doe niet zo raar, ik ben bijna veertig, dat zou strafbaar zijn of zo.'

Christian lachte. 'Of zo.'

Vorig jaar, toen iedereen weg was, hij te veel had gedronken en Ruth boos op hem was geweest omdat hij niet had geholpen met opruimen, had hij tegen haar gezegd dat hij de grootste hekel aan haar had op kinderfeestjes. Waarom? had ze gevraagd. Omdat je me doet denken aan mijn moeder, aan jouw moeder en aan alle rotmoeders in de geschiedenis. En zij had gezegd: maar ik ben toch een moeder? En toen was hij overspoeld door een overweldigend gevoel van onrechtvaardigheid, alsof zijn leven was ingepikt terwijl hij even niet keek. Wie wil je verdorie dan dat ik ben? had ze gejammerd. Ik kan niet alles zijn, hoor. Hij was weggelopen, maar hij had haar eigenlijk door elkaar willen schudden en willen eisen dat ze dat wel zou zijn. Waarom kon zij niet alles zijn wat hij wilde? Waarom kon alles niet voor hem zijn, voor hem alleen?

'Drink je niet?' Toby gebaarde met zijn flesje bier naar Christians glas water.

'Nee, geen zin in vandaag.'

'Hoe gaat het met Ruth?'

'Oké. We hebben nog niet veel kans gehad om te praten. Ze is erg boos en verdrietig.'

'Denk je dat je mag blijven?'

'Ik weet het niet. Op dit moment lijkt het onmogelijk. Hoewel het me echt spijt, gaat dit niet alleen om mij, zij heeft er ook een rol in gespeeld. Ik weet het niet, het voelt als maanden van hevig verdriet, zelfs al komen we in dat stadium. Ik doe mijn best, maar ik denk niet dat ze me gelooft.'

Toby plukte wat blaadjes uit de heg en verkruimelde ze afwezig. 'Je hebt gelijk, het gaat niet alleen om jou. Ik hou van Ruth, maar ze is wel moeilijk. Ze heeft hoge verwachtingen.'

'Ik weet het, volgens mij hebben we die allebei. Als we bij elkaar blijven, moeten we door de zure appel heen bijten en proberen verder te gaan.'

'Volgens mij wordt het tijd dat we allebei volwassen worden,' zei Toby. 'Ik denk erover Gabriella te vragen hierheen te verhuizen en bij me in te trekken.'

'Echt?'

'Yep. Ik kom nergens mee weg bij haar. Het wordt wel eens tijd dat ik een vrouw krijg die me vertelt dat ik moet oprotten als ik me als een idioot gedraag.'

'Denk je dat wij achterlijk zijn,' vroeg Christian, 'of zijn alle mannen zoals wij?'

Toby glimlachte. 'Ik zet mijn geld op alle mannen.'

'Ruth zegt deze dingen al jaren en voorheen betekenden ze nooit iets voor me.'

'Ja, maar het is net als stoppen met roken. Je weet dat het slecht voor je is, maar je moet het wel echt willen om het vol te kunnen houden.'

Christian deed zijn mond open om te antwoorden, maar op dat moment hoorde hij het lawaai. Het klonk zo hard en was zo anders dan alles wat hij ooit had gehoord dat hij zijn glas uit zijn handen liet vallen. Hij keek om zich heen en iedereen reageerde hetzelfde. Zelfs de kinderen bewogen niet, hun geschreeuw was voor het eerst die dag verstomd. Hij zocht zijn eigen kinderen en zag Betty bij Ruth staan. Hal zag hij niet. Met zijn ogen speurde hij verwoed de tuin af zoals een wild dier dat zou doen.

~

Ruth werd helemaal gek tijdens kinderfeestjes. Het was zo erg dat ze het gevoel had dat ze het niet aankon en het slechts een kwestie van tijd was voordat ze als een kwijlend wrak op de grond zou vallen. Ze was bezig geweest met een wilde, maar toch saaie stoelendans toen ze de gil had gehoord. Ze was lichtelijk aangeschoten, de enige manier waarop ze kinderfeestjes kon overleven, dus heel even vroeg ze zich af of ze zich het lawaai misschien inbeeldde. Maar toen ze de blik op Gabriella's gezicht zag, besefte ze dat het echt duidelijk de echte wereld moest zijn. Haar eerste gedachte was schandalig. Ze ergerde zich eraan dat zoiets net gebeurde op het moment dat ze erachter kwam dat Gabriella geen trut was zoals haar onwaarschijnlijke schoonheid had gesuggereerd. Ze voelde zich er zelfs schuldig over dat ze eerder die middag met Sally en haar vriendin Janie had gelachen dat vrouwen als Gabriella eigenlijk niet aanwezig zouden mogen zijn op feestjes met vrouwen van over de dertig, vooral niet als hun lichamen waren uitgelubberd na het krijgen van kinderen. Geloof mij, had Sally gezegd, mijn lichaam ziet er nog best goed uit voor mijn leeftijd en ik heb geen kinderen, maar naast haar voel ik me ook klote. Dat is een goeie, aangezien je haar morgen wel voorop de *Viva* zou zetten, hoewel ik je doelgroep ben, had ze gezegd. Sally had gelachen en gezegd: wen er maar aan meisjes, zo gaat het nu eenmaal.

Ruths tweede gedachte was al niet veel beter geweest. Instinctief had ze Betty beetgepakt, hoewel die vlak voor haar stond. Ze zag dat bijna al haar vrienden richting hun kinderen bewogen. Ruth keek even vlug of ze iedereen zag en het viel haar op dat Hal ontbrak. Op dat moment draaide ze zich om, natuurlijk werd dat geluid niet door een mens voortgebracht, maar toch, waar was Hal? Ze zag uit haar ooghoeken dat Christian de tuin afspeurde en ze besefte dat hij ook naar Hal zocht. Haar hart kneep samen en misselijkheid welde op in haar buik terwijl ze vat probeerde te krijgen op een besef dat ze nog niet helemaal helder had.

Agatha had een afschuwelijke dag gehad. Niets kon daar iets aan veranderen, al zou niemand een poging hebben gewaagd iets te zeggen waardoor ze zich beter zou voelen. Niemand besefte zelfs maar dat alles in het honderd was gelopen en zo ging het verdorie nou altijd in haar leven, als je er eens goed over nadacht.

Om te beginnen hadden Ruth en Christian zich precies zo gedragen als ze had verwacht. Ze hadden rotzooi gemaakt in dat rothuis van ze en in het algemeen geen begrip gehad voor wat zij allemaal had gedaan. Toen had ze de broodjes te vroeg klaargemaakt en was ze de rest van de tijd bang geweest dat ze klef zouden worden. En die rotmoeder van Ruth, die vrouw snapte er echt helemaal niets van en ze had al net zo'n olifantenhuid als haar domme dochter. Hoewel Agatha haar hulp had geweigerd, had ze het verdorie duizend keer aangeboden. En toen had het stomme mens ook nog eens iets te eten voor Betty gemaakt! Eten, twee uur voor het feestje! Eten, waarna er moest worden opgeruimd en schoongemaakt. Maar dat was toch beter dan Christian, die het lef had gehad om om kwart voor twee nog een broodje voor zichzelf te maken. Deze mensen waren verdorie echt niet goed snik.

Agatha wist niet helemaal zeker hoe het haar was gelukt het glazuur voor de koekjes zo volledig te verknallen, maar het had nergens naar gesmaakt. Helaas was ze niet zo snugger geweest om het te proeven voordat ze ze bijna allemaal had geglazuurd, wat verdorie betekende dat ze het van veertig koekjes af moest schrapen voordat ze het opnieuw kon maken. Toen was Ruth naar binnen gekomen en had tegen haar gezegd dat ze zich niet druk hoefde te maken. Niet druk hoefde te maken, verdomme! Die vrouw was totaal niet geschikt om moeder te zijn.

Toen het feestje was begonnen, waren alle mensen het huis binnengestroomd. Het was verschrikkelijk. Overal waar Agatha keek, legden mensen beslag op Hal, ze gaven hem cadeautjes, pakten hem op en gilden. Waarom moesten ze verdorie allemaal zo hard praten? Ze dronken glazen mousserende wijn en praatten over de hoofden van hun kinderen heen over de meest banale onzin. Er was niets waar ze een touw aan kon vastknopen. Agatha had een plan voor het feest gemaakt, maar Ruth deed geen enkele poging zich eraan te houden. Een paar keer had ze geprobeerd met Ruth te praten, om weer wat orde in het feestje te krijgen, maar Ruth was nauwelijks in staat geweest haar minachting te verbergen en zei tegen Agatha dat ze zich geen zorgen hoefde te maken, zij zou de spelletjes wel doen. Maar toen de spelletjes waren begonnen, had Ruth het niet zelf gedaan maar had ze die achterlijke slet, hoe heette ze ook alweer, met dat lange, golvende zwarte haar, de getuite lippen en die strakke spijkerbroek het laten doen. Wat een vieze leugenaar was Ruth, ze was verdorie net als al die andere rotzakken.

Agatha had uit het raam gekeken terwijl ze de folie van de broodjes haalde, de koekjes op een schaal legde en de worstjes uit de oven haalde, toen ze zag dat Hal de hand vasthad van die langharige slet. Hij sprong op en neer en glimlachte. Er schoot een vlam van haat door haar heen die zo sterk was dat ook Hal er tijdelijk in werd meegenomen. Wispelturig was het woord. Ze waren wispelturig en leugenaars. Als ze een pistool had gehad, had ze hen allemaal neergeknald.

Was het hier nu zo warm? Wanhopig duwde Agatha alle ramen open. Ze zweette en het gleed van haar af, ze voelde het over haar rug lopen en boven haar billen een plasje vormen. Was het warm? Waarom was het zo warm? Agatha trok aan haar t-shirt, ze wilde het uitdoen, ze moest het uitdoen.

Iemand zei iets tegen haar. Ze draaide zich om en zag die achterlijke oma staan. Haar mond bewoog, maar het was te warm voor Agatha om iets te horen en in de tuin stond iedereen nog steeds te roepen. Ze stak haar armen uit om de taart te pakken, want als iemand Hal zijn kaarsjes zou laten uitblazen, dan zou zij dat zijn.

Te laat zag ze dat Hal op een stoel naast zijn oma stond. Haar blik dwaalde naar hem toe en ze zag dat hij stond te kauwen. Zijn hand bewoog naar het bord en hij pakte nog een broodje, hoewel hij er al een op had. De stem van Ruths moeder explodeerde in haar oren. 'Mijn god, hij eet! Vlug Aggie, ga Ruth halen, dit moet ze zien.'

Het was te warm. Had Agatha dat al gezegd? Luisterde er wel iemand? Het... was... te... warm... Hal moest ophouden. Ze viel in één beweging naar hem toe, liet het bord met de taart vallen en alles viel in stukken uit-een. De taart lag in stukken aan haar voeten. Voeten. Stukken. Misschien kon ze niet stoppen met vallen. Misschien lag ze daarom op de grond en voelde het bord zo scherp aan haar handen. Haar bloed was warm en kle-verig.

Stukken. Vloer. Vallen.

Iets of iemand schreeuwde. Het was heel hard en te dichtbij. Het was zo dichtbij dat het voelde alsof het in haar hoofd zat. Het was warm hier. Te warm. Ging iemand haar nog helpen? God help het kind.

Het bord was gebroken.

De taart was verpest.

De vloer was in stukken.

Haar handen en voeten op de vloer.

Er zaten stukken van haar op de vloer.

Ruth en Christian bereikten het donkere huis tegelijkertijd. Ze hoefden niets te zeggen want de angst straalde van hen af. Ze zetten een stap op onbekend terrein en ze konden elkaar niet helpen. De vertrouwdheid van hun omgeving smolt samen in een groteske parodie op hun leven. Terwijl ze de naam van haar zoon riep, ging Ruth als eerste naar binnen. Ze hoor-de zacht gehuil onder het gegil of misschien eroverheen. Ze liep de gang in en zag dat haar moeder Hal dicht tegen zich aan hield. Ze zag doodsbleek, zo wit als een laken, op de kleine bloedspatjes over Hal en haar na.

'Het is Aggie,' zei ze. 'Ik weet niet wat er is gebeurd. Ik nam Hal mee naar de wc, hij zei dat hij honger had en toen gingen we naar de keuken en at hij een broodje.'

'Een broodje?' Ruth kon er niets aan doen.

'Ja, echt, maar dat vertel ik straks wel. Ik probeerde met Aggie te praten, haar te zeggen hoe geweldig ze het had gedaan, maar ze leek het niet te horen en ze zag eruit alsof, ik weet het niet, alsof ze buiten zichzelf was en ze werd heel rood. Toen pakte Hal nog een broodje en ze sprong naar hem toe, maar ze had de taart vast en ze struikelde en er ligt overal bloed, ik denk dat ze haar handen aan het bord heeft gesneden. En mijn god, dat geluid dat ze maakt is echt niet normaal.'

'Oké, mam. Christian en ik regelen het wel.' Een angstaanjagend gevoel hing om hen heen.

Ruth wilde niet weten wat er achter de keukendeur te zien was, maar Christian liep kordaat naar binnen. Het geluid nam toe en ze zag het bloed, naast de scherven en de geplette taart. Aggie lag nog steeds op de grond en ze leek net een wild dier. Op haar gezicht, dat rood en opgezwollen was, zaten tranen en snot. Christian liep recht op haar af en zette haar op een stoel. Het leek haar iets te kalmeren en het lawaai werd een decibel of twee minder, zodat ze nu meer leek op een loeiende koe. Ruth vond een vaatdoek en wreef het bloed van Aggies handen en armen.

'Ik denk dat het voornamelijk oppervlakkig is,' zei ze tegen Christian.

Ruth keek naar het meisje aan wie ze haar kinderen de afgelopen acht maanden had toevertrouwd en vroeg zich af wat ze had gedaan. 'Aggie,' zei ze. 'Aggie, ik ben het, Ruth. Gaat het?' Aggie keek op, maar haar ogen maakten geen contact met die van Ruth. Ze zag er heel jong uit en Ruth voelde een vlaag van moederliefde voor haar. Ze pakte een glas water en dwong Aggie het op te drinken.

'Aggie,' probeerde Ruth opnieuw. 'Maak je geen zorgen, alles komt goed. Wil je naar een dokter? Weet je wat er met je aan de hand is?'

'Zal ik een ambulance bellen?' vroeg Christian.

'Ze lijkt al wat rustiger te worden,' antwoordde Ruth. 'Geef haar even de tijd.'

Ze keken toe hoe de kleur uit Aggies gezicht verdween, het bloed bewoog alsof het door een magneet werd aangetrokken. Toen begon ze te klappertanden.

'Aggie, voel je je al wat beter?' probeerde Ruth opnieuw.

Het meisje keek haar aan en begon te huilen. Ruth trok haar tegen zich aan en liet Aggies tranen haar T-shirt doorweken. 'Het spijt me,' zei ze uiteindelijk. 'Ik wilde het jullie niet vertellen omdat ik de baan zo graag wilde, maar ik heb epilepsie.'

Ruth ontspande zich bij deze woorden. Ze moest er nog steeds aan denken wat er had kunnen gebeuren als ze een aanval had gekregen terwijl Aggie alleen met Hal thuis was geweest, maar het leek beter dan de andere mogelijkheden. 'O, Aggie, je had het moeten zeggen, misschien hadden we een oplossing kunnen verzinnen.'

'Ik denk dat ik beter kan vertrekken,' zei Aggie nu.

'Doe niet zo raar. Je bent niet fit genoeg om ergens heen te gaan.' Ruth streek haar haren glad. Het voelde goed om eens de overhand te hebben. 'Je gaat naar bed en maakt je hier niet druk om en morgen praten we er wel over.'

'Maar Hals taart...'

'Het geeft niet, hij merkt het niet eens.'

Aggie jammerde nu en haar handen waren ijskoud, maar ze ging toch staan.

'Zal ik met je meelopen?' vroeg Ruth.

Er moest over veel dingen worden nagedacht, maar Ruth kon zich daar op dit moment niet toe zetten. Het was één grote puinhoop en ze wist niet zeker waar ze moest beginnen.

'Verdorie,' zei ze tegen Christian toen ze er zeker van was dat Aggie buiten gehoorsafstand was.

'Ik weet het,' zei hij. 'Ze kan niet meer voor de kinderen zorgen.'

'Natuurlijk niet, maar we kunnen haar ook niet zomaar op straat zetten.'

'Ik denk dat we haar morgenochtend mee moeten nemen naar een dokter.'

Ruth had zin in een glas wijn, maar ze had nog een heel feestje te gaan, plus de vragen die hun vrienden zouden stellen, plus de schok die ze moesten verwerken. 'Ja, maar eerst kan ik maar beter proberen de taart te redden.'

De trap danste voor Aggies ogen heen en weer en witte lichtjes dartelden rond haar hoofd. Dichter bij het randje wilde ze nooit komen. Natuurlijk zouden Ruth en Christian haar morgenochtend vragen te vertrekken, zelfs zij waren niet wanhopig genoeg om hun kinderen aan een gek toe te vertrouwen. Ze ging op bed zitten en probeerde in te schatten hoe groot de kans was dat ze voor de ochtend een dokter of de politie zouden bellen, maar ze besloot dat het niet erg waarschijnlijk was. Ze waren druk met het feestje en sommige gasten zouden blijven hangen en dan moesten ze de kinderen nog in bed stoppen en met haar ouders eten. Ze zouden denken dat ze sliep en tot de volgende ochtend wachten.

Ze speelde met de gedachte om te wachten tot iedereen zou slapen en Hal dan uit zijn bedje te halen en samen met hem als een dief in de nacht te vertrekken, maar dat was waarschijnlijk niet nodig. Bovendien wilde ze niet het gevoel hebben dat ze een crimineel was door één stom foutje. Zij was niet degene die op de grond lag te schreeuwen, zij was de sterke vrouw die ze met zo veel moeite was geworden. Zij was niet bang. Zij zat niet fout. Zij was Hals moeder.

Agatha bleef de hele nacht wakker. Ze hoorde Ruth en Christian net na elf uur naar bed gaan en hun stemmen harder en zachter worden tijdens hun geruzie, maar ze klonken te moe om ermee door te gaan. Om drie uur ging ze naar de droogkast om haar rugzak te pakken. Bovenop lagen de zakjes met nieuwe kleren die ze voor zichzelf en Hal had gekocht. Het waren al deze kleine details waardoor ze zeker wist dat het zou gaan lukken.

Agatha had de vrouwen in het park wekenlang bestudeerd. Ze had gekeken naar wat ze aanhadden en naar de merken van hun dure truien die ze op de bankjes lieten liggen. Ze raakte het echte leer van hun handtassen aan en ze zag hoe de zon in hun donkere zonnebrillen weerkaatste. Ze oefende de manier waarop ze over het gras van het park liepen alsof ze in een exclusief restaurant waren en elk recht hadden om er te zijn. Ze lieten hun blik niet dwalen over mensen zoals zij, ze merkten haast niet eens dat hun kinderen als babyeendjes achter hen aan liepen. Alles ging vanzelf voor deze vrouwen, omdat ze het verwachtten. Een dergelijk vertrouwen was een soort schild: niemand twijfelde aan je als je zo'n vrouw was. Agatha had overwogen een paar van de vele kledingstukken die Ruth nooit droeg mee te nemen, maar ze had de verleiding weerstaan, want dat zou fout zijn geweest. In plaats daarvan had ze van haar eigen geld kleren gekocht, die nergens anders goed voor waren dan dat ze een deur naar een nieuw leven voor haar zouden openen.

Om vijf uur kleedde ze zich aan, ze ging op de rand van haar bed zitten en keek hoe de lucht veranderde in saai grijs, dat over een paar uur in blauw zou overgaan. Haar maag voelde leger dan ooit en ze voelde hoe haar maagsappen de misselijkmakende gal door haar ingewanden spoelde. De tijd kroop voorbij, maar toch wachtte ze, want het was van vitaal belang dat ze elke stap uitvoerde zoals ze had gepland, op precies het juiste moment.

Om zes uur bracht ze haar rugzak naar beneden en zette hem bij de voordeur. Ze pakte Hals buggy uit de kast onder de trap en klapte hem naast de tas open. Toen trippelde ze geluidloos terug naar boven. Agatha zou een goede dief zijn geweest, ze wist hoe ze moest lopen zodat haar gewicht goed verdeeld bleef en haar voetstappen zo licht als veertjes waren. Doordat ze jarenlang op kinderen had gepast, was ze hierin een expert geworden.

Hals kamer was donker en ze kon hem in zijn slaap horen zuigen. Ze streek zijn haar uit zijn gezichtje en stilletjes opende hij zijn ogen. Zijn huid deukte in bij haar aanraking als een kussen of kasjmieren deken.

'Goedemorgen, liefje,' zei ze. 'Ik heb een leuke verrassing voor je vanmorgen, Hal. Heb je zin om samen met mij op avontuur te gaan?'

Hij stak zijn armpjes naar haar uit, het vertrouwen in dat gebaar was zo groot dat het Agatha bij de keel greep. Ze tilde hem op en zijn kleine lichaampje vormde zich precies naar dat van haar, wat haar ervan overtuigde dat ze gelijk had. Ze knielden samen op de grond terwijl Agatha zijn kleine ledematen in zijn kleertjes stak.

'Nu moeten we echt heel stil zijn, Hal, zodat we niemand wakker maken. Is dat goed?' Hij knikte, ze pakte hem op en liep naar beneden. Het was zo dichtbij, haar leven was nu zo dichtbij en toch was ze nooit banger geweest dan nu. Haar hart bonsde in haar borst en kondigde zichzelf aan in elke spier, elke vezel en elke ader van haar wezen.

Hal zat nu vast in de buggy en de rugzak zat op haar rug. Ze opende de voordeur en duwde hem naar buiten, daarna draaide ze zich om en ze gebruikte haar sleutel om de deur zachtjes op slot te draaien. De al warme zomerlucht verwelkomde hen en stuwde hen voort door de straat. De vogeltjes die het ochtendlied zongen, hielden op en keken hen na, maar zodra ze zagen wat er aan de hand was, begonnen ze opnieuw, luider deze keer, triomfantelijker, want Agatha en Hal gingen naar huis.

Christian werd met een schok wakker, zijn hart pompte zo gevaarlijk vlug dat hij even bang was dat hij een hartaanval had. Hij draaide zijn hoofd om en zag dat het drie over halfzeven was. Hij luisterde of hij een van de kinderen hoorde huilen, maar hij hoorde niets. Hij had het warm, dus gooide hij de dekens van zich af en liet hij de ochtendlucht het zweet op zijn naakte lichaam drogen. Hij voelde de naweeën van een nare droom in zijn hoofd, als een spookverschijning voor het raam of een vieze smaak in zijn mond. Ruth sliep nog, ze lag met haar rug naar hem toe en ze ademde zo stilletjes dat het bijna onwerkelijk was. Hij had zin om bij zijn kinderen te gaan kijken, maar hij weerstond de verleiding, omdat het te dicht bij de dag was om lawaai te kunnen maken.

De lucht voelde benauwd en verstikkend, hoewel het helemaal niet zo warm was. Het was nooit erg warm in Engeland. Hij probeerde zich te herinneren hoe de ruzie met Ruth de avond ervoor was begonnen, maar alles was een grote warboel. Hij betwijfelde of hij ooit de juiste woorden tegen haar zou kunnen zeggen.

Christian stond op en ging douchen. Het was zondag en Ruth wilde dat hij morgen zou vertrekken. Het leven dat pasgeleden nog een val had geleken, tekende zich af en hij voelde diep vanbinnen een enorme behoefte. Hij moest misschien vertrekken en ergens in een klein kamertje gaan zitten met een slaapbankje dat hij kon uittrekken tot een ongemakkelijk bed en met een keukenblokje langs de muur. Al zijn bezittingen zouden ruiken naar curry-afhaalmaaltijden of het verschaalde bier waarnaar hij avond na avond zou stinken. Hij zou elke ochtend wakker worden en zichzelf haten en elke avond in slaap vallen met het verlangen naar thuis.

Tegen zevenen was hij in de keuken om koffie te zetten en hij keek uit het raam naar de rotzooi in de tuin die nog moest worden opgeruimd. Maar op dat moment kwam Betty de keuken in en haar enthousiasme haalde hem de dag in, zodat hij druk aan de slag ging met haar ontbijt en net kon doen alsof zijn leven niet op het punt stond uiteen te spatten.

Ruth wist dat ze zich had verslapen zodra ze wakker werd. De sfeer leek anders en een wazige onverschilligheid zweefde boven haar hoofd. Op de klok zag ze dat het tien voor halfnegen was en ze vroeg zich af hoe ze door het geluid heen was geslapen van de kinderen die wakker waren geworden en Christian die was opgestaan. Ze kon het geroep van Betty en het gegons van de tv beneden horen en de koffie ruiken. Het slapen had niets geholpen, maar was haar lichaam als een drug binnengedrongen, plaagde haar en liet haar zien wat er mogelijk was.

Maar vandaag was een dag voor actie en beslissingen, pijn en kwelling. De dag zou haar geen rust gunnen. Ruth wist al dat hij haar zou uitputten tot ze over een uurtje of tien op de bank zou zitten met een glas wijn en de vrees voor wat de maandag voor haar in petto zou hebben. Ze dwong zichzelf op te staan, maar haar benen voelden zwaar en haar hoofd was duf. Ze stond onder de douche in de hoop dat ze er wakker van zou worden, maar ze ging naar beneden met een verwoestend en afwezig gevoel.

Christian was druk in de weer met vuilniszakken. Hij had het grootste gedeelte van de tuin al opgeruimd, zag ze.

'Morgen,' zei hij. 'Heb je zin in koffie?'

'Graag.' Ze vroeg zich af hoe ze dit in haar eentje zou gaan doen. Hoe zij overal alleen verantwoordelijk voor zou kunnen zijn. Ze kon niet beslissen of het zwak zou zijn als ze hem liet blijven, of dat ze dan te veel zou toegeven of iets anders wat ze niet wilde weten. 'Is Aggie al op?' vroeg ze in plaats daarvan.

'Nee.' Christian bond een vuilniszak dicht en schudde een nieuwe uit. Zijn ongebruikelijke efficiëntie irriteerde haar. 'Wat gaan we eraan doen?'

'Ik heb geen idee.' Normaal gesproken barstte Ruth van de oplossingen, zelfs al waren ze slecht, maar voor dit probleem kon ze niets verzinnen. 'Mijn moeder bood aan ons te helpen als we van haar af willen.'

'Je wilt absoluut dat ze weggaat?'

'Meen je dat? Wat als ze alleen met Hal en Betty was geweest als dit was gebeurd?'

'Ik heb nog nooit zo'n epileptische aanval gezien.'

'Hoeveel heb je er gezien dan?'

'Nou, geen een, maar ik wist niet dat het zo ging.'

Christian gaf haar een kop koffie en Betty kwam de huiskamer uit. Ze was nog steeds in haar pyjama en de klanken van een tekenfilm achtervolgden haar alsof ze het jammer vonden dat ze wegliep.

'Mag ik in Hals tentje spelen?' vroeg ze.

'Vast wel,' zei Ruth. 'Waarom vraag je het hem zelf niet?'

'Hij slaapt nog.'

Ruth keek Christian aan. 'Hal slaapt nog?'

'Ja.'

Ze voelde haar borstkas samentrekken. 'Maar hij is nooit na zeven uur wakker.'

Christian liep terug de tuin in. 'Hij is vast moe van gisteren.'

Ruth probeerde steun te vinden in zijn nonchalante houding. 'Ik denk dat ik toch maar even bij hem ga kijken.'

Ruth nam de traptreden met twee tegelijk, intussen biddend tegen een onbekende God, met alles onderhandelend voor het leven van haar zoon. Ze deed de deur van Hals kamer open en het was er donker, maar ze kon vanuit de deuropening al voelen dat hij er niet was. Ze liep naar het ledikantje, hoewel dat niet hoefde omdat het leeg was. Ze was bang geweest dat hij ziek was, maar ze besefte dat dit veel onheilspellender was. Er was nog steeds een kans dat hij naar haar ouders of naar Aggie was gegaan. Ze probeerde eerst haar ouders, omdat ze ergens wel wist wat er was gebeurd.

Ze klopte op Aggies zolderdeur en haar moeder deed open. 'Hal is hier zeker niet?' vroeg Ruth.

'Nee, schatje. Is alles in orde?'

Maar Ruth had zich al omgedraaid, ze kon geen antwoord geven. Ze klopte zelfs niet eens op de deur van de rommelkamer. Het was er zo leeg als in een onvruchtbare baarmoeder. Er was geen spoor van Aggie te bekennen. Zelfs het bed leek onbeslapen.

Ruth rende de trap af. Haar moeder liep achter haar aan en probeerde wat te zeggen en Betty vroeg nog steeds naar de tent. Alles stond haar in de weg. De lucht was net soep, dus ze kon bijna niet ademen of lopen. Christian was te ver weg, aan de andere kant van de tuin, waar hij plastic bekertjes uit de bloemen haalde. Ze liep naar hem toe, maar ze kon niets uitbrengen, dus raakte ze zijn arm aan, zodat hij zich zou omdraaien.

'Verdorie, wat is aan de hand?' zei hij terwijl hij terugweek van haar aanraking alsof ze een enge ziekte had.

'Hal is weg. Aggie ook. Ze heeft hem meegenomen.'

Christian legde zijn handen op haar armen, zoals ze acteurs in een soap weleens had zien doen. Het was alsof hij een valse waarheid uit haar wilde knijpen. 'Doe niet zo gek, Ruth,' zei hij ergens boven haar hoofd. 'Natuurlijk heeft ze hem niet meegenomen. Heb je overal gekeken?'

Ruth was zich er vaag van bewust dat haar moeder ergens achter hen stond te schreeuwen. Het zou te veel moeite en tijd kosten om Christian uit te leggen wat er aan de hand was. Ze wist absoluut zeker wat er was gebeurd, ze wist alleen niet hoe groot hun voorsprong was. 'Hou je kop,

Christian,' zei ze nu en ze schudde zijn handen van haar armen af. 'Hoe laat ben je opgestaan?' Een helderheid die ze al jaren niet meer had gevoeld, verlichtte haar geest.

'Misschien heeft ze hem gewoon mee naar het park genomen of zoiets.'

'Hoe laat ben je opgestaan?' riep Ruth.

Haar moeder kwam de tuin in. 'Ze zijn niet binnen, ik heb overal gekeken.'

Christian begon te huilen. 'Mijn god, nee!'

Ruth wilde hem een klap geven. 'Hoe laat ben je opgestaan? Kom op, Christian.'

'Halfzeven.' Hij keek haar aan en ze kromp ineen toen ze de angst in zijn ogen zag. 'Ik werd met een schok wakker. Ik dacht dat een van de kinderen wakker was. Toen ben ik opgestaan en heb ik gedoucht. Ik moet om een uur of zeven beneden zijn geweest. Daarna stond Betty op. Jij was de volgende die naar beneden kwam. Ik dacht dat hij sliep.'

'Ze is niet midden in de nacht vertrokken, misschien ben je wakker geworden toen ze wegging. Het is nu kwart voor negen. Dat betekent dat ze al bijna drie uur weg is.'

Christian beende naar het huis. 'Ik bel de politie.'

Ruth liep achter hem aan en de grond leek onder haar weg te zakken en haar mee te sleuren een aarde in die heet en vijandig was. De dingen die je weleens in films zag of in de kranten las, overkwamen haar. Hulpeloosheid greep haar bij de keel, als een zombie die door de aarde groef om de huid van haar botten te schrapen. Betty huilde, maar dat kon haar niet schelen.

'Ze komen zo vlug mogelijk,' zei Christian. Hij liep de kamer uit en Ruth hoorde hem kokhalzen.

Haar moeder en vader waren vlak bij haar. Iemand sloeg zijn armen om haar heen. Ruth keek naar haar moeder en vroeg zich af of haar ellende ook die van haar moeder was of dat je nooit stopte moeder te zijn. Of dat ze ergens diep vanbinnen God stilletjes dankte dat het haar kind niet was, dat het Ruth niet was.

'Ze zal hem geen pijn doen, schat,' zei haar moeder.

'Ze is gek, mam. Je hebt haar gisteravond gezien. Ze heeft geen epilepsie. Wie weet wat ze heeft, maar Hal is niet veilig bij haar.'

'De politie zal hen vinden. Ze kan niet ver weg zijn.'

Maar natuurlijk kon ze al op een ferry of in een vliegtuig zitten. Ruth had geen flauw idee hoe goed georganiseerd ze was. Na die gedachte liep ze naar de lade waar ze hun paspoorten bewaarde. Ruth voelde zich niet misselijk toen ze zag dat het paspoort van Hal ontbrak, het voelde alsof haar ingewanden in slijm veranderden en naar buiten zouden glijden, als ze dat al niet hadden gedaan.

De politie arriveerde en Christian liet hen de huiskamer binnen. Ze zagen er streng uit in hun uniform. Een man en een vrouw.

'Ze heeft zijn paspoort meegenomen,' zei Ruth terwijl ze achter hen aan liep.

De man stak zijn hand uit. 'Mevrouw Donaldson, ik ben agent Roger en dit is agente Samuels.'

'Alstublieft,' zei Ruth, 'jullie verdoen je tijd. Ze heeft een voorsprong van drie uur. Ze kunnen overal zijn.'

Agente Samuels liep naar voren. 'Ik ben Lisa. Ik weet dat dit moeilijk is, mevrouw Donaldson, maar om uw zoon te kunnen vinden, moeten we u een paar vragen stellen.'

Op dat moment begon Ruth te huilen. Ze gingen haar niet helpen en ergens in de buitenwereld was Aggie samen met Hal.

Agent Rogers sprak weer en richtte zich tot Christian, zonder zijn voornaam te onthullen. 'U zei aan de telefoon dat u denkt dat uw nanny er zonder toestemming met uw zoon vandoor is gegaan. Weet u zeker dat ze hem bijvoorbeeld niet heeft meegenomen naar het park?'

'Nee, nee,' zei Christian. 'Ik was al om halfzeven op. Ik dacht dat ze sliepen. Gisteravond heeft ze een of andere zenuwinzinking gehad. Ze zei dat het een epileptische aanval was, maar we denken dat het iets anders was. We wilden haar vragen te vertrekken.' Ruth hoorde hoe volslagen belachelijk zijn woorden klonken.

Maar de politieagent negeerde zijn verwarring. 'Wist ze dat?'

'We hebben niets gezegd, maar ze kan het geraden hebben.'

'Ze is vreemd,' zei Ruth. 'Ik weet al een tijdje dat er iets niet klopt, maar ik kon het niet plaatsen.'

'Hoe bedoelt u dat?' vroeg agente Samuels. Ruth keek naar Lisa en ze vroeg zich af of ze kinderen had die ze weleens bij vreemde mensen had achtergelaten.

'Ik weet het niet. Ze was te perfect. Achteraf vraag ik me af of er iets van wat ze heeft gezegd waar is.'

'Mag ik even op haar kamer kijken?' vroeg agente Samuels.

'Hij is boven op zolder, maar ze heeft alles meegenomen,' zei Christian. 'Ik heb net gekeken en de meeste kleren van Hal zijn ook weg.'

'En zijn paspoort,' herhaalde Ruth.

Terwijl agente Samuels de kamer uit liep, kon Ruth haar door haar walkietalkie horen praten. Haar ernstige stem vulde het huis.

'Via welke instantie hebben jullie haar in dienst genomen?' vroeg agent Rogers. 'We hebben haar volledige naam, leeftijd en familiegegevens nodig.'

'We hebben een advertentie in *The Lady* gezet,' zei Ruth. 'Ik heb haar referentie gebeld en die kon haar niet warm genoeg aanbevelen. Ze heet Agatha Hartard en ze zei dat ze geen contact meer met haar familie had.'

'Dus jullie hebben haar ouders nog nooit ontmoet? Hebben jullie haar paspoort ooit gezien? Weten jullie zeker dat Hartard haar echte naam is?'

Ruth keek naar Christian en alles leek heel ver weg. 'Mijn god,' zei ze terwijl ze haar hand voor haar mond sloeg om te voorkomen dat ze flauw zou vallen. 'O, mijn god.'

Agatha had een plan. Natuurlijk had ze een plan. Eerst liepen ze twintig minuten naar station Kilburn, waar ze de wc's van tevoren had gecheckt. Daar kon ze hun haar verven en hen in alle rust omkleden. Er was nog niemand en Hal vond het geen probleem om zich op dramatische wijze te laten veranderen en hij protesteerde niet echt. Ze stopte alles in de vuilniszakken die ze had meegenomen en pakte het over in de rugzak. Toen trok ze hen de nieuwe kleren aan. Ze keek in de groezelige spiegel, ze kon de persoon zien die ze zou worden en ze was tevreden.

Het was pas halfacht tegen de tijd dat ze op het perron stonden te wachten op de ondergrondse naar Euston. Hal zag er moe uit en ze wist dat hij zo meteen om een flesje zou vragen. Op het station zou ze een chocoladebroodje voor hem kopen als een speciale traktatie voor in de trein. Voor zichzelf zou ze een latte kopen, omdat ze nu zo'n soort vrouw was.

Agatha dacht dat ze waarschijnlijk nog wel veilig waren. Ruth was moe geweest en ze hoopte dat ze nog niet wakker was. Als ze wakker was, dan had ze waarschijnlijk nog niet bij Hal gekeken omdat ze het te fijn zou vinden om even alleen te zijn of ruzie met Christian te kunnen maken. En ze zouden zeker niet verwachten dat zij al op zou zijn, ze zouden denken dat ze nog steeds aan het uitrusten was van haar epileptische aanval. Het was een vreemde gedachte dat ze epileptisch was, vreemd dat ze dit tot nu toe niet van zichzelf had geweten. Maar het was prima. Als alles weer op orde was, zou ze naar een dokter gaan voor de juiste diagnose en de medicijnen om het onder controle te houden en dan zou alles goed komen. Alles zou goed komen.

De ondergrondse bracht hen zoals beloofd naar het station. Ze kochten koffie en het broodje en ze stonden onder de grote borden waarop de namen flitsten van alle plaatsen waar ze heen konden gaan. Agatha had al besloten dat ze naar de kust zouden gaan en een ferry naar een plek in Europa zouden nemen, maar terwijl ze in de smerige stationshal stond, besefte ze dat als dat haar plan was geweest, ze de ondergrondse naar Victoria Station hadden moeten nemen en niet naar Euston. Iedereen wist dat je vanaf Victoria naar de kust ging en dat je vanaf Euston terugging, terug naar het hart van Engeland. Agatha's hoofd begon te tollen terwijl ze probeerde de laatste dertig minuten van haar leven terug te halen, om zichzelf te zien terwijl ze dit als bestemming koos en in de ondergrondse stapte, maar ze zag niets. Ze speurde de oranje woorden af die uit niets meer bestonden dan als speelgoedblokken op elkaar gestapelde vierkant- jes en plotseling wist ze waarom ze hier waren. De volgende trein naar Birmingham vertrok om vijf voor halfnegen, over tien minuten. Agatha duwde Hals buggy naar het loket en kocht een enkele reis. Ze zouden te- rugkomen, maar niet meteen. Op dit moment gingen ze terug naar waar zij vandaan was gekomen. Terug naar de plek waar alles was begonnen. Een vreemd gesis bouwde zich op achter Agatha's ogen, alsof iemand een blikje cola in haar schedel open had getrokken. Ze moest terug en dan zou alles goed komen. Alles zou goed komen.

~

'Het lijkt erop dat ze jullie haar eigen naam heeft gegeven,' zei agente Sa- muels. In Agatha's kamer had ze niets gevonden en ze had net iemand aan de telefoon gehad die Hal probeerde te vinden. 'Dat is goed. Als ze goed georganiseerd was geweest en de intentie had gehad bij jullie te komen wonen om een kind te stelen, zou ze haar identiteit verborgen hebben gehouden.'

'Ze is acht maanden bij ons geweest,' zei Ruth ergens buiten Christians vermogen om te luisteren om.

'Acht maanden is niet lang voor een pedofiel. Ze zijn vaak bereid om maanden te wachten voordat ze een kind ontvreemden.'

'Een pedofiel? U denkt dat ze Hal daarom heeft meegenomen?' Chris- tian probeerde niet te luisteren.

'We moeten alle mogelijkheden openhouden, mevrouw Donaldson. Het feit dat ze jullie haar eigen naam heeft gegeven, is echter zeer bemoe- digend.'

Christian voelde zich beter toen agent Rogers wegging. Hij stelde zich voor dat hij steegjes afspeurde en bij mensen aanklopte, op zoek naar zijn zoon. Ook voelde hij zich bevrijd van de geringschattende houding van de politieman, wat voor soort mensen waren zij wel niet, Ruth en hij, dat ze hun kinderen op deze manier afdankten? Kan ik met u mee? had

Christian gevraagd. Wat hij eigenlijk had willen doen, was door de straten rijden en zijn zoons naam roepen, maar agent Rogers had gezegd dat het van groot belang was dat ze bleven waar ze waren voor het geval Aggie zou bellen. Ze zou in een onstabiele toestand verkeren, zei hij, en ze zou er behoefte aan hebben dat alles normaal was. Andere politiemannen en -vrouwen kwamen en gingen. Iemand kwam bij Ruth en hem zitten en legde uit dat ze nog geen details aan de media zouden geven. Ze waren bang dat ze haar zouden laten schrikken. Het woord 'schrikken' deed Christian aan geesten denken.

Ze hadden de foto van Aggie en Hal bij het groentetuintje aan alle politiebureaus in het land gestuurd. Het was de enige foto die Ruth had kunnen vinden, terwijl hij had gebeden dat het niet waar was. Ze zagen er zo samenzweerderig uit, zo jong, zo onschuldig, zo puur met hun schoppen, de aarde, de zon en hun brede glimlach. Er werden politieagenten naar elk treinstation, elke ferryhaven en elke luchthaven gestuurd en ze zou worden gepakt als ze zou proberen het land te verlaten. Algauw zou haar foto in elke politiedatabase staan, zelfs de agent op straat zou alle gezichten scannen.

Een ernstige jonge vrouw in eenvoudige kleren legde hun uit wat er met Aggie aan de hand kon zijn en wat de gevolgen hiervan konden zijn. Agente Samuels zette thee en hield zich op de achtergrond, terwijl zij elkaar vasthielden en huilden.

Ten slotte – het leek alsof ze jaren hadden zitten wachten – zei agente Samuels: 'We hebben haar ouders opgespoord. Ze hebben al zeven jaar niets van haar gehoord, maar niet omdat ze van elkaar zijn vervreemd.'

'Hoe bedoelt u?' vroeg Christian. 'Waar zijn ze?'

'In een dorpje, Tamworth, even buiten Birmingham. Een plaatselijke brigadier is op weg naar hen. Over ongeveer een kwartier weten we meer.'

Christian ging staan en liet Ruth alleen op de bank achter. Elke beweging leek te groot om hemzelf en alle anderen te bevatten. 'Mag ik erheen? We kunnen er in, hoe lang, drie uur zijn?'

'Dat heeft geen zin,' zei agente Samuels. 'Als ze daar is, hebben we haar binnen een kwartier. Als ze informatie hebben, zitten we er bovenop. Maar, meneer Donaldson, ze heeft hen al zeven jaar niet meer gesproken, het lijkt erg onwaarschijnlijk dat ze daarheen gaat. Op dit moment is het slechts een aanknopingspunt.'

'Maar ik kan hier niet gewoon blijven zitten,' riep Christian. Hij voelde dat Ruths handen hem omlaag trokken. Hij wilde niet zitten, dan voelde hij zich zo overbodig en nutteloos.

Agente Samuels kwam naar hem toe en hij besefte dat ze hem niet zou laten vertrekken. 'Dit is de plek waar u nodig bent, meneer Donaldson. Laat het maar aan de politie over uw zoon terug te krijgen.'

Ruth huilde weer, hoewel ze niet het gevoel had dat ze ooit was opgehouden. 'Alsjeblieft, Christian,' zei ze, 'loop ze alsjeblieft niet in de weg. Laat ze hun werk doen.'

'Over een paar minuten weten we meer,' zei de agente weer. 'Als er ontwikkelingen zijn, laten ze me dat zo spoedig mogelijk weten.'

Op station Birmingham kwam de verbinding naar Stoke doorgaans ongeveer om de twintig minuten. Ze had dit traject vaak genoeg genomen, het perron stond op haar netvlies geschreven. Er liepen absoluut meer agenten dan gewoonlijk, maar Agatha wist wat ze moest doen. Ze duwde de buggy vol zelfvertrouwen voor zich uit, ze hield haar hoofd omhoog en gebruikte haar benen om zich voort te laten glijden. Ze speurde het bord dapper af en duwde haar donkere zonnebril in haar haar, zodat iedereen haar ogen kon zien. Toen Hal begon te zeuren, zei ze tegen 'Rupert' dat hij niet zo gek moest doen en dat ze gauw bij oma zouden zijn. Ze voelde dat de agenten naar haar keken, hun ogen boorden zich in haar, maar het lukte hun niet verder dan de oppervlakte te kijken. Ze keken, maar wendden hun blikken weer af en dan werd hun aandacht door iemand anders getrokken. Er liep altijd wel ergens een moeder met een kind, die zouden er altijd zijn.

Ze stonden op het perron op de trein te wachten en pas toen gaf Agatha aan zichzelf toe waar ze heen gingen. Ze nam Hal niet mee om hem aan Harry te geven. Harry zou hen zelfs met geen vinger aanraken. Ze nam Hal mee om hem aan Harry te laten zien. Het was vreemd dat ze tot op dit moment niet had beseft dat ze dezelfde naam hadden, hoewel Hals echte naam niet Henry of Harry was, maar gewoon Hal. Maar het was bijna hetzelfde. En ze zaten allebei in haar. Harry op de verkeerde manier en Hal op de goede manier. Ze zou dit aan Harry laten zien. Ze zou hem laten zien dat hoewel hij zijn best had gedaan, hij haar niet klein had gekregen. Verre van, ze had zelfs het leven geschonken aan het meest prachtige jongetje op aarde. Ze was dat geworden wat haar voor de rest van haar leven tegen Harry zou beschermen. Ze was moeder geworden.

In de trein zat hij bij haar op schoot. Ze keken hoe het platteland voorbijvloog als een schilderij waarop de kleuren door elkaar liepen. Agatha liet vooral haar ogen ontspannen en alles vervagen, maar af en toe volgde ze iets wat een herinnering werd voordat ze zeker wist wat het was. Ze zouden dicht bij haar ouders zijn, misschien woonde Louise nog wel in de buurt, maar ze zou er niet naartoe gaan. In eerste instantie had ze gedacht dat ze teruggingen om hen te zien, maar het was al snel duidelijk geworden dat dit de reden helemaal niet was. Er was niets meer wat ze tegen hen wilde zeggen. Ze kon het zonder hen af.

Ruth keek toe hoe agent Samuels het gesprek aannam en aan de manier waarop haar gezicht bewoog, probeerde ze af te lezen wat ze misschien hoorde. Maar het was even zinloos als een brief tegen het licht houden om te kijken wie de afzender was. Ze keek naar Christian, maar die was in zichzelf gekeerd. Ze dacht dat ze allebei dood zouden gaan als er iets met Hal zou gebeuren, maar toen herinnerde ze zich Betty en ze besefte dat zelfs dat niet zou kunnen.

De politieagente maakte een einde aan het gesprek en kwam tegenover hen zitten. Christian begon weer te huilen en dat bracht Ruth van haar stuk.

'We hebben hen niet gevonden,' begon ze, 'maar haar ouders hebben wat licht op de zaak geworpen. Agatha is op haar zestiende verjaardag van huis weggelopen, zeven jaar geleden, en sindsdien hebben ze niets meer van haar vernomen. Blijkbaar heeft ze wat geld gestolen en was ze op school in de problemen geraakt. De politie is erbij betrokken geweest, haar ouders zijn in vermissingsprogramma's verschenen, ze zijn zelfs in Londen geweest om posters van haar op te hangen. Op haar zeventiende verjaardag heeft de beste vriend van haar vader zelfmoord gepleegd. Hij had een briefje achtergelaten waarin stond dat hij niet zonder Agatha kon leven. Blijkbaar had hij haar sinds haar negende misbruikt. De politie vermoedde dat deze Harry Collins Agatha had vermoord, maar ze hebben nooit enig bewijs gevonden om hun theorie te ondersteunen. Ze heeft vandaag geen contact met hen gehad.'

'O, mijn god.' Ruth was verbijsterd, ze kon de juiste woorden niet vinden om te omschrijven hoe ze zich voelde.

'Hij woonde heel dicht in de buurt, een dorp verder. De politie is nu onderweg naar zijn oude woning.'

'Denken jullie dat ze daarheen gaat?'

'Het is mogelijk. Door Hal mee te nemen heeft ze iets gedaan wat direct gevolgen kan hebben. Ze zal gerustgesteld willen worden.'

'Mag ik haar moeder spreken?' vroeg Ruth.

'Waarom zou je dat verdorie willen?' riep Christian.

'Ik weet het niet,' zei Ruth, 'zomaar.'

Agente Samuels leek niet verbaasd, ze had het allemaal al eens eerder meegemaakt. Zelfs op dit vreselijke moment waren ze niet de enigen. 'Ik moet eerst even bellen,' zei ze. Ze liep de kamer uit en ze konden niets anders doen dan wachten. Ruth dacht dat ze haar hele leven had gewacht op dat wat komen ging en ze had verwacht dat de dingen op onverklaarbare wijze beter zouden worden, maar nu zag ze het wachten voor wat het was. Ze stond in een rij zonder enig uitzicht.

'De moeder heeft erin toegestemd met u te praten,' zei agente Samuels toen ze weer naar binnenkwam. 'Ik kan u doorverbinden als u zeker weet dat u haar aan de lijn wilt.'

'Graag,' zei Ruth en ze stak haar hand uit. De telefoon, die al overging, werd aan haar gegeven, ze hoefde hem alleen nog maar tegen haar oor te houden. Ze voelde de laatste energie uit haar lichaam wegvloeien, alsof ze was neergeschoten en haar bloed een plas aan haar voeten vormde. Christian legde zijn armen om haar heen en ze liet hem begaan. Hij voelde sterk tegenover haar zwakte.

'Hallo,' zei de vrouw aan de andere kant van de lijn.

'Hallo,' zei Ruth.

De vrouw begon te huilen. 'Het spijt me zo,' zei ze en Ruth besefte dat ze niets te weten zou komen. Ze sprak gewoon met een andere moeder en daardoor voelde ze zich zo leeg als een meer zonder water.

'Het is al goed.'

'We dachten dat ze dood was. Ik kan het niet geloven... Agatha werkte bij u als nanny?'

'Ja.'

'Hoe was ze? Ik bedoel, voordat...'

Ruth wilde vriendelijk zijn, maar er hing een krankzinnigheid in de lucht die haar dreigde over te nemen. 'Ze was geweldig. De kinderen waren dol op haar. U hebt haar zeven jaar niet gezien?'

'Nee, op haar zestiende verjaardag is ze vertrokken. Ik neem aan dat de politie u op de hoogte heeft gebracht.'

'Ja.'

'We wisten dat ze problemen had. Ze was een heel vreemd kind, erg introvert. Ze loog altijd en ze zei de meest verschrikkelijke dingen. Maar we wisten niet waarom, we dachten gewoon dat ze stout was.' De stem van de vrouw haperde en opnieuw vroeg Agatha zich af waar dit toe zou leiden. 'En toen overleed Harry. Mijn god, de brief die hij had geschreven. Hij schreef dat Agatha en hij minnaars waren geworden toen ze negen was. Dat woord gebruikte hij, minnaars, alsof ze had toegestemd.'

'Het spijt me zo.'

'Mij ook. Het spijt me dat ik haar heb laten stikken en het spijt me dat Harry zelfmoord heeft gepleegd, want ik had hem graag met mijn eigen handen willen vermoorden.'

'Denkt u dat ze misschien naar hem toe is?'

'Ik weet het niet. Ze weet niet dat hij dood is, maar waarom zou ze dat willen? Ik begrijp er helemaal niets van.' Ze was even stil en zei toen: 'Ik denk niet dat ze uw zoontje kwaad zal doen. Ik denk dat ze in de war is, zoals toen ze klein was. We zijn een keer met haar bij een dokter geweest en die zei dat ze een fantast was. Weet u wat dat betekent?'

'Nee.'

'Ze verzint verhalen en dan kan ze niet meer onderscheiden wat waar is en wat niet. Daarom namen we haar nooit zo serieus als ze loog.' Agatha's moeder begon te huilen. 'Het spijt me zo. Weet u hoezeer het me spijt? Ik heb haar in de steek gelaten. Wij hebben haar in de steek gelaten.'

'Ik hoop dat u gelijk hebt,' zei Ruth, die plotseling was gekalmeerd. 'Ik hoop dat ze mijn zoontje geen kwaad doet.' Ze kon niet eindigen zoals deze vrouw, maar dit was niet iets wat ze zelf in de hand had. De toekomst hing dreigend als een monster over hen heen, en hij moest worden doorstaan of veranderd.

Agatha nam het risico een taxi vanaf het station naar het dorp te nemen. Eigenlijk voelde het niet echt als een risico. Ze begon te geloven dat ze werden beschermd door een goddelijke macht en dat ze zou mogen doen wat nodig was. De chauffeur babbelde over het warme weer en hij vroeg of haar zoontje het uithield, wat Agatha opvatte als nog een goddelijk teken dat alles goed zou komen.

'Hoe oud is hij?' vroeg de taxichauffeur.

'Net drie geworden,' zei Agatha. 'We hebben gisteren zijn verjaardag gevierd. Hij vond het erg leuk.'

'En zijn nu zijn grootouders aan de beurt?'

'Nee, mijn oom en tante. Ik heb altijd een goede band met mijn oom gehad.'

Er was een gat in Agatha's hoofd ontstaan. Het was helder en wit, smaakte naar dennennaalden en klonk als een schreeuw.

Het huis zag er nog hetzelfde uit. Als kind had Agatha het imposant gevonden, maar nu zag ze dat het maar klein was. Ze kon het niet helpen dat ze eerst omhoogkeek, naar het slaapkamerraam waar de gordijnen altijd dicht hadden gezeten en dat haar aan het donker erachter deed denken. Haar benen voelden zwaar en haar gedachten waren te verward om de riempjes van Hals buggy dicht te maken. Ze liet de buggy daarom aan het begin van het pad staan en ze pakte Hal in haar armen als een soort barrière bij het aanbellen. Haar handen trilden, maar ze had niets anders verwacht en haar lichaam klopte van de warmte. Ze moest het nu wel doen, dus duwde ze op de witte bel naast de deur.

Een vrouw die er niet zo veel anders uitzag dan Ruth deed open. Het leek oneerlijk dat zij haar weg hierheen had gevonden. De mogelijkheid van een samenzwering schoot door Agatha's hoofd. Was haar hele leven doorgestoken kaart? Maar toen rende een klein meisje dat duidelijk niet Betty was tussen de benen van de vrouw door en schudde Agatha wakker.

'Kan ik iets voor u doen?' vroeg de vrouw.

'Het spijt me,' zei Agatha. 'Ik ben op zoek naar iemand. Woont u hier?'

De vrouw lachte. 'Ja, dat klopt. Wie zoekt u?'

'Harry. Harry Collins.'

De vrouw keek verbaasd. 'Het spijt me, die naam ken ik niet. Weet u zeker dat dit het juiste adres is?'

Het leek niet mogelijk dat Harry was ontsnapt. 'Hoe lang woont u hier al?'

'Twee jaar, net iets langer. Maar we hebben het niet van ene Harry Collins gekocht. Ik geloof dat ze Anderson heetten.'

Agatha deed een stap naar achteren en verloor haar evenwicht. Het huis voor haar was wit en helder, niet zoals het huis dat ze had gekend. Alles was veranderd. Zelfs Harry had niet op haar gewacht. Ergens hoorde ze een snik vandaan komen. De vrouw stak haar hand uit. 'Gaat het wel? Wil je soms even binnenkomen?'

'Nee, nee,' zei Agatha en ze besefte dat ze zelf huilde.

'Maar je zoontje is helemaal van slag.'

Agatha keek naar Hal en zag in zijn ogen hoe bang hij was. Dit ging te ver. 'Nee,' zei ze opnieuw. 'Met ons is alles goed. Alles komt goed.' De woorden smaakten zo bitter als gal.

Agatha draaide zich om en zag het veld tegenover Harry's huis. Ze wist dat achter het veld een bos en de rivier lagen. Die zouden in ieder geval niet verdwenen zijn. Terwijl ze begon te lopen, voelde ze hoe de vrouw vanuit de deuropening naar haar keek, misschien had ze haar zelfs wel geroepen. Het deed er niet meer toe. Alles wat ertoe deed, was dat Harry was ontkomen. Hij zou nooit weten wat ze had moeten doorstaan om hem terug te pakken. Hij zou altijd het laatste woord hebben.

Terwijl ze over de voren in de aarde liep, die als een opgedroogde zee onder haar voeten golfden, wist Agatha eindelijk dat dit de reden was voor haar komst hierheen. Het was niet voor Harry geweest, maar slechts voor dit moment. Het was zelfs mogelijk dat haar hele leven om niets anders had gedraaid dan dit moment. Net voordat het donkere bos haar opslokte, sloeg ze af en ze zag dat de vrouw nog steeds in de deuropening stond, nog steeds naar haar stond te kijken, met een telefoon tegen haar oor. Er was niet veel tijd meer, maar ze had nog maar een paar minuten nodig.

Het bos was even vochtig als het op haar zestiende verjaardag was geweest, voordat ze de trein had genomen. Ze had voor Harry's huis gestaan met haar moeders keukenmes en omhooggekeken, net zoals vandaag. Maar die dag had ze de moed verloren en was ze in het bos terechtgekomen, op zoek naar de rivier en een makkelijke uitweg. Maar weer had ze de moed verloren. Vandaag was alles anders. Ze had aangebeld en ze was bereid geweest Harry pijn te doen. Ze was zeven jaar bezig geweest moed te verzamelen en nu was dit gebeurd.

Je hoorde de rivier voordat je hem zag. Hij was gewelddadig en dodelijk, had Harry altijd gezegd en dat leek toepasselijk. Als je erin valt, ben je er geweest, meiske, had hij gezegd. Je hoofd wordt verbrijzeld op de rotsen, je longen vullen zich met water en je hart stopt van angst met kloppen. Niets van dit alles klonk Agatha erg slecht in de oren, ze kende al die gevoelens al.

Agatha stond bij de oever van de rivier en ze wist hoe makkelijk de stap zou zijn. De enige belemmering was Hal. Ze was bijna vergeten dat ze hem in haar armen had en ze wou dat ze hem bij de vrouw aan de deur had gelaten. Dat zou beter zijn geweest en het deed haar pijn dat ze dit verkeerd had gedaan, maar ze kon er nu niets meer aan veranderen. Ze hield hem steviger vast, hij zou in ieder geval een troost voor haar zijn. Het gat in haar hoofd was veel groter nu, het voelde zelfs groter dan haar hoofd. Algauw zou ze niet meer in staat zijn haar lichaam te bewegen en het moest vóór die tijd gebeuren. Hal kronkelde in haar armen en ze keek naar hem. Dit ging niet om hem. Hal was niets meer dan een klein visje, dat was wat Harry ook altijd over haar leeftijd had gezegd. Hoe dan ook, het leek niet eerlijk of goed voor het ventje. Agatha zette Hal bij een rots aan de rand van het bos. Hij huilde en ze had medelijden met hem, maar niet overdreven veel. Hij was haar kind niet, dat was hij nooit geweest, ze wist nu zelfs niet zeker meer of ze van hem hield.

'Daar blijven wachten, Hal,' zei ze. 'Niet bewegen. Er zal iemand komen om je te halen.' Hij knikte en ze glimlachte naar hem. 'Alles komt goed, ik beloof het je.'

Agatha draaide zich naar het water toe. Ze was Hal dankbaar dat hij hier getuige van was en dat was reden genoeg om hem te hebben meegenomen. Ze herinnerde zich zijn kleine armpjes en beentjes en zijn behoefte aan liefde, maar terwijl ze zich dit herinnerde, zag ze zichzelf, ze voelde haar eigen kleinheid, haar eigen behoefte, haar eigen vacuüm.

Agatha deed een stap naar voren, van de rand af. Het water was even koud en hard als Harry had gezegd. Het sloot zich strak over haar hoofd heen en blokkeerde haar gevoelens. Het voelde net zo fantastisch als gedoopt worden, als herboren worden.

Ben je ooit uit een brandend vliegtuig getrokken? Heb je ooit harder gelopen dan een man met een masker op? Heb je ooit een vreemdeling ge-
reanimeerd in een vieze berm? Heb je ooit toegekeken hoe je beste vriend
werd opgeblazen door een bermbom in Afghanistan terwijl je zelf ont-
kwam, twee dagen voordat je vrouw zou bevallen? Ben je ooit de laatste
persoon op de Twin Towers geweest? Ben je ooit zonder te kijken de weg
op gestapt één seconde nadat er een vrachtwagen voorbij was geracet? Ben
je ooit in het water gevallen om er weer uit te worden getrokken door
iemand die sterker was dan jij? Ben je ooit een woestijn overgestoken op
zoek naar eten voor je gezin omdat je in de verte een eerstehulptent zag?
Heb je ooit de zee over je hoofd voelen komen en een kind uit je handen
voelen trekken dat je een paar uur later levend hebt teruggevonden? Ben je
ooit ontvoerd geweest met een pistool tegen je hoofd ten overstaan van de
filmcamera's van de journaals in de zieke wetenschap dat regeringen eisen
nooit inwilligen, waarna ze je drie jaar later aan de kant van de weg hebben vrijgelaten? Heeft iemand je ooit wel eens verteld dat je kind levend
is teruggevonden nadat hij uit je eigen huis is ontvoerd door een gek die
hem aan de oever van een rivier heeft achtergelaten terwijl ze zelfmoord
pleegde?

Eindelijk, eindelijk waren ze alleen in hun eigen slaapkamer, de kinderen
lagen in hun bed te slapen, omdat niemand ertegen kon dat ze die nacht
niet binnen handbereik zouden zijn. Of elke nacht voor de rest van hun
leven. Ruth zat aan de ene kant van hen, nog steeds helemaal aangekleed,
en Christian aan de andere kant. Niemand deed het licht aan, maar de
oranje gloed van de straatlantaarns verlichtte de kamer bijna genoeg om
te kunnen lezen, als het een normale avond was geweest, alsof er ooit weer
een normale avond zou zijn. Ruth kon niet meer huilen. Ze betwijfelde of

haar lichaam in staat zou zijn de tranen te produceren en Christian voelde zich hierover in ieder geval opgelucht.

Af en toe keek hij stiekem naar zijn vrouw, hij wilde haar zo graag een paar vragen stellen. Want wat hij ook probeerde, het lukte Christian niet om enige logica te ontdekken in wat er vandaag was gebeurd. Het voelde alsof hij de strikvraag over de kip en het ei en wie er eerder was probeerde te snappen. Natuurlijk moest er één als eerste zijn geweest, had hij op een zeker moment in zijn jeugd tegen zijn moeder gezegd. Misschien wel, had ze geantwoord, maar wat dan? Als je er goed over nadenkt, kan het eigenlijk allebei, niet?

Christian leunde over het bed en het verbaasde hem dat hij Ruths hand mocht pakken. 'Je moet proberen te slapen. Je ziet er doodmoe uit, na een nachtje slapen ziet alles er vast veel beter uit.'

'Ik voel me niet moe,' zei ze. 'Ik ben wakkerder dan ik ooit ben geweest.'

Ze zaten daar en hielden elkaars hand vast over de hoofden van hun kinderen tot Ruth zei: 'Ik weet niet wat we nu moeten doen.'

'We doen ons best,' zei hij.

'Ja, maar wat als dat niet goed genoeg is?'

'Het moet goed genoeg zijn. Wat kunnen we anders doen?'

Ze verzonken weer in stilte en luisterden alle twee naar het rustige ademhalen van hun kinderen. Ruth voelde een pijn diep in haar hart. Ze wilde er niet aan denken hoe ze zich zou hebben gevoeld als Hal samen met Agatha in de rivier was gestorven, maar haar geest hield niet op met deze gedachte te spelen, als een kat die achter een muis aan zat. Hij had haar nodig gehad. Ruth had dat beseft toen de agent hem aan haar had teruggegeven, terwijl ze met haar man en dochter had zitten wachten op het deel dat van hen één geheel maakte. Zijn kleine lijfje trilde, op zijn wangetjes zaten korstjes van de tranen en zijn handjes waren koud. Als ze op dat moment in staat was geweest hem in zich terug te stoppen, zou ze dat hebben gedaan. De kostbaarheid, de zwakheid, de broosheid van het leven staarde haar aan van de bodem van een bron van verdriet. Ze wilde de herinnering vasthouden, maar die glipte al weg. Momenten van vreugde vermengd met angst en schaamte konden niet te vaak opnieuw worden beleefd, anders werden ze je dood.

'Alles zal moeten veranderen,' zei ze en ze had het gevoel dat ze datgene zei wat voor de hand lag.

'Ik weet het,' antwoordde Christian.

'Ik ga met Sally praten en vragen of ik een poosje vrij kan krijgen. Misschien ga ik niet meer terug, ik kan ook als freelancer aan de slag.'

'Ik dacht hetzelfde.'

'Echt?' Ruth keek naar haar man.

'Ja, ik kan maar niet bedenken waar dit om gaat. Er moet nog iets zijn. Dit kan niet alles zijn.'

Ruth en Christian zaten in stilte bij elkaar. Ze wisten allebei dat wat ze zeiden fantasie was. Als er een manier van leven was die je in staat stelde alles te zijn voor jezelf en voor de mensen van wie je hield, dan zou iedereen zo leven. Misschien zou het voor hen veranderen, maar waarschijnlijk niet. Misschien was kennis het beste waarop je kon hopen, deeltjes die op je vielen als het goud dat op de bodem van een rivierbedding werd gevonden. Ruth was er niet eens van overtuigd dat het antwoord buiten henzelf lag. Ze waren nu verbonden en dat zou hen erdoorheen kunnen helpen. Het idee dat ze samen genoeg waren, vervulde haar.

Christian kneep in Ruths hand en keek haar aan. Hij wilde weten wat ze dacht.

'Ruth,' zei hij. 'Ik begrijp het niet. Ik kan er niet over uit. Ik kan er niets zinnigs aan ontdekken.'

Ruth glimlachte en hij wist dat hij er goed aan had gedaan het haar te vragen, want hij kon zien dat ze op het punt stond hem iets belangrijks te vertellen. Iets wat veel te maken had met de reden waarom hij zo veel van haar hield. Iets wat hem lange tijd zou bijblijven. Iets wat ze misschien niet had kunnen uitspreken, tenzij ze verstrikt waren geraakt in dit moment, wat het misschien nog enige betekenis gaf. Begrip kringelde om hen heen als rook, ze konden het bijna aanraken.

'Daar heb ik ook over nagedacht,' zei Ruth. 'En weet je, het is bijna een troostrijke gedachte, want als niets zinnig is, dan moet alles wel zinnig zijn. Vind je ook niet?'

DANKWOORD

Hartelijk dank aan mijn docenten creatief schrijven op de universiteit van Sussex, die me hebben geleerd hoe ik moet redigeren en misschien wel even belangrijk: hoe ik mezelf als schrijver serieus moet nemen, en dan vooral Sue Roe en Irving Weinman. Dank aan mijn medestudenten Craig en Richard voor hun vriendschap, advies en hulp. Dank aan Mick Jackson, omdat hij de tijd heeft genomen een groentje te helpen, het geweldige advies heeft gegeven meer kinderopvang te regelen en de eerste dertig pagina's te lozen. En Lucy en Polly, bedankt voor de geweldige kinderopvang, waardoor ik de ruimte heb gekregen dit boek te schrijven (en voor het feit dat jullie absoluut het tegenovergestelde van Aggie zijn).

Bedankt, Clare Reihill, omdat je de eerste bent geweest die me heeft uitgenodigd en me heeft voorgesteld aan mijn uitgever, Clare Smith, die niet alleen de stap met me heeft durven wagen, maar geduldig, bemoedigend en vol inzicht is geweest. Ook dank aan Carol MacArthur omdat ze nooit geïrriteerd leek te zijn door mijn onophoudelijke stroom vragen.

Dank aan mijn geweldige vrienden, niet alleen omdat jullie mijn leven zoveel plezieriger maken, maar ook voor het lezen van mijn vele pogingen en het uiten van eindeloze bemoedigende woorden; in het bijzonder Polly, Emily M, Emily S, Dolly, Shami, Amy, Clare, Bryony, Sophie, Eve en Paula. En Penny, bedankt voor je hulp en enthousiasme.

Ook mijn zussen Posy en Ernestina en mijn broers Algy, Ferdy en Silas en hun partners Jonny, Ben, Emily en Laura voor hun voortdurende interesse en het doorlezen.

En vele malen dank aan mijn moeder en vader omdat ik ben opgegroeid in een huis vol liefde, boeken en gesprekken en omdat ze zoveel meer hebben gelezen dan de talloze versies van dit boek.

Ten slotte dank aan mijn drie fantastische kinderen Oscar, Violet en Edith, die nog te jong zijn om iets van mijn hand gelezen te hebben, maar oud genoeg om me te doen beseffen wat belangrijk is.

En bedankt, Jamie, voor zoveel dingen, maar vooral omdat je me altijd hebt geholpen een kamer voor mezelf te vinden.

Lees ook

Chimaera
Xenia Kasper

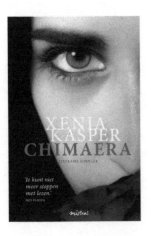

Wanneer Annes man wordt vermoord, is zij als bijna-ex de hoofdverdachte in een zaak die steeds ingewikkelder lijkt. Als ze samen met privédetective Bart zelf op onderzoek uit gaat, ontdekt ze steeds meer geheimen over de man die ze zo goed dacht te kennen. Wanneer Anne zelf doelwit wordt van de moordenaar, zet ze alles op alles om het raadselachtige leven van haar grote liefde te ontrafelen.

'Je kunt niet meer stoppen met lezen.' *Het Parool*

'Dit is een van de weinige thrillers die niet alleen spannend en meeslepend is, met onheilspellend scherpe dialogen, maar bij vlagen zelfs humoristisch. Een aanrader!' *Libelle*

XENIA KASPER — CHIMAERA — ISBN 978 90 499 9833 2

nu verkrijgbaar